爱阅读课程化丛书/快乐读书吧

爱阅读

谁是最可爱的人

魏 巍／著

无障碍精读版

课外阅读佳作，爱阅读课程化丛书

分级阅读点拨·重点精批详注·名师全程助读·扫清阅读障碍

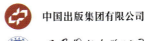
中国出版集团有限公司

世界图书出版公司

上海　西安　北京　广州

图书在版编目（ＣＩＰ）数据

谁是最可爱的人 / 魏巍著 . — 上海：上海世界图书出版公司 , 2023.9

ISBN 978-7-5232-0644-7

Ⅰ . ①谁… Ⅱ . ①魏… Ⅲ . ①报告文学—作品集—中国—当代 Ⅳ . ① I25

中国国家版本馆 CIP 数据核字 (2023) 第 147247 号

书　　名	谁是最可爱的人	
	Shui Shi Zui Ke'ai de Ren	
著　　者	魏　巍	
责任编辑	孙妍捷	
出版发行	上海世界图书出版公司	
地　　址	上海市广中路 88 号 9-10 楼	
邮　　编	200083	
网　　址	http://www.wpcsh.com	
经　　销	新华书店	
印　　刷	三河市兴国印务有限公司	
开　　本	700mm×1000mm　1/16	
印　　张	16.5	
字　　数	213 千字	
版　　次	2023 年 9 月第 1 版　　2023 年 9 月第 1 次印刷	
书　　号	ISBN 978-7-5232-0644-7 / Ⅰ · 95	
定　　价	24.80 元	

朝鮮同志

英雄树

挤垮它

黄河，母亲的河

| 总序 |

　　北京书香文雅图书文化有限公司的李继勇先生与我联系，说他们策划了一套"爱阅读"丛书，读者对象主要是中小学生，可以作为学生的课外阅读用书，希望我写篇序。作为一名语文教育工作者，为学生推荐这套优秀课外读物责无旁贷，在最近"双减"政策的大背景下，也更有意义。

一、"双减"以后怎么办?

　　前不久，中共中央办公厅、国务院办公厅印发了《关于进一步减轻义务教育阶段学生作业负担和校外培训负担的意见》，对义务教育阶段学生的作业和校外培训作出严格规定。这是一件好事。曾几何时，我们的中小学生作业负担重，不少孩子不是在各种各样的培训班里，就是在去培训班的路上。孩子们"学"无宁日，备尝艰辛；家长们焦虑不安，苦不堪言。校外培训机构为了增强吸引力，到处挖墙脚；有些老师受利益驱使，不能安心从教，导致社会怨声载道。他们的行为破坏了教育生态，违背了教育规律，严重影响了我国教育改革发展。教育是什么? 教育是唤醒，是点燃，是激发。而校外培训的噱头仅仅是提高考试成绩，让孩子在中高考中占得先机。他们的广告词是"提高一分，干掉千人"，大肆渲染"分数为王"，在这种压力之下，孩子们面对的是"分萧萧兮题海寒"，不得不深陷题海，机械刷题。假如只有一部分孩子上培训班，提高的可能是分数。但是，如果大多数孩子或者所有孩子都去上培训班，那提高的就不是分数，而只是分数线。教育的根本任务是立德树人，是培根铸魂，是启智增慧，是德智体美劳全面发展，是培养社会主义建设者和接班人，是为中华民族伟大复兴提供人才，而不是培养只会考试的"机器"，更不能被资本所绑架。所以中央才"出重拳""放实招"，目的就是要减轻学生过重的课业负担，减轻家长过重的经济和精神负担。

　　"双减"政策出台后，学生们一片欢呼，再也不用在各种培训班之间来回奔波了，但家长产生了新的焦虑：孩子学习成绩怎么办？而对学校老师来说，这是一个新挑战、新任务，当然也是新机遇。学生在校时间增加，要求老师提升教学水平，科学合理布置作业，同时开展课外延伸服务，事实上是老师陪伴学生的时间增加了。这部分在校时间怎么安排？如何让学生利用好课外时间？这一切考验着老师们的智慧，而开展各种课外活动正好可以解决这个难题，比如：热爱人文的，可以开展阅读写作、演讲辩论、学习传统文化和民风民俗等社团活动；喜爱数理的，可以组织科普科幻、实验研究、统计测量、天文观测等兴趣小组；也可以开展体育比赛、艺术体验（音乐、美术、书法、戏剧）和劳动教育等实践活动。当然，所有的活动都应以培养学生的兴趣爱好为目的，以自愿参加为前提。学校开展课后服务，可以多方面拓展资源，比如博物馆、图书馆、科技馆、陈列馆、少年宫、青少年活动中心，甚至校外培训机构的优质服务资源，还可组织征文比赛、志愿服务、社会调查等，助力学生全面发展。

　　二、课外阅读新机遇

　　近年来，"新课标""新教材""新高考"成为语文教育改革的热词。前不久，我看到一个视频，说语文在中高考中的地位提高了，难度也加大了。这种说法有一定道理，但并不准确。说它有一定道理，是因为语文能力主要指一个人的阅读和写作能力，而阅读和写作能力又是一个人综合素养的体现。语文能力强，有助于学习别的学科。比如：数学、物理中的应用题，如果阅读能力上不去，读不懂题干，便不能准确把握解题要领，也就没法准确答题；英语中的英译汉、汉译英题更是考查学生的语言表达能力；历史题和政治题往往是给一段材料，让学生去分析、判断，得出结论，并表述自己的观点或看法。从这点来说，语文在中高考中的地位提高有一定道理。说它不准确，有两个方面的理由：一是语文学科本来就重要，不是现在才变得重要，之所以产生这种错觉，是因为在应试教育的背景下，语文的重要性被弱化了；二是语文考试的难度并没有增加，增加的只是阅读思维的宽度和广度，考查的是阅读理解、信息筛选、应用写作、语言表达、批判性思维、辩证思维等关键能力。可以说，真正的素质教育必须重视语文，因为语文是工具，是基础。不少家长和教师认为课外阅读浪费学习时间，这主要是教育观念问题。他们之所以有这种想法，无非是认为考试才是最终目的，希望孩子可以把更多时间用在刷题上。他们只看到课标和教材的变化，以为考试还是过去那一套，其实，考试评价已发生深刻变革。目前，考试评价改革与新课标、新教材改革是同向同行的，都是围绕立德树人做文章。中共中央、国务院印发的《深化新时代教育评价改革总体方案》明确指出："稳步推进中高考改革，构建引导学生德智体美劳全面发展的考试内容体系，改变相对固化的试题形式，增强试题开放性，减少死记硬背和'机械刷题'现象。"显然就是要用中高考"指挥棒"引领素质教育。新高考招生录取强调"两依据，一参考"，即以高考成绩和高中学业水平考试成绩为依据，以综合素质评价为参考。这也就是说，高考成绩不再是高校选拔新生的唯一标准，不只看谁考的分数高，还要看谁更有发展潜力、更有创造性、综合素质更高，从而实现由"招分"向"招人"的转变。而这绝不是仅凭一张高考试卷能够区分出来的，"机械刷题"无助于全面发展，必须在课内学习的基础上，辅之以内容广泛的课外阅读，才能全面提高综合素养。

三、"爱阅读"助力成长

这套"爱阅读"丛书是为中小学生量身打造的，符合《义务教育语文课程标准》倡导的"好读书、读好书、读整本书"的课改理念，可以作为学生课内学习的有益补充。我一向认为，要学好语文，一要读好三本书，二要写好两篇文，三要养成四个好习惯。三本书指"有字之书""无字之书"和"心灵之书"，两篇文指"规矩文"和"放胆文"，四个好习惯指享受阅读的习惯、善于思考的习惯、乐于表达的习惯和自主学习的习惯。古人说"读万卷书，行万里路"，实际上就是要处理好读书与实践的关系。对于中小学生来说，读书首先是读好"有字之书"。"有字之书"，有课本，有课外自读课本，还有"爱阅读"这样的课外读物。读书时我们不能眉毛胡子一把抓，要区分不同的书，采取不同的读法。一般说来，有精读，有略读。精读需要字斟句酌，需要咬文嚼字，但费时费力。当然也不是所有的书都需要精读，可以根据自己的需要决定精读还是略读。新课标提倡中小学生进行整本书阅读，但是学生往往不能耐着性子读完一整本书。新课标提倡的整本书阅读，主要是针对过去的单篇教学来说的，并不是说每本书都要从头读到尾。教材设计的练习项目也是有弹性的、可选择的，不可能有统一的"阅读计划"。我的建议是，整本书阅读应把精读、略读与浏览结合起来，精读重在示范，略读重在博览，浏览略观大意即可，三者相辅相成，不宜偏于一隅。不仅如此，学生还可以把阅读与写作、读书与实践、课内与课外结合起来。整本书阅读重在掌握阅读方法，拓展阅读视野，培养读书兴趣，养成阅读习惯。

再说写好两篇文。学生读得多了，素养提高了，自然有话想说，有自己的观点和看法要发表。发表的形式可以是口头的，也可以是书面的，书面表达就是写作。写好两篇文，一篇规矩文，一篇放胆文。规矩文重打基础，放胆文更见才气。规矩文要求练好写作基本功，包括审题、立意、选材、构思等，同时还要掌握记叙文、议论文、说明文、应用文的基本要领和写作规范。规矩文的写作要在教师的指导下进行。放胆文则鼓励学生放飞自我、大胆想象，各呈创意、各展所长，尤其是展现自己的应用写作能力、语言表达能力、批判性思维能力和辩证思维能力。放胆文的写作可以多种多样，除了大作文，也可以写小作文。有兴趣的还可以进行文学创作，写诗歌、小说、散文、剧本等。

学习语文还要养成四个好习惯。第一，享受阅读的习惯。爱阅读非常重要。每个同学都应该有自己的个性化书单，有的同学喜欢网络小说也没有关系，但需要防止沉迷其中，钻进"死胡同"。这套"爱阅读"丛书，就给中小学生课外阅读提供了大量古今中外的名家名作。第二，善于思考的习惯。在这个大众创业、万众创新的时代，创新人才的标准，已不再是把已有的知识烂熟于心，而是能够独立思考，敢于质疑，能够自己去发现问题、提出问题和解决问题，需要具有探究质疑能力、独立思考能力、批判性思维和辩证思维能力。第三，乐于表达的习惯。表达的乐趣在于说或写的过程，这个过程比说得好、写得完美更重要。写作形式可以不拘一格，比如作文、日记、笔记、随笔、漫画等。第四，自主学习的习惯。我的地盘我做主，我的语文我做主。不是为老师学，也不是为父母长辈学，而是为自己的精神成长学，为自己的未来学。

愿广大中小学生能借助这套"爱阅读"丛书，真正爱上阅读，插上想象的翅膀，飞向未来的广阔天地！

2021 年10 月15日

写于京东大运河畔之两不厌居

阅读领航

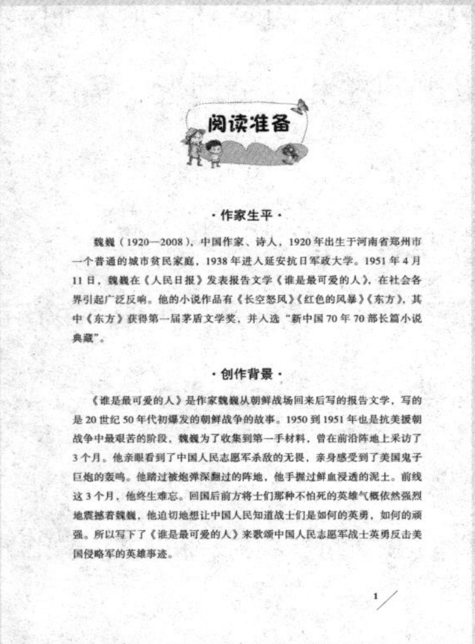

阅读准备

·作家生平·

魏巍（1920—2008），中国作家、诗人，1920 年出生于河南省郑州市一个普通的城市贫民家庭，1938 年进入延安抗日军政大学。1951 年 4 月 11 日，魏巍在《人民日报》发表报告文学《谁是最可爱的人》，在社会各界引起广泛反响。他的小说作品有《长空怒风》《红色的风暴》《东方》，其中《东方》获得第一届茅盾文学奖，并入选"新中国 70 年 70 部长篇小说典藏"。

·创作背景·

《谁是最可爱的人》是作家魏巍从朝鲜战场回来后写的报告文学，写的是 20 世纪 50 年代初爆发的朝鲜战争的故事。1950 到 1951 年也是抗美援朝战争中最艰苦的阶段，魏巍为了收集到第一手材料，曾在前沿阵地上采访了 3 个月。他亲眼看到了中国人民志愿军杀敌的无畏，亲身感受到了美国鬼子巨炮的轰鸣。他踏过被炮弹深翻过的阵地，他手握过鲜血浸透的泥土。前线这 3 个月，他终生难忘。回国后前方将士们那种不怕死的英雄气概依然强烈地震撼着魏巍，他迫切地想让中国人民知道战士们是如何的英勇，如何的顽强。所以写下了《谁是最可爱的人》来歌颂中国人民志愿军战士英勇反击美国侵略军的英雄事迹。

1

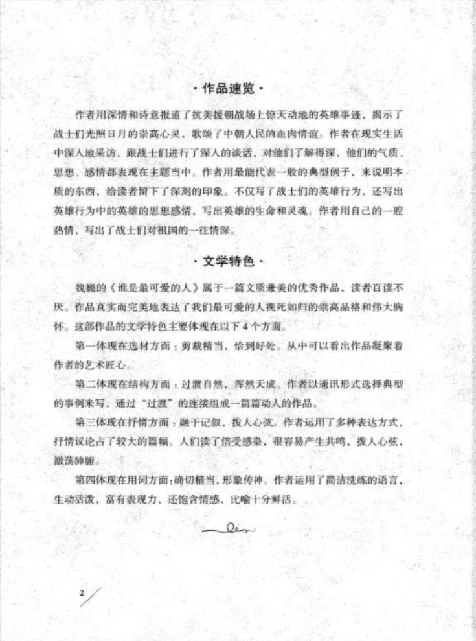

·作品速览·

作者用深情和诗意报道了抗美援朝战场上惊天动地的英雄事迹，揭示了战士们光照日月的崇高心灵，歌颂了中朝人民的血肉情谊。作者在现实生活中深入地采访，跟战士们进行了深入的谈话，对他们了解得深，他们的气质、思想、感情都表现在主题当中。作者用最能代表一般的典型例子，来说明本质的东西，给读者留下了深刻的印象。不仅写了战士们的英雄行为，还写出英雄行为中的英雄的思想感情，写出英雄的生命和灵魂。作者用自己的一腔热情，写出了战士们对祖国的一往情深。

·文学特色·

魏巍的《谁是最可爱的人》属于一篇文质兼美的优秀作品，读者百读不厌。作品真实而完美地表达了我们最可爱的人视死如归的崇高品格和伟大胸怀。这部作品的文学特色主要体现在以下 4 个方面。

第一体现在选材方面：剪裁精当，恰到好处。从中可以看出作品凝聚着作者的艺术匠心。

第二体现在结构方面：过渡自然，浑然天成。作者以通讯形式选择典型的事例来写，通过"过渡"的连接组成一篇篇动人的作品。

第三体现在抒情方面：融于记叙，拨人心弦。作者运用了多种表达方式，抒情议论占了较大的篇幅。人们读了倍受感染，很容易产生共鸣，拨人心弦，激荡肺腑。

第四体现在用词方面：确切精当，形象传神。作者运用了简洁洗练的语言，生动活泼，富有表现力，还饱含情感，比喻十分鲜活。

2

阅读准备

"作家生平"，走近作家，一睹作家风采；"创作背景"，了解作品创作的时代背景；"作品速览"，把握故事全貌、主题意蕴；"文学特色"，发掘作品深刻的文学价值，以增进理解，提高阅读效率。

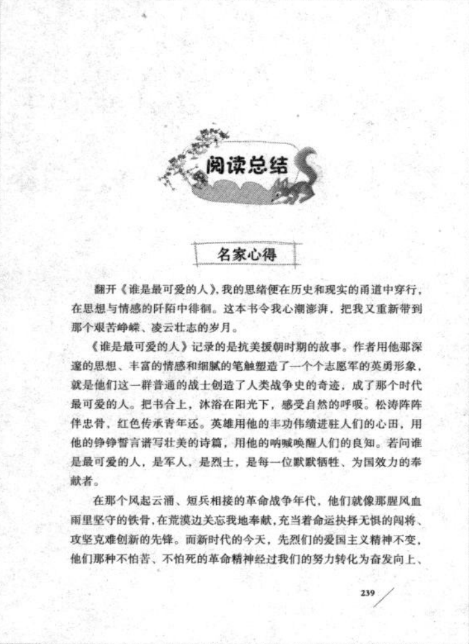

阅读总结

名家心得

翻开《谁是最可爱的人》，我的思绪便在历史和现实的甬道中穿行，在思想与情感的阡陌中徘徊。这本书令我心潮澎湃，把我又重新带到那个艰苦峥嵘、凌云壮志的岁月。

《谁是最可爱的人》记录的是抗美援朝时期的故事。作者用他那深邃的思想、丰富的情感和细腻的笔触塑造了一个个志愿军的英勇形象，就是他们这一群普通的战士创造了人类战争史的奇迹，成了那个时代最可爱的人。把书合上，沐浴在阳光下，感受自然的呼吸。松涛阵阵伴忠骨，红色传承青年还。英雄用他的丰功伟绩进驻人们的心田，用他的铮铮誓言谱写壮美的诗篇，用他的呐喊唤醒人们的良知。若问谁是最可爱的人，是军人，是烈士，是每一位默默牺牲、为国效力的奉献者。

在那个风起云涌、短兵相接的革命战争年代，他们就像那腥风血雨里坚守的铁骨，在荒漠边关忘我地奉献，充当着命运抉择无惧的闯将、攻坚克难创新的先锋。而新时代的今天，先烈们的爱国主义精神不变，他们那种不怕苦、不怕死的革命精神经过我们的努力转化为奋发向上、

239

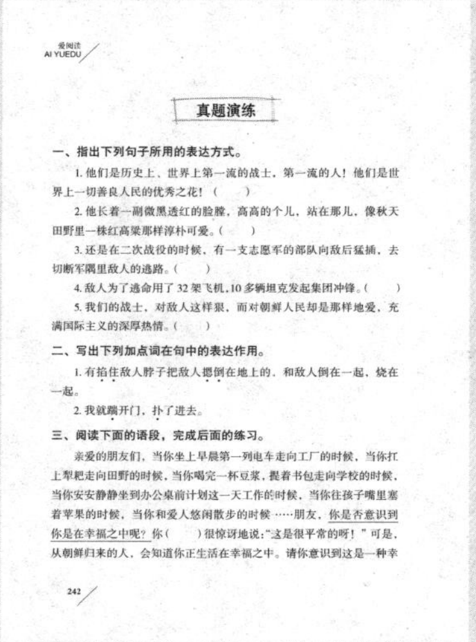

爱阅读 AI YUEDU

真题演练

一、指出下列句子所用的表达方式。

1. 他们是历史上、世界上第一流的战士，第一流的人！他们是世界上一切善良人民的优秀之花！（　　）

2. 他长着一副微黑透红的脸膛，高高的个儿，站在那儿，像秋天田野里一株红高粱那样淳朴可爱。（　　）

3. 还是在二次战役的时候，有一支志愿军的部队向敌后猛插，去切断军隅里敌人的逃路。（　　）

4. 敌人为了逃命用了 32 架飞机，10 多辆坦克发起集团冲锋。（　　）

5. 我们的战士，对敌人这样狠，而对朝鲜人民却是那样地爱，充满国际主义的深厚热情。（　　）

二、写出下列加点词在句中的表达作用。

1. 有掐住敌人脖子把敌人摁倒在地上的，和敌人倒在一起，烧在一起。

2. 我就踹开门，扑了进去。

三、阅读下面的语段，完成后面的练习。

亲爱的朋友们，当你坐上早晨第一列电车走向工厂的时候，当你扛上犁耙走向田野的时候，当你喝完一杯豆浆，提着书包走向学校的时候，当你安安静静坐到办公桌前计划这一天工作的时候，当你往孩子嘴里塞着苹果的时候，当你和爱人悠闲散步的时候……朋友，你是否意识到你是在幸福之中呢？你（　　）很惊讶地说："这是很平常的呀！"可是，从朝鲜归来的人，会知道你正生活在幸福之中。请你意识到这是一种幸

242

阅读总结

"名家心得"，听听名家怎么说；"读者感悟"，看看别人怎么想；"阅读拓展"，帮你丰富文学知识，增强艺术感受力；"真题演练"，考查阅读本书后的效果，是对阅读成果的巩固和总结。习题具有一定的延伸性和拓展性，对于没有回答上来的问题，读者可以借此发现阅读上的不足，心中带着疑问，为下一次的精读做好准备。

谁是最可爱的人

魏巍等著

中国人民志愿军唱着：雄赳赳，气昂昂，跨过鸭绿江！保和平，卫祖国，……奔赴朝鲜前线。在与敌人浴血奋战中涌现出无数可歌可泣的战斗英雄。让我们跟着魏巍一起来了解一下那些可歌可泣的英雄事迹吧！

① 在朝鲜的一天，我都被一些东西感动着；我的思想感情的潮水，在放纵奔流着；它使我想把一切东西，都告诉给我祖国的朋友们。但我最急于告诉你们的，是我思想感情的一段重要经历，这就是：我越来越深刻地感觉到谁是我们最可爱的人！

② 谁是我们最可爱的人呢？我们的战士，我感到他们是最可爱的人。

也许还有人心里隐约约地说：你说的就是那些"兵"吗？他们看来是很平凡、很简单的哩，既看不出他们有什么高深的知识，又看不出他们有什么丰富的感情。可是，我要说，这是由于他跟我们的战士接触太少，还没有了解我们的战士；他们的品质是那样的纯洁和高尚，他们的意志是那样的坚忍和刚强，他们的气质是那

① **抒情** —— 作者以无比激奋的心情，抒发了在朝鲜战场上的感受，同来唤起读者感情共鸣。

② **设问** —— 目的在于表明作者的观点，引起读者注意：我们的战士是最可爱的人，呼应标题。

3

名师导读 指引你快速知晓章节内容，阅读提高兴趣。

名师点评 名师妙语，见解独特，视角新颖。

精华赏析 评点章节要旨，发人深省。

延伸思考 开拓思维，启迪智慧。

相关链接 在轻松阅读中开阔视野。

精华赏析

《朝鲜同志》主要讲述了作者在朝鲜战斗中与老金的点点滴滴，老金不顾自身安危给同志们挖野菜，解决同志们的吃饭问题，在突围过程中，毅然留下来陪伴作者渡过难关等事迹，让作者深深地感受到了同志之间的那种无私奉献的革命主义精神。

延伸思考

1.《朝鲜同志》作者主要讲述了谁的事迹？
2.为什么一锅菜粥让同志们觉得十分香甜？
3.你认为什么是世界上最珍贵的东西？

相关链接

上甘岭战役是朝鲜战争中最惨烈的一次战役，我军涌现了许多可歌可泣的战斗英雄。在反击战中，黄继光为了保证反击部队按计划发起冲击主动请战，带领两名战友，冒着密集的炮火向敌人的火力点爬去。第一次爆破火力点没有成功，黄继光在身负七处重伤，在眼被炸断的情况下毅然挺起胸膛，张开双臂，冲着狂喷火舌的射孔。猛扑上去，用自己的身躯堵住了敌军的射击，用自己年轻的生命，为志愿军胜利前进开辟出一条道路。

25

Contents

目录

·作家生平·

魏巍（1920—2008），中国作家、诗人，1920 年出生于河南省郑州市一个普通的城市贫民家庭，1938 年进入延安抗日军政大学。1951 年 4 月 11 日，魏巍在《人民日报》发表报告文学《谁是最可爱的人》，在社会各界引起广泛反响。他的小说作品有《长空怒风》《红色的风暴》《东方》，其中《东方》获得第一届茅盾文学奖，并入选"新中国 70 年 70 部长篇小说典藏"。

·创作背景·

《谁是最可爱的人》是作家魏巍从朝鲜战场回来后写的报告文学，写的是 20 世纪 50 年代初爆发的朝鲜战争的故事。1950 到 1951 年也是抗美援朝战争中最艰苦的阶段，魏巍为了收集到第一手材料，曾在前沿阵地上采访了 3 个月。他亲眼看到了中国人民志愿军杀敌的无畏，亲身感受到了美国鬼子巨炮的轰鸣。他踏过被炮弹深翻过的阵地，他手握过鲜血浸透的泥土。前线这 3 个月，他终生难忘。回国后前方将士们那种不怕死的英雄气概依然强烈地震撼着魏巍，他迫切地想让中国人民知道战士们是如何的英勇，如何的顽强。所以写下了《谁是最可爱的人》来歌颂中国人民志愿军战士英勇反击美国侵略军的英雄事迹。

·作品速览·

　　作者用深情和诗意报道了抗美援朝战场上惊天动地的英雄事迹，揭示了战士们光照日月的崇高心灵，歌颂了中朝人民的血肉情谊。作者在现实生活中深入地采访，跟战士们进行了深入的谈话，对他们了解得深，他们的气质、思想、感情都表现在主题当中。作者用最能代表一般的典型例子，来说明本质的东西，给读者留下了深刻的印象。不仅写了战士们的英雄行为，还写出英雄行为中的英雄的思想感情，写出英雄的生命和灵魂。作者用自己的一腔热情，写出了战士们对祖国的一往情深。

·文学特色·

　　魏巍的《谁是最可爱的人》属于一篇文质兼美的优秀作品，读者百读不厌。作品真实而完美地表达了我们最可爱的人视死如归的崇高品格和伟大胸怀。这部作品的文学特色主要体现在以下 4 个方面。

　　第一体现在选材方面：剪裁精当，恰到好处。从中可以看出作品凝聚着作者的艺术匠心。

　　第二体现在结构方面：过渡自然，浑然天成。作者以通讯形式选择典型的事例来写，通过"过渡"的连接组成一篇篇动人的作品。

　　第三体现在抒情方面：融于记叙，拨人心弦。作者运用了多种表达方式，抒情议论占了较大的篇幅。人们读了倍受感染，很容易产生共鸣，拨人心弦，激荡肺腑。

　　第四体现在用词方面：确切精当，形象传神。作者运用了简洁洗练的语言，生动活泼，富有表现力，还饱含情感，比喻十分鲜活。

谁是最可爱的人

名师导读

　　中国人民志愿军唱着：雄赳赳，气昂昂，跨过鸭绿江！保和平，卫祖国，……奔赴朝鲜前线。在与敌人浴血奋战中涌现出无数可歌可泣的战斗英雄。让我们跟着魏巍一起来了解一下那些可歌可泣的英雄事迹吧！

---

　　① 在朝鲜的每一天，我都被一些东西感动着；我的思想感情的潮水，在放纵奔流着；它使我想把一切东西，都告诉给我祖国的朋友们。但我最急于告诉你们的，是我思想感情的一段重要经历，这就是：我越来越深刻地感觉到谁是我们最可爱的人！

　　② 谁是我们最可爱的人呢？我们的战士，我感到他们是最可爱的人。

　　也许还有人心里隐隐约约地说：你说的就是那些"兵"吗？他们看来是很平凡、很简单的哩，既看不出他们有什么高深的知识，又看不出他们有什么丰富的感情。可是，我要说，这是由于他跟我们的战士接触太少，还没有了解我们的战士：他们的品质是那样的纯洁和高尚，他们的意志是那样的坚忍和刚强，他们的气质是那

❶抒情

　　作者以无比激动的心情，抒发了在朝鲜战场上的感受，用来唤起读者感情共鸣。

❷设问

　　目的在于表明作者的观点，引起读者注意：我们的战士是最可爱的人，呼应标题。

3

❶列数字、环境描写

"32架飞机""10多辆坦克""土都被打翻了""阵地烧红了"都说明敌人进攻非常猛烈,"但勇士们在这烟与火的山冈上,高喊着口号,一次又一次地把敌人打死在阵地前面",进一步说明战士们很英勇,有一种不屈的战斗意志。

❷动词妙用

这段文字中的"摔""扑""抱"等几个动词用得很准确,生动准确地写出了志愿军战士作战的英勇顽强和对敌人的仇恨。

❸细节描写

从这里我们可以看出战士们都抱着必死的决心,具有那种不屈不挠的伟大精神。

样的淳朴和谦逊,他们的胸怀是那样的美丽和宽广!让我还是来说一段故事吧。还是在二次战役的时候,有一支志愿军的部队向敌后猛插,去切断军隅里敌人的逃路。当他们赶到书堂站时,逃敌也恰恰赶到那里,眼看就要从汽车路上开过去。这支部队的先头连就匆匆占领了汽车路边一个很低的光光的小山冈,阻住敌人。一场壮烈的搏斗就开始了。① 敌人为了逃命,用了32架飞机、10多辆坦克发起集团冲锋,向这个连的阵地汹涌卷来,整个山顶的土都被打翻了,汽油弹的火焰把这个阵地烧红了。但勇士们在这烟与火的山冈上,高喊着口号,一次又一次地把敌人打死在阵地前面。敌人的死尸像谷子似的在山前堆满了,血也把这山冈流红了。可是敌人还是要拼死争夺,好使自己的主力不致覆灭。这场激战整整持续了8个小时。最后,勇士们的子弹打光了。蜂拥上来的敌人占领了山头,把他们压到山脚。飞机掷下的汽油弹把他们的身上烧着了。② 这时候,勇士们是仍然不会后退的呀,他们把枪一摔,身上、帽子上呼呼地冒着火苗,向敌人扑去,把敌人抱住,让身上的火,也把占领阵地的敌人烧死……据这个营的营长告诉我,战后,这个连的阵地上,枪支完全摔碎了,机枪零件扔得满山都是。③ 烈士们的遗体,保留着各种各样的姿势,有抱住敌人腰的,有抱住敌人头的,有掐住敌人脖子把敌人摁倒在地上的,和敌人倒在一起,烧在一起。有一个战士,他手里还紧握着一个手榴弹,弹体上沾满脑浆;和他死在一起的美国鬼子,脑浆迸裂,涂了一地。另有一个战士,嘴里还衔着敌人的半块耳朵。在掩埋烈士们遗体的时候，① 由于他们两手扣着，把敌人抱得那样紧，分都分不开，以致把有些人的手指都掰断了。……这个连虽然伤亡很大，他们却打死了300多敌人，更重要的，他们使得我们部队的主力赶上来，聚歼了敌人。

这就是朝鲜战场上一次最壮烈的战斗——松骨峰战斗，或者叫书堂站战斗。假若需要立纪念碑的话，让我把带火扑敌和用刺刀跟敌人拼死在一起的烈士们的名字记下吧。他们的名字是：② 王金传、邢玉堂、胡传九、井玉琢、王文英、熊官全、王金侯、赵锡杰、隋金山、李玉安、丁振岱、张贵生、崔玉亮、李树国。还有一个战士，已经不可能知道他的名字了。让我们的烈士们千载万世永垂不朽吧！

这个营长向我说了以上的情形，他的声调是缓慢的，他的情感是沉重的。他说在阵地上掩埋烈士的时候，他掉了眼泪，但他接着说："你不要以为我是为他们伤心，我是为他们骄傲！我觉得我们的战士太伟大了，太可爱了，我不能不被他们感动得掉下泪来。"

朋友们，当你听到这段英雄事迹的时候，你的感想如何呢？③ 你不觉得我们的战士是可爱的吗？你不以我们的祖国有着这样的英雄而自豪吗？

注释

胡传九：即胡传久，松骨峰战斗结束后，兄弟部队发现了重伤的他，送他回国治疗。

井玉琢：在战斗中被汽油弹烧成"火人"，后被兄弟部队所救，回国后当起了农民。

李玉安：朝鲜人民军清理战场时，发现了浑身是血的李玉安，并进行救治，后辗转回国。

❶ 细节描写

"手指都掰断了"这个细节既写出了战士们在与敌人搏斗时用力之猛，又突出表现了他们的英勇。

❷ 列举

作者在这里列举了烈士们的名字，进一步突出了作者对他们充满了深深的敬意。

❸ 反问

作者在这里巧妙地运用了反问的句式，进一步突出了自己内心对烈士们深深的崇敬之情。

我们的战士，对敌人这样狠，而对朝鲜人民却是那样地爱，充满国际主义的深厚热情。

在汉江北岸，我遇到一个青年战士，他今年才21岁，名叫马玉祥，是黑龙江省青冈县人。他长着一副微黑透红的脸膛，高高的个儿，站在那儿，像秋天田野里一株红高粱那样淳朴可爱。不过因为他才从阵地上下来，显得稍微疲劳些，眼里的红丝还没有退净。他原来是炮兵连的。有一天夜里，他被一阵哭声惊醒了，出去一看，是一个朝鲜老妈妈坐在山冈上哭。①原来她的房子被炸毁了，她在山里搭了个窝棚，窝棚又被炸毁了。回来，他马上到连部要求调到步兵连去，正好步兵连也需要人，就批准了他。我说："在炮兵连不是一样打敌人吗？""那不同！"他说，"离敌人越近，越觉得打得过瘾，越觉着打得解恨！"

在汉江南岸的那些日子里，有一天他从阵地上下来做饭。刚一进村，有几架敌机袭过来，打了一阵机关炮，接着就扔下了两个大燃烧弹。有几间房子着火了，火又盛，烟又大，使人不敢到跟前去。这时候，他听见烟火里有一个小孩子哇哇哭叫的声音。他马上穿过浓烟到近处一看，一个朝鲜的中年男人在院子里倒着，小孩子的哭声还在屋里。他走到屋门口，屋门口的火苗呼呼的，已经进不去人，门窗的纸已经烧着。小孩子的哭声随着那滚滚的浓烟传出来，听得真真切切。当他叙述到这里的时候，②他说："我能够不进去吗？我不能！我想，要是在祖国遇见这种情形，我能够进去，那么，在朝鲜我就可以不进去吗？朝鲜人民和我们祖国的人民不是一样的吗？我就踹开门，扑了进去。呀！满屋子灰洞洞的烟，只能听见小孩哭，看不见人。<u>①</u>我的眼也睁不开，脸上烫得像刀割一般。我也不知道自己的身上着了火没有，我也不管它了，只是在地上乱摸。先摸着一个大人，拉了拉没拉动；又向大人的身后摸，才摸着小孩的腿，我就一把抓着抱起来，跳出门去。我一看小孩子，是挺好的一个小孩儿呀。他穿着小短裤儿，光着两条小腿儿，小腿儿乱蹬着，哇哇地哭。<u>②</u>我心想：'不管你哭不哭，不救活你家大人，谁养活你哩！'这时候，火更大了，屋子里的家具什物也烧着了。我就把他往地上一放，就又从那火门里钻进去。一拉那个大人，她哼了一声，我就使劲儿往外拉，见她又不动了。凑近一看，见她脸上流下来的血已经把她胸前的白衣染红了，眼睛已经闭上。我知道她不行了，才赶忙跳出门外，扑灭身上的火苗，抱起这个无父无母的孩子。……"

朋友，当你听到这段事迹的时候，你的感觉又是如何呢？<u>③你不觉得我们的战士是最可爱的人吗？</u>

谁都知道，朝鲜战场是艰苦些，但战士们是怎样想的呢？有一次，我见到一个战士，在防空洞里，吃一口炒面，就一口雪。我问他："你不觉得苦吗？"他把正送往嘴里的一勺雪收回来，笑了笑，说："怎么能不觉得？咱们革命军队又不是个怪物。不过咱们的光荣也就在这里。"他把小勺儿干脆放下，兴奋地说：<u>④</u>"就拿吃雪来说吧。我在这里吃雪，正是为了我们祖国的人民不吃雪。他们可以坐在挺豁亮的屋子里，泡上一壶茶，守住个小火炉子，想吃点什么就做点什么。"他又指了

❶ 细节描写

从这里可以看出马玉祥为了挽救朝鲜人民，已经全然不顾自己的安危了。

❷ 心理描写

作者在这里运用了心理描写的手法，巧妙地写出马玉祥一心为他人着想的高贵品质。

❸ 反问

这句问句在文章中具有过渡的作用，也有加强语气的作用。

❹ 语言描写

从这里可以看出战士们那种乐意为祖国人民吃苦的幸福观。

指狭小潮湿的防空洞，说："再比如蹲防空洞吧，多憋闷得慌哩，眼看着外面好好的太阳不能晒，光光的马路不能走。可是我在这里蹲防空洞，祖国的人民就可以不蹲防空洞呀，他们就可以在马路上不慌不忙地走呀。他们想骑车子也行，想走路也行，边溜达边说话也行。只要能使人民得到幸福，就是我们最大的幸福。所以，"他又把雪放到嘴里，像总结似的说，"我在这里流点血不算什么！吃这点苦又算什么哩！"我又问："你想不想祖国呀？"他笑起来，①"谁不想哩，说不想，那是假话，可是我不愿意回去。如果回去，祖国的老百姓问：'我们托付给你们的任务完成得怎么样啦？'我怎么答对呢？我说'朝鲜半边红，半边黑'，这算什么话呢？"我接着问："你们经历了这么多危险，吃了这么多苦，你们对祖国、对朝鲜有什么要求吗？"他想了一下，才回答我：②"我们什么也不要。可是说心里话，——我这话可不一定恰当呀，我们是想要这么大的一个东西……"他笑着，用手指比个铜子儿大小，怕我不明白，又说："一块'朝鲜解放纪念章'，我们愿意戴在胸脯上，回到咱们的祖国去。"

朋友们，用不着多举例，你已经可以了解我们的战士是怎样一种人，这种人有什么一种品质，他们的灵魂是多么的美丽和宽广。他们是历史上、世界上第一流的战士，第一流的人！他们是世界上一切善良人民的优秀之花！是我们值得骄傲的祖国之花！我们以我们的祖国有这样的英雄而骄傲，我们以生在这个英雄的国度而自豪！

❶ 语言描写

从这段语言描写中可以看出志愿军时刻把人民的嘱托记在心上。

❷ 语言描写

从这里可以看出战士们贡献很大、要求却很少的高尚品格。

① 亲爱的朋友们，当你坐上早晨第一列电车走向工厂的时候，当你扛上犁耙走向田野的时候，当你喝完一杯豆浆，提着书包走向学校的时候，当你安安静静坐到办公桌前计划这一天工作的时候，当你向孩子嘴里塞着苹果的时候，当你和爱人悠闲散步的时候……朋友，你是否意识到你是在幸福之中呢？你也许很惊讶地说："这是很平常的呀！"可是，从朝鲜归来的人，会知道你正生活在幸福之中。请你意识到这是一种幸福吧，因为只有你意识到这一点，你才能更深刻了解我们的战士在朝鲜奋不顾身的原因。② 朋友！你是这么爱我们的祖国，爱我们的伟大领袖毛主席，你一定会深深地爱我们的战士，他们确实是我们最可爱的人！

1951 年 4 月 1 日夜草

❶排比

作者在这里巧妙地运用了排比的句式，陈述了在我们看来十分平常的事情，但这份平常是那些无私奉献的烈士们用生命换来的，进一步突出了对战士们的高度赞扬。

❷抒情

作者在文章的最后联系我们的幸福生活，号召人们热爱志愿军战士，因为他们确实是我们最可爱的人。

精华赏析

《谁是最可爱的人》属于一篇著名的优秀的通讯。它那奔放的思想感情，激起了全国人民心头的汹涌浪涛，也鼓舞着人们投入伟大的抗美援朝运动。作者以"谁是最可爱的人"这一醒目而又发人深思的标题，表现了一个具有深远意义的主题：我们的战士是最可爱的人，从而热情地讴歌了这场伟大的战争。

 延伸思考

1. 为什么把中国人民志愿军叫作"最可爱的人"呢？

2. 作者选用了哪几个典型的事例，来描写志愿军战士的高尚品质？

3. 全文作者采用了什么写作顺序？

相关链接

1950年6月，朝鲜发生了内战。美国趁机进行武装干涉，与此同时还派第7舰队侵入台湾海峡，美军全然不顾中国政府的一再警告，把战火烧到鸭绿江边，严重地威胁到我们国家的安全。1950年10月，中国人民志愿军前去支援正在浴血奋战的朝鲜人民，这些优秀儿女肩负人民的重托及民族的期望，举起了"保卫和平、反抗侵略"的正义旗帜，迈着英勇的步伐，"雄赳赳，气昂昂，跨过鸭绿江"，奔赴朝鲜战场。经过两年零九个月的浴血奋战，中国人民志愿军和朝鲜人民军最终打败了以美国为首的"联合国军"，取得了抗美援朝战争的胜利。

朝鲜同志

名师导读

　　世界上最珍贵的东西是什么？不同的人会有不同的答案，但在作者心里，世界上最珍贵的东西，是战友之间那种为了人民、为了祖国把生命置之度外的伟大的革命主义精神。

　　① 年轻的朋友们，请你告诉我，
在艰苦的日子里，
什么是这世界上最珍贵的东西？

一

　　我有着许多可爱的老战友，都像拴在我的心上一样。不定在什么时候，他们就微笑着，隐隐出现在我的眼前。

　　今年，自从朝鲜战争爆发以后，最引我怀念的，是我的一个朝鲜籍的老战友——老金。当我翻开报纸，看到朝鲜人民军勇猛进军直迫釜山的时候，就好像看见他骑着一匹马，带着一支队伍，沉着地、气昂昂地疾进着。② 有时候，又像看见他在阵地前沿的战壕里，严肃地举着望远镜，望着面前密密麻麻的工事在思考。可是，当我又看到美国侵略者在仁川登陆的消息，就像看见他——老金，又瘦了些、黑了些，在费力地指挥着队

❶疑问

　　作者在文章的开头巧妙地运用了一个疑问句，这样有利于引起读者的阅读欲望和思考。

❷侧面描写

　　作者在这里叙述着自己对老战友的思念之情，从侧面也反映出老战友对工作的认真负责的态度。

❶ 叙述

作者在这里讲述了自己看到美国侵略者的恶行，想到老战友在大火里奋战的情形，进一步突出了自己对老战友的挂念之情。

❷ 细节描写

从这里可以看出战士们的生活条件十分艰苦，作战无比的艰苦。

❸ 心理描写

作者连用两个感叹号，进一步抒发了作者当时不满的情绪。

❹ 细节描写

一个"掂"字就很好地反映出"巧妇难为无米之炊"的现状。

伍，掩护着，艰难地撤退。① 特别是，我看到美国侵略者向朝鲜倾下千百吨燃烧弹的消息，就好像看到老金和他的队伍，在无边的大火里奋战、呼喊……

老金，我的战友！现在我翻看着你今年夏天给我的一封信，还有你在多年前留下的一把小刀。这把小刀，早已经长满了厚厚的红锈。可使我更想起艰苦的日子，想起了你！

二

1942 年的春末，我们正处在艰苦的反"扫荡"中。有一天，为了跳出敌人的合击圈，我们直走了一整夜，才到了宿营地——在半山坡上，一个只有两户人家和一个羊圈的小山庄。② 困得我也不知道是枕在同志的腿上还是膀子上，很快就睡熟了。

睡梦里，我跟日本鬼子搏斗着，被日本鬼子摔倒骑在身上，往我嘴里塞石子。我挣扎着醒来，一看不知道是哪个同志的一条又肥又粗的大腿，正横在我胸脯上。我搬开它坐起来，才发觉，我是这么饿呵，腿是这么疼呵，再也睡不下去。③ 我心里念叨着："怎么还不开饭呢！炊事员是搞什么鬼呢！"加上我平素对司务长印象不好，不知怎的，就肯定是司务长光睡觉不负责任。越想越有气，就顺手找了个小棍儿拄着走出来。

走到院里一看，伙房的小屋还没冒烟呢。我就冒了火，冲进去，劈头就说：

"司务长，你这叫负责任不负责任？"

④ 司务长正掂着一条小米袋十分为难地思量什么，

一听，也急了：

"我为什么不负责任？"

"你说！为什么到这工夫还不做饭不点火？"

"你不调查研究，你主观！"他竟然做了结论，又气昂昂地说，① "部队一到宿营地，老乡就说，米叫日本鬼子烧了，小半瓮酸菜也叫倒在茅坑里啦。我马不停蹄地到了小张庄，粮库主任也叫鬼子杀啦，谁也不知道粮食在什么地方藏着。来回 20 里，我屁股还没沾地，你……"他越说越气粗，"烧火！你叫谁烧火？四个炊事员，夜黑价两个跑了坡，这工夫还没上来。这儿井也没有，离河二里地，炊事员上上下下抬到这会儿，才抬了半缸。不知道你钻到哪儿睡了一觉，就跑到这儿来撒野啦！"

我讨了没趣，气也消了，有气无力地问：

"那么，怎么办呢？"

"怎么办？反正够不够就是它！"他掂了掂手里的那条小米袋，又说，"小李！假若你是这个司务长，看你的锦囊妙计吧。"

② 我们俩就大眼瞪小眼地呆了起来。

这时候，两个炊事员，吃力地抬着一大桶水走了进来。他们一边喘气一边兴奋地说：

"司务长，咱们有办法啦！"

司务长闷着头。我忙问：

❶语言描写

司务长的话充分揭露了日本鬼子的险恶与歹毒，他们想让中国战士饿死。

❷神态描写

"大眼瞪小眼地呆了起来"进一步反映出作者他们所面临的问题不好解决。

注释

里：长度单位，1里等于500米。

13

"有什么办法呢？"

他们一边往锅里倒水，一边说：

"金干事跟通信员，背了两大篓野菜回来啦！"

我和司务长三脚两步地跑了出去。只见老金跟通信员一个人背着一个大篓子，曲着身子正吃力地从沟底向庄上爬。看得出来，特别是老金，已经再也走不动了。① 我们一边喊一边跑了下去，看见老金黄黄的脸，因为几天不洗变得黑乌乌的，汗珠在下巴上挂着。他们俩的鞋头，全飞了花，露出的脚指头，用布裹着，凝着紫红的血痂。我们俩赶忙把两个篓子从他们冒着热气的背上接过来，呀，满满的两篓子野菜，什么野韭菜啦、薹薹芽啦、老鸹筋啦、水芥子啦，全是绿莹莹的，好像用它绿星般的小眼看人一样。我们看看野菜，笑眯眯地看看他俩。司务长拉着老金的手，不知说什么好。老金一时喘不上气，但也看出他的眼睛在微微笑着。

② 我们把两篓子绿莹莹的野菜往院里一放，大家都围上来，也是笑眯眯地看看野菜，看看他俩。

通信员红红的脸上，亮着明闪闪的眼睛，喘着气说：

"咱们金干事，真是比不了呀，一到这儿，他向老乡打听了一下，就把我喊走了。"他指了指对面那座郁郁苍苍的山峰，说，"我们就爬了上去。金干事用小刀，我用手指头，就比赛起来啦。急得金干事把小刀都碰坏了。"说着，他举起一把明光光的小刀。我接过来一看，小刀果然碰了两个口子。通信员又说：③ "可是，金干事的'歼灭战'打得真彻底，连石头缝里的野菜，都叫他剔下来啦。他爬到一个悬崖上，要不是我拉着他，差

❶细节描写

作者在这里详细地描写了老金的外貌及衣着，从中可以看出老金他们为了弄这两大篓野菜付出了很多。

❷直接描写

作者用短短的一句话，反映出这两篓野菜在战士们的眼里是多么可爱，这也反映出当时的生活条件十分的艰苦。

❸语言描写

通讯员详细地描述了老金为了给大家挖野菜所遇到的危险，进一步说明了在当时的情况下，就连野菜也十分不好找。

点把他摔下去。"

"这一下老金可解决了问题啦。快烧火吧！我的肚子早提抗议啦。"

"会餐吧，同志们！"

① "我烧火！"

"我摘菜！"

大伙嚷着，一齐动了手。老金也抓了一大把野菜，靠墙坐着，伸着两只开花鞋，摘起来。

不一会儿，同志们围着热气腾腾的一大锅菜粥，用着各色各样树枝儿、草棒儿做成的筷子，狼吞虎咽地吃起来。

谁也不能够形容，它是多么香甜啊。

那时候，现在写诗的红杨树也跟我们一起当干事，他当时还写了这么一首诗呢：

② 谁说野菜苦，

我说野菜香：

野菜长在荒岭上。

不怕山穷露水冷，

石头缝里也生长。

谁说野菜苦，

我说野菜香：

野菜长在高山上，

不管连夜暴风雨，

星星一落见太阳。

❶ 场面描写

这里主要是战士们热情地着手做饭的情景，从中可以看出战士们那种苦中作乐的乐天主义精神。

❷ 引用

作者在这里巧妙地引用了诗句来描写当时战士们的艰苦生活。

✒ 读书笔记

朝鲜同志上山去，

野菜跟他到队上：

吃罢野菜高声唱，

人人都说野菜香。……

当天晚上，支部给了我一个任务，叫我培养老金入党。
① 现在，忘在我挎包里的那把长满厚厚的红锈的小刀，就是老金当初挖野菜的小刀啊。

❶ 直接描写

作者在这里重点提到了小刀，这也说明作者对这段记忆十分的深刻。

三

连续几个月的反"扫荡"，我的身体已经拖垮了。我发着很重的疟子，还得了夜盲症。有一次，我们在大山上被敌人整整包围了一天，没吃一口饭，没喝一滴水。黄昏，部队突围了。下了山我再也站立不住，就昏昏迷迷地倒在了小河边。

队伍从我身边迅速地奔驰过去。我知道我已经没有可能跟随部队突围了。我把头伸到绿汪汪的溪水上，拼命地喝起来，想增加一点点力量，以便应付意外情况。

"别喝啦，小李！"

我听见有人喊我。抬头一望，见老金离开队伍，急忙忙地向回返。② 他走到我跟前，摸摸我的头，说："怎么样，小李？支部书记叫我留下来照顾你！"

❷ 语言描写

老金摸摸我的头急切地询问，进一步说明老金对我的关心。

❸ 语言描写

在大家都突围的时候，老金能留下来照顾生病的作者，从中可以看出老金那种把自己的生死置之度外的高贵品质。

"老金！"我叫了一声。在这样的情况下，听见了他的这种语声，是最让人动感情的。我说："你快走吧，我，我不能连累你！"

他拉我坐了起来，柔声地说："不要动感情嘛，同志。看你烧得像火炭一样，我没有病，怎么也好说。"③ 他思索了一下，说："我搀你到老乡家里先缓缓劲儿，有敌情也好对付。"说着，就搀我往山坡上的一个小庄走去。我的头像着了火似的，歪在他的肩头上，晃晃荡荡地走着。

① 我们刚走到村边儿，就看见老乡们乱纷纷地，拉着毛驴的、背着小孩的、提着包袱的正往沟里卷。一个白头发老太太拉住我们说："哟，同志呀，你们还不快走，敌人离这儿不远啦！"

老金细问了一下，思忖了一会儿，就决定到最险要的摩天岭上，因为这儿敌人从来没有上去过。

这当儿，天已经黑了。

我仍旧趴在他的肩头上，可这样高高低低的羊肠小路，两个人怎么能够并着膀儿走呢。② 走几步，不是我跌倒，就是他跌倒，再不两个人一块儿滚在地上。我要自己走，他又不答应，怕我跌下黑森森的山沟。最后，他把绑腿解下来，拴到我的皮带上，牵着我。就是这样走着呀，我望着他那白背包，听着他那破水壶磕碰的叮咚的声音走着。

走了不过十几里路，我就觉着像是走了百十里路一样。我觉着像有一股冰水在我的脊梁沟儿里开始流着——哦，我知道我的疟子又袭来了，接着打抖。我站不住，坐在地上。老金赶忙回身搀我，可我怎么也挣不起来。我迷迷糊糊地，觉得老金把我抱在怀里，还听他喊："小李！小李！是疟子来了吧？"我嗯了一声。他又说："那么，咱就在这儿歇一会儿。"说着，他也坐在地上。

③ 这当儿，"哒哒哒，哒哒哒……"头顶的山头上，突然响起了一梭子机枪声。回声在山谷里嗡嗡响着。

①细节描写
作者在这里用了一个"卷"里，巧妙地把当时人们的慌乱之情描写得淋漓尽致。

②直接描写
从这里可以看出当时的路况十分糟糕，从侧面也反映出老金对作者的不离不弃的精神。

③拟声词
作者在这里巧妙地运用了拟声词，一是可以突出当时的情况非常危急，二是可以让读者有一种身临其境的感觉。

17

❶过渡段

这一个自然段在文章中起着承上启下的作用，这样写能让文章衔接更加紧密，过渡更加自然。

❷语言描写

作者的话进一步说明当时的情况十分危急，也从侧面反映出作者不想连累战友的心理活动。

❸语言描写

从老金急切的呼唤中可以看出他把作者的生命看得比自己的要重很多，他一心为作者着想，全然不顾自己的伤痛。

我猛然一惊，稍微清醒了些。老金很敏捷地掏出了驳壳枪，往山头上望了望，然后，在我耳朵边轻轻地说："有敌人。"

① 就处在这样的一种关头呀！

同志们，你们想，我怎么能让老金因为我一个病得这样的人轻易地牺牲呢？……我紧紧地攀着老金的脖子，对着他的脸，几乎用了我整个生命的声音，悄悄地恳求他：

② "好老金！好同志！我永远忘不了你，我的好战友。我恳求你放开我走吧，我只要你留下一颗手榴弹啊！"

在星光下，我看见老金的脸，从来没有过这么严肃。他几乎带着恼怒地说："胡说！"说着，就站起来，四面望了望，马上把驳壳枪往腰里一插，不由分说地把我背起来。不知道从哪里来的一股精神和力量，振动着他的全身，他背着我昂然地向回路走。我虽然迷迷糊糊，但我觉得出，在我下面的，是一种多么坚定和沉着的步伐！

在一个山拐角，不知道是他的脚蹬空了，还是被一块石头绊住了脚，我们猛然跌倒了。我还在他的身上压着。急得我赶忙滚到一边，看见他的头正摔在一块尖石上。我轻轻地唤着他，他也不答应，只是呼哧呼哧地喘气。我摸了摸他的头、他的脸，黏津津的，头发也湿漉漉的。我知道他流了血。我浑身摸索着，找出了一个救急包。正给他缠着，他"唔"了一声，醒了。接着他叫：

③ "小李！小李！"

"我在你身边呢。"我说。

"把你摔伤了没有？"

① 他呀，摔成了这样，还先问我呢。我嗓子里像梗塞着什么热辣辣的东西，回答了一声"没有"。

我把绷带打好，他就坐起来。他摸索着，把摔掉的驳壳枪拾起，在衣服上擦了一下，又说："我估计敌人刚才并没有发觉咱们。不过……"他指了指参星，"你看，天快过半夜了，我们今天夜里是走不出多远了。不如找一个好隐蔽地藏在那里，他要来就跟他拼！"他征求我的意见，"小李，你看呢？"我点点头。他站起来又要背我，我强硬地拒绝了他。他不得不又用绑带牵着我走。我们拐进一个更狭窄的山沟里。

② 边走他边摸着，把驳壳枪一会儿拿出来，一会儿又掖到腰里。绕了好几个弯儿，又走了一截儿，他忽然站住，用手一指兴奋地说："小李！你看。"我仔细一瞧，黑森森的，是一个山洞。他伸着枪，猫着腰，摸索着爬了进去。"好地方！好地方！"他在里面连声叫着，"小李！把背包打开吧，这块石头平一点。"我把背包解开，也猫着腰爬了进去，黑洞洞的，一点也看不见，四处一摸，有小半间房子大小。③ 他接过我的被子，给我铺上。他像完全忘记了自己的创痛一样，拍着我的腿，说："你还呆什么呢，快睡！明天好应付情况。"他扶我躺下来，然后就靠着石壁坐在洞口。这时候，我发疟子的冷劲儿过去了，又开始发热，慢慢又被烧得昏迷起来。开头还听见他揭手榴弹盖子的声音，以后就什么也不知道了。

每当我昏昏迷迷睁开眼睛的时候，就恍恍惚惚地，

❶ 心理描写

作者被老金那种把自己的生死置之度外的精神所感动。

❷ 细节描写

"一会儿……一会儿"进一步突出了危险不断，老金为了保护作者时刻紧绷着神经。

❸ 语言描写

老金的话充分体现出他对作者的关心，他坐在洞口，进一步说明老金为了作者的安全时刻不放松警惕之心。

看见一个伟大奇丽的巨影：一个人，头上扎着绷带，紧攥着一颗手榴弹，坐在洞口，两眼凝视洞外守护着我。① 我像躺在母亲怀里的婴儿一样在酣睡着。我心里似乎想说："老金，你休息休息吧。"可是，我不知道是不是说出了，我是烧得完全昏迷了。

❶直抒胸臆

因为有老金的守护，让作者有了安全感，所以才酣睡。

当我醒来的时候，天已经亮了。看看洞里空落落的，只剩下我一个人。看看我手里还握着一颗手榴弹。看看四围都是石壁，地上还仿佛有什么毛茸茸的东西卧过的样子。这是一个狼窝吧，我猜想着，更觉得孤单焦急起来。老金到哪儿去了呢？……我耐不住，爬到洞口一望，外面是披满茂草的山峰，风吹得山草呜呜地呼啸着、摇摆着，什么也看不见。

❷直接描写

这一自然段充分反映出作者的孤独，以及他对老金的担心。

② 这时啊，我多么想看见一点点同志的影子，听见一点点同志的语声，特别是老金同志的一点影子、一点语声。

好大一会儿，才看见从山头上走下一个人来。晴蓝的天衬着，看得十分清楚。他头上扎着一条白绷带，手里提着一包什么，一拐一拐地走着。我认得出的，这就是老金啊。我向他摆着手，几乎喊出声来。等走近了，③ 我看见他只剩下一只露着脚指头的烂鞋，光着一只脚，在乱石上碰得血糊糊的。可是不知道为什么他那样兴奋，一见我就笑着说："小李！等急了吧？"我一把把他拉到洞里，几乎把他拥抱起来。

❸细节描写

作者在这里详细地描写了老金的脚，从中可以看出老金在黑夜里艰难的行程。

我看着他的脸，他方方的黄脸，已经黑瘦了，颧骨也高了，眼窝也深了；但那深陷在眼窝里的眼睛，却时时散出微笑的光芒。我问他干什么去了，他像没听见，只是忙着解开提来的小手巾包。手巾包打开了，是十多块黄灿灿的蒸南瓜。他连忙说："吃吧，吃吧。"然后才回答我说，"我不是告诉你啦？"我说："没有啊！"①他又笑起来，"唉，准是你烧昏了。我一直守着你，直到天快明了，我怕敌人天亮搜山，想先侦察一下敌人的动静，就把你摇醒，怕发生意外，还交给你一颗手榴弹呢！"他又递给我一块南瓜，也拿了一块自己吃着；可是看得出，他一次只咬一小口。他接着说："侦察回来，我正想给你找点东西吃，你说多么巧啊！在那边山窝窝里，正碰上昨天那个老大娘。她给了我这么多蒸南瓜，还打听你的消息呢。吃吧，小李。"

❶语言描写········

老金的话充分体现出他一心为别人着想的高贵品质。

我一连吃了几块蒸南瓜，精神也好了些；怕不够，没敢再吃，马上被他看破了，又递给我一块。②我问起敌情，他像竭力向我隐瞒着什么，说："吃吧，不管它！"我一直追问，他才告诉我：四外山头上是敌人的帐篷，山下头村子里是灯笼火把，乱糟糟的，特别是房子没有烧，这是敌人没有撤退的最可靠的征候。这些征候表明：敌人在今天搜山是确定无疑的了。

❷语言描写········

老金为了不让"我"担心，所以才一再催促我吃南瓜，从侧面反映出老金为了作者什么都豁出去了。

"老金！"我带着感叹的声音说，"只要我有一颗手榴弹，只用一颗，我不管在什么地方都会拼个够本，也会保全我的民族气节。只可惜我连累了你！"听了这话，老金立刻目光严峻，不满地说：③"我根本不同意你这个说法！怎么会是连累？……不要看我是一个朝鲜人。我老金为了一个战友牺牲，为中国人民牺牲，不管牺牲在任何一个中国的山头上、村子边，是绝没有遗憾的！"他显然因此激动起来，接着说："小李！我不知

❸语言描写········

老金的话充分体现出老金具有伟大的革命主义精神，愿意为革命付出生命。

21

道你是用什么眼光看我！……我认为我这一生，如果能看到你们解放啦，我的祖国也解放了，倘若我还能成为一个共产党员，就是我最大的幸福！"

这样严肃，使我们沉默了半晌。

① 洞外，起了大风，山草呜呜地叫着，下起小雨来。

"老金，你跑了一夜，咱们躺到一块儿暖暖吧！"

他答应了。当他向下解手榴弹袋的时候，我看见有一颗手榴弹的把儿上像有一行字。我拿过来一看，金黄的木把儿上写着：

② "为世界无产阶级的解放事业流最后一滴血！"

我像被一种什么巨大的热流冲荡着，马上想起支部书记给我布置的任务。

"老金！"我叫着抱住了他，看着他扎着绷带的头、瘦黑的脸，说，"我愿做你入党的介绍人！"

老金也把我抱住。在这个狼窝里，虽然外面的天是那么阴暗，洞口的山草在摇摆，风雨不绝地袭击我们，但我们感到是多么的温暖啊。

我的心在低唱着：

在这艰苦的日子，

亲爱的朋友！

请你告诉我：

③ 什么是这世界上最珍贵的东西？……

四

1943 年秋天，我调到另一个地区以后，就失掉了老金的讯息。解放张家口，我才听说，他已经回到他解

----

❶ 环境描写

作者在这里加入了一段环境描写，是为了突出他们所面临的危险很大。

❷ 直接描写

这一句话充分体现出老金为了无产阶级的解放事业甘愿付出生命的决心。

❸ 疑问

这个疑问句用得十分巧妙，不但能引起读者的思考，还能把战士们那种洒热血、抛头颅的精神描写出来。

放了的祖国去了。直到今年 8 月，才接到他捎给我的一封信。捎信的还说他在朝鲜人民军的某个师里当师长，他那个师打得还很不错。

那封信是这样写的：

亲爱的老战友：

我们不见面，算来已经六七年了。在这样长的日子里，我并没有忘掉你和许多的中国同志。直到我归国以后的前几年，还不断梦见我们从前山沟里的老房东们。我甚至想，在我们胜利后再去看看那些地方。同志！这几年你的情况怎样啊，你结婚了吗？做了父亲吗？……这一切，我一点都不知道。

我自从回国以后，仍旧在军队里工作。在团里待了几年，去年又调到师。我时常想，我所以今天能为我的祖国、为朝鲜人民负这样的责任，是同过去我们共同从事的伟大斗争分不开的。①假若没有这点，我还不仍旧是被皮鞭追赶着的小工吗？这是我这一生永远不能忘记的。……

我要向你报告的不幸的消息是：我的老母亲和我的大孩子（14 岁），已经在上月美国鬼子的轰炸里被炸死了，连尸首都没有找到。我的妹妹也参加了部队，有一次，她曾经冲上敌人的坦克，用手榴弹把敌人炸死。但是前两天，她也在一次冲锋里牺牲了。现在我只剩了一个 4 岁的女儿，由她母亲在乡村里带着，我的老婆也参加了抗美斗争。同志，现在我的祖国，我的故乡的许多村子，正像当年我们一起在北岳区的那些乡村一样，差不多被烧完了。②……这就是华尔街的强盗们在我的国土上造的"业绩"！

读书笔记

❶ 反问

这句话充分体现出老金对自己从事革命事业感到无比荣幸、无比骄傲之情，从侧面也反映出他是一个甘于奉献的优秀战士。

❷ 反语

老金在这里采用了反语的写作手法，揭露了华尔街强盗们的恶行。

❶直接描写

从这里可以看出老金坚强的毅力，以及他身上散发出来的那种不屈服的精神。

老战友，请你不要难过。^①铁和火从来不能使一个国家的人民屈服，而只能激起更猛烈、更顽强的战斗。我们一定会更勇敢、更机智地战斗下去。请你相信，老战友，我过去不怕日本帝国主义，我现在也决不会怕美国强盗。我们终将击败他们，把他们一个不剩地赶出我们的国土。我老金的眼睛，是不能看到有一匹野兽蹲在我的故乡的。朝鲜人民的解放事业必定会获得最后的胜利！

因为连日的战斗，恕我不多写了。我最后希望你千万要来信，把你和一些老战友们的情形写来。因为在前线上，我也不断地想念着你们！

五

现在，我的面前，放着这一封信，和一把长满红锈的小刀。它使我记起我们经历的艰苦又交织着朝鲜战场的火光的日子。

❷抒情

作者在这里采用直抒胸臆的抒情方式，表达了自己对老金的想念之情。

^②老金，我的同艰苦共患难的战友！

我怀念着你。

我不能忘记：在中国人民艰苦斗争的日子，是谁爬在那高山的悬崖上，挖取野菜；是谁在黑夜里牵着我、扶着我、背着我离开那死亡的影子；是谁缠着白绷带、拿着手榴弹警卫着我……特别是，是谁叫我懂得了什么是这世界上最珍贵的东西。

老金，我的同艰苦共患难的战友！

❸抒情

作者在文章里写出了自己迫切希望与老金会面，来表达自己对老金的思念之情。

^③请你等着我吧，在不久的时候，鸭绿江就会看见，你的老战友和你并着肩立在那燃烧着火光的地方！

1950 年 12 月 15 日夜于北京

24

《朝鲜同志》主要讲述了作者在朝鲜战斗中与老金的点点滴滴，老金不顾自身安危给同志们挖野菜，解决同志们的吃饭问题；在突围过程中，毅然留下来陪作者渡过难关等事迹，让作者深深地感受到了同志之间的那种无私奉献的革命主义精神。

延伸思考

1.《朝鲜同志》作者主要讲述了谁的事迹？

2.为什么一锅菜粥让同志们觉得十分香甜？

3.你认为什么是世界上最珍贵的东西？

相关链接

上甘岭战役是朝鲜战争中最惨烈的一次战役，我军涌现了许多可歌可泣的战斗英雄，在反击战中，黄继光为了保证反击部队按计划发起冲击主动请战，带领两名战友，冒着密集的炮火向敌人的火力点爬去。第一次爆破火力点没有成功，黄继光在身负七处重伤、左腿被炸断的情况下毅然挺起胸膛，张开双臂，冲着狂喷火舌的射孔，猛扑上去，用自己的身躯堵住了敌军的射击，用自己年轻的生命，为志愿军胜利前进开辟出一条道路。

一家贫农

名师导读

　　贫农就是指生活条件困难的人，就是这样的一户人家，他们在充满危险的战斗中却表现出一种不怕牺牲、为了胜利宁愿牺牲一切的高大形象，所以作者才说他们是最可爱的人。

❶直接描写

　　作者在文章开头详细地描写了咸龙桥附近的炸弹坑，从中可以看出这里经常发生战争。

❷列数字

　　作者在这里巧妙地运用了列数字的写作手法，不仅可以使所要说明的事物准确化，还方便读者去理解。

① 汽车在夜色里忽然颠簸起来。借着星光，我看看外面，大大小小的炸弹坑愈来愈多。山坡也被炸瘫了，石头滚落在路面上。经验告诉我，这是敌人的轰炸重点。一问，果然前面不远就是咸龙桥了。

　　哦，咸龙桥！我的精神立刻为之一振，不由自主地喊出声来。因为我早就听说，这是一座英雄的桥。② 在我们来到以前，这座桥已经被少则十几架多则成百架的美国飞机轰炸了 36 次，而这座桥却仍旧巍然屹立在浓烟烈火中。并且，就在这座桥的四周，有整整 40 架敌机落地焚烧，还有不少的飞贼被生擒（等到写这篇记事的时候，听说那里击落的敌机，已经不是 40 架而是 60 架了）。

　　我们决定立刻下车步行，好更真切地看看它——这座英雄的桥。

我们沿着山间公路走了不远，就看见一带江水在朦胧的夜色里发着白光。人们告诉我，这就是马江了。这是被约束在黑森森的群山里的一条激水。① 这条激水势如奔马一般，正好在这里穿过一个险峻的山口。咸龙桥就横在山口上。我看见马江穿过黑郁郁的山口直泻平原，莽莽苍苍，正像是跃然而出的一条苍龙。

我们在桥上缓缓走去。一面察看这座桥在夜色里雄伟的姿影，一面察看两岸高耸的群山，一切都显得无比威严。听听脚下的江水，江水并不喧哗，但却隐隐传出深沉有力的波声。听说，在战斗最激烈的两天里，这里曾一举击落 28 架敌机。我在想，当一架架敌机冒着黑烟纷纷坠地的时候，该是多么壮观的景象！② 难道这是白宫的老爷们所曾料到的么？不，他们没有料到。因为在他们的眼睛里，这不过是地图上的一座普通的渡桥。他们不知道一座普通的渡桥，因为拥有英雄的人，它就变成了一座隐伏着怒火的强大堡垒，一座在疾风暴雨中镇静而威严的"钓鱼台"！

③ 围绕着这座桥，产生了多少动人心魄的故事呵！

然而，我愿意首先叙说的，却是一家贫农。也许它可以回答：为什么咸龙桥能够在烈火中昂然屹立？也许它可以回答：人民战争的花朵，在什么人的心里开得最美最红？

这是发生在 5 月末尾的一次战斗。由于敌机一次又一次遭到惨重的损失，这些胆怯而狡猾的飞贼们，就想出一条鬼主意：④ 他们总是向海的方向俯冲；即使被打

❶ 比喻

作者在这里巧妙地运用了比喻的修辞手法，把马江比喻成一匹奔腾着的骏马，形象生动地写出了水势湍急的样子。

❷ 设问

作者在这里巧妙运用设问的句式，不但可以吸引注意力从而引起读者思考，还可以突出内容，使文章起波澜、有所变化。

❸ 过渡段

这是一个过渡段，在文章中起着承上启下的作用，还可以让文章内容变得连接流畅，过渡自然。

❹ 解释说明

这一句话解释了敌军喜欢在海的上空进行作战的原因，进一步突出了敌军的狡猾。

掉，也可以落在海里，等待直升机来救。这天，当敌机正这样俯冲轰炸咸龙桥的时候，忽然，江中犁开一道浪花，从海上沿江而上开来了一艘越南军舰。这艘军舰正好对准俯冲的敌机猛烈开火，给敌机造成了致命的威胁。为了摆脱不利的处境，敌机也就向这艘军舰拼命地展开攻击。又是投炸弹，又是发射火箭和导弹，顷刻间，军舰四周都是腾起的水柱。① 这艘军舰十分镇定英勇，在奔腾的马江里忽进忽退，宛如一座威风凛凛的活动堡垒，不断地向着俯冲下来的敌机喷发着猛烈的炮火。但是后来因为军舰搁浅，中了一发火箭冒起烟来。舰上的炮手也有不少负伤。也就是在这最危急的时刻，出现了一场民兵保卫军舰的惊心动魄的搏斗。

当时，在岸上指挥民兵作战的，是一位 21 岁的姑娘。她名叫阮氏嫦，是这个区的民兵队长。（她已经是我的熟朋友了，因为她的个子相当高，我开玩笑叫她"山东姑娘"，可惜此处不能详细描写她。）她正指挥着两个民兵连同敌机战斗。她一见军舰中弹，舰上发出呼救，立即一面指挥民兵射击俯冲的敌机，来掩护军舰；一面指挥男女民兵登上军舰，去救护伤员并代替负伤的炮手们。② 一声令下，男女民兵们，有的驾起小船向军舰猛划，有的就跳在马江的激流里向军舰奋力游去。有一个女民兵吴氏选，因水急浪大，被大浪打昏了，又漂回到江岸；但她刚刚醒转过来，吐了几口水，就又跳在奔腾的江水里游过去了。还有一个发电厂的电工，也游到军舰上代替负伤的电工。顷刻间，这座江面上的活动堡垒，炮火

❶比喻

作者在这里巧妙地运用比喻的修辞手法，把军舰比喻成活动堡垒，进一步突出了军舰上的炮手们的坚强。

❷直接描写

这一句话把男女民兵们的英勇形象刻画得活灵活现，从侧面也反映出他们不怕牺牲的伟大精神。

又轰鸣起来，炮筒直指天空展开更加炽热的战斗。① 在这同时，村子里的群众也都忙碌起来，有的忙着给民兵做饭，有的驾着小船把啤酒和椰子送上军舰。尽管弹片不断地刷刷地落到江面上，但是运送弹药、运送饮料和接救伤员的小船，仍然一只接一只地向着军舰前进。直到军舰驶出自己的防区，民兵们还在江岸上不舍地追着它，跟着它，护送着它。这是一幅多么动人的人民战争的图画呵！

　　我所要讲的一家贫农的故事，就是在这场战斗里发生的。这个村子里有一个老贫农，名叫吴寿蔺，已经64 岁了。他有 5 个儿子，大儿子早已参军，剩下的 4 个儿子，这次全部上了军舰。弟兄四个合使一门高射炮，有的装弹，有的开炮，打得十分英勇。老人最小的儿子吴寿六——大家都亲热地叫他六儿，连续负伤两次都不下军舰，直到第三次负了重伤英勇牺牲。小六儿的三个哥哥也有两个光荣负伤。② 当他们英勇奋战时，老人正在社里喂猪，听到儿子的伤亡，一步也没离开自己的岗位。直到给六儿送葬，他才去了。人们怕这位年迈的老人悲伤过度，找人搀他，而他却说："我这人虽然心里悲伤，还能走得动，也不掉泪，我不用别人来扶！……"果然，在墓地的追悼会上，老人没有掉下一滴眼泪。

　　③ 这是怎样的一个家庭，怎样的一位老人呵！

　　我是多么渴望能够亲眼看一看他。到清化的第三天，我们就到他家里去了。那是一个雨夜。他的老伴说，他在社里喂猪还没回来呢。我们等了一会儿，也不见回。

❶直接描写········

　　民兵们在和敌军作战，群众在为民兵们做饭，送吃的喝的，这是一种军民齐心的暖心场面，也是打败敌军的无穷力量。

❷细节描写········

　　老人听到儿子伤亡的消息，依然坚守工作岗位的精神是多么高尚可贵啊。

❸抒情········

　　作者在这里抒发了自己对这一个贫农家庭的敬佩之情。

夜已经很深了。相陪的人催我们回去。我只好带着非常遗憾的心情，在潇潇的雨声里离开了这个村庄……

①没想到，过了一天，我们却意外地看到了他。

这是一个炎热的下午。我们正坐在一个农家挥着汗雨谈话，吴寿蔺和他的老伴，一人手里提着两个绿皮儿的大椰子来了。他们是顶着大大的太阳，从20里外赶来看我们的。老人的老伴是前天雨夜我们在一盏小油灯下看见过的。她比寿蔺老人小两岁，今年已经62岁了。她今天还特意换了一件比较干净的棕紫色的上衣。可是，只要看一看她裙子下一双隆起粗筋的赤脚，就可以想见她一生一世经过了多少辛劳。寿蔺老人穿着抗战鞋，棕色的三婆衫已被汗水浸得褪了颜色。他留着越南老人喜爱留的平头，虽然头发已经花白，但却行动敏捷，精神活跃。②他把两个大椰子往地上一放，就说那天晚上我们到他家去的时候，他到社里喂猪去了，很对不起；又一再说明，椰子是自家种的，不是在街上买的。说完，又接着告诉我们：那天我们刚走，飞机就来投弹。有两颗炸弹正投在离他喂猪的地方不远，可是，"都是臭的"！说过，哈哈一笑。

我们忙着给老人点烟倒茶，称赞他的儿子所作的贡献。老人兴奋得烟也顾不上抽了，把点着的纸烟往烟灰缸上一放，就谈起他的儿子来了。③他告诉我们：他的大儿子在抗法战争时就参军去了，并且"参加过奠边府战役"；他的大儿媳妇也参加了工作，对他非常孝顺；他的二儿子原来在军队上当炮手，复员回来在碾米厂当

①过渡段

这个自然段在文章中承担着承上启下的过渡作用，让故事过渡自然，内容连接更加连贯。

②细节描写

往地上一放，一再说明是自家种的，不是买的，这些语言进一步把农民的朴实写得活灵活现。

③语言描写

我们从老人的话中可以体会到他从内心为自己的孩子们感到骄傲与自豪。

工人；他的三儿子在太原工业区当工人，最近也回来搞农业了。说到这里，他笑了一笑：

"光我们家就有 4 个党员！"

"都是谁？"我笑着问。

"你看，"他伸着手指，"老大家两口儿，还有老四和我们的六儿。"

①"六儿本来是团员，是牺牲那天才追认是党员的。"吴寿蔺的老伴补充说，"在墓上追悼他的时候，连他的叔叔都称他是吴寿六同志。"

这时，我看见老人放在烟灰缸上的纸烟已经熄灭，连忙拿起打火机帮他点着。老人的脑筋究竟有些不够用了，由于他的话被别人打断，抽了两口烟，抬起头望望众人，问：

"我，我刚才讲到第几个了？"

"讲到第四个了。"大家笑着说。

"对，对，讲到老四了。"

②他抱歉地笑了一笑。接着告诉我们，老四也在军队上当过炮手，现在是民兵连长。战斗那天，他怕社里的稻子霉了，正在社里晒稻子哩，一听飞机响，就连忙跑到江边阵地上去了。

当寿蔺老人刚刚谈到全家最宠爱的小儿子六儿，他的老伴当众打断了他。

"还是我来说吧，"她向大家说，"有些事儿他不知道。"

提起六儿，我脑海里立刻浮现出一个非常可爱的

❶语言描写 ········

老人提起自己牺牲的儿子，话语中充满了自豪感，从这里也可以看出他们内心对党的忠诚。

❷直接描写 ········

"也"这个字就突出了老四同样是让老人感到骄傲的人。

31

❶外貌描写………

作者在这里详细地对六儿的外貌进行了描写，目的是为了让读者对六儿有进一步的了解，也为下面的内容做铺垫。

❷语言描写………

从老妈妈的话中，我们可以进一步加深对六儿的了解，他是一个深受大家喜欢的好孩子。

❸语言描写………

我们从六儿的话中可以看出他是一个英勇的战士，在危险面前勇于迎战，一点也不退缩。

17岁的男孩子的面影。那天深夜，我们到他家里访问，看见屋里柱子上挂着他很大一张照片。①他梳着小分头，圆圆的脸，大大的眼睛含着微笑，显得非常漂亮聪颖。

②"他是个乖孩子。"老妈妈说，"不光全家喜欢他，全村人都喜欢他。他是村里团支部的委员，牺牲时候，好多男女青年都哭啦。……"

从老妈妈的叙说里，我们知道，六儿在七年级上就停了学，在村供销社当售货员。但是他思想开朗，他说，停几年再上有什么要紧！供销社一部分卖百货，一部分卖烟、油。本来由两个售货员管，另一个不在时，他就跑来跑去一个人干。他还在村子里担任治安工作，敌机一来，他就拿着喇叭喊，督促大家下防空洞。飞机一走，他又跑到供销社售货。晚上还去文化补习班教书。③临参加战斗那天，他正拿着喇叭喊呢，一听军舰遇险，他就急忙把喇叭交给别人，说："我要到军舰上去！"还说："你们等着看吧，我会表现出勇敢来的！"他上了军舰，哥哥们打炮，他就在旁边装弹。他还让哥哥教自己打炮。他的下巴被弹片打伤，掏出手帕包扎了一下，一边淌着血，一边坚持战斗。他的哥哥要他下去，他就向哥哥作揖，哀告说："我的好哥哥，我拜拜你们吧！叫我千万留在这里吧！"他打了第二排炮弹，弹片又打伤了他的左脚，他没有倒下，仍旧继续向敌机开火。后来，一发火箭射来，弹片打中了他的头部。在滚滚的烟火里，他向哥哥们行了个举手礼，表示他不能继续战斗了，然后才倒在甲板上……

① 屋里沉寂无声。我脑海里立刻又浮现出六儿可爱的面影：圆圆的孩子脸，聪颖的大眼睛里露出微笑。

"他活着的时候，我是有些宠他。"沉了沉，老妈妈又回忆着说。"有时候，他也向妈妈撒娇。他就是喜欢书，喜欢交朋友，出去的时候，衣服喜欢穿得整齐一些。他还特别疼爱七妹妹，每天晚上回来，都教妹妹念书。② 他每月的工资是 33 元，除了给我买烟打油，其余的都供给妹妹上学。……"

我转过脸问寿蔺老人：

"听说六儿牺牲的时候，你正在社里喂猪？"

"对，对，"老人点点头说，"那天我正在社里喂猪，有人说：'吴寿蔺！你的 4 个孩子都上军舰了！'我说：'③ 他们有他们的任务，我有我的任务，没有什么可大惊小怪的。'过了一会儿，有人跑来找绑担架的东西，我就问：'有人负伤了吗？'他们就告诉我，老四负伤了，六儿也负伤了。他们没有敢说六儿牺牲了。这时候，我打了一个寒噤，觉着跟平时很不一样。可是我守着猪圈，一步也没有动。我不能离开！"

"这是为什么？"有人插嘴问。

"为什么！这是我们社里的整整 50 头猪呀！"老人望着大家，"我要离开，飞机来炸了，就没有人把猪栏打开，这些猪得统统炸死！"

老人神色激动，把手里的烟又往烟灰缸上一放：

"后来，又有人说：'你的 4 个孩子，不是死了，就是伤了。'我想：负了伤，国家给他治疗；就是牺牲，

❶环境描写

屋里沉寂无声，反映出人们的心情十分沉重，为这样好的人牺牲了感到万分沉重。

❷语言描写

我们从这里可以看出六儿对妹妹学习上的关心，他希望妹妹学到更多的知识，长大以后能成为一个有用的人。

❸语言描写

"他们有他们的任务，我有我的任务"，这一句朴实的话，充分体现出老人是一个恪守工作岗位的人，内心满满的责任感。

国家也会好好安葬。我只有仇恨美帝，如果美国飞机不来，我的儿子怎么会有的负伤，有的牺牲了呢！^①同志呀，我给你说，这时候，我真愤怒得发抖，可是我不能哭。因为，这时候飞机走了，大家正在扬场，人很多；我要是哭了，就会影响扬场，更可能使别人灰心。我就吩咐家里人：统统不能哭！谁也不许哭！……"

"那天，也有不少人去安慰他。"老伴补充说。

"对，对，那天有不少人到猪圈来安慰我。"老人接着说，"我对乡亲们讲：做父母的谁不心疼孩子？六儿，也不是容易就养大的。^②可是，他是为祖国，为党，为人民，为政府牺牲的。他牺牲是他完成了自己的任务；我不能回家去，因为我的任务还没有完成。……当天晚上，直到有个姑娘来代替我喂猪，我才离开了猪圈。……"

我又问：

"听说，给六儿送葬，你还不让人搀？"

"是呀，"他点点头说，"你想，哭哭啼啼搀搀扶扶的多难看哪！"

说到这里，他指了指他的老伴：

"那天晚上，我们送葬回来，已经后半夜了。省委担心我们过于悲痛，把我们接到办公室去安慰我们。我的老伴就说：^③'请领导放心。以后敌机再来，我就代替六儿去送炮弹！'我就说：'不成！你还要照顾孙子哩，再说你的身子也不太行，这个任务就交给我！'……"

当老人谈着这些的时候，我的心被一种无比强大的

❶直接描写
老人在这里陈述了他听到坏消息时的感受，这就充分体现出他是一个内心十分坚强且大公无私的人。

❷语言描写
在老人内心一直觉得要是为人民、为政府就是牺牲了也是十分光荣的，从中可以看出他是一个分得清轻重的人。

❸语言描写
我们从老人们的话中可以看出他有一颗为党为人民付出一切的必胜决心。

力量震撼着。我不禁又想起前天晚上的那个雨夜，在奔腾的马江边上的那座茅屋。这座茅屋看来比村里其他的农舍要显得低矮。①可是就在这样的茅屋里，居住着一个对革命对祖国多么忠诚而又多么坚强的家庭呵！

谈起现在的生活，老人说：

"困难是有，可是要比起从前就好得多了。我给同志说吧，八月革命前，我吴寿蔺没有一寸土地，几十年，我们两口都是给地主做苦工的……"

②"算啦，过去的事不要提啦！"老伴扭过脸去。

"给中国同志讲讲怕什么，"老人看了老伴一眼，"后来我又给人挑东西。来回几十公里，挣不到几个钱。就这样，日本法西斯还在路上拦住我，不让我去。钱挣不来，饿得孩子们哇哇地哭。……逼得没法儿，我又去山里开荒，法国鬼子的飞机又来轰炸，一天到晚钻防空洞。等到开出荒地，粮食还没有收到手里，地主又跑来收租子了。……"他激动起来，"这天地虽大，逼得我吴寿蔺没有一条路可走呀！最后我不得不去……"

"唉唉，你给同志们讲这些有什么用！"老伴立刻又打断他，而且显得有些生气了，"这些事三天三夜也讲不完！"

由于老伴几次打断，老人对自己的身世也就不多说了。但是他的神色仍然十分激动，他说：

③"同志，你想想，我们还愿意走回头路，再去过

①抒情
作者在这里抒发了自己对老人一家的敬佩之情。

②语言描写
老人不想叙述自己那些艰苦的日子，暗示了老人的过去一定是苦得不堪回首。

③语言描写
从这里可以看出老人们对党和政府充满了美好的向往，他们坚信跟着党一定能过上好日子。

注释

公里：长度单位，即千米。

那样的生活吗？不，不，我们一定要打到底！"

寿蔺的老伴神色凄然，偏过脸坐在那里。她今天几次打断老人的谈话，可以想到，这其中有多少辛酸事呵！虽然这些事没有细讲，我们也是可以猜到的吧。这个富饶的绿色的国土，整整被法国人压榨了 80 年！在这 80 年中，越南人民真正是被榨得干干的。① 听人说，过去由于人们吃不起咸盐，甚至流出来的汗水都不是咸的。这是多么可怕的生活！两位老人和千千万万的越南人民，就是从这样的生活里走过来的。

最后，老人站起身来，让我们一定要给毛主席、刘主席问好，感谢中国共产党和中国人民对他们的坚决支持。说过以后，从手上脱下一个用飞机残骸做成的银色戒指，套在我的手指上。

我们把两位老人送出门外，送到栽种着绿色的龙骨篱笆的小径上。我久久地望着他们的背影，望着他们被终年的汗水浸褪了色的衣裳，望着他们粗筋隆起的赤脚，心里不禁默默地喊着：② 贫农们！对革命、对祖国、对党忠诚不二的贫农们！今天，我又从你们身上，看到了这块土地上深不可测的力量，听到了这块土地上真正的心声。我深信，即使在你们的面前，横起一道红腾腾的火山，它也挡不住你们的去路呵！

两位老人已经转过小径，渐渐消失在芭蕉的绿丛里。我正待转过身来，这时候，猛然听见咸龙桥方向，响起了一阵十分嘹亮悦耳的像滚雷一般的高射炮声。……

1965 年 12 月 2 日

❶ 细节描写

吃不起盐，流出的汗水都不咸，进一步突出了万恶的侵略者对人们的迫害。

❷ 抒情

作者这里抒发了自己对贫农们的敬佩之情，这些贫农们在困难面前毫不退缩，因为他们内心中一直有党。

精华赏析

《一家贫农》主要讲了贫农吴寿蔺一家为革命、为祖国、为党做出巨大贡献的故事，他们家不管是孩子还是大人都具有为了战斗的胜利不怕牺牲的精神，他们演绎的是一幅幅英勇作战的场面。

延伸思考

1. 老人最疼他的第几个孩子？

2. 老人听到自己的孩子牺牲了，为什么没有哭泣？

3. 这样的一户贫农为什么会那么坚强？是什么一直支持着他们？

相关链接

在战争年代，防空洞是防备敌人突然袭击，有效地掩蔽人员和物资，保存战斗实力的重要设施。多用于储备粮食或军需物资，以地下室居多，空袭时也可供人躲藏。

阮氏芳定

名师导读

翻开历史的扉页，有多少巾帼女英雄在战场上叱咤风云，今天作者给我们讲述的同样是一名英勇善战的女战士，她的故事虽说不是什么传奇，但从她身上却能看出那种坚强的英雄气概。

❶交代背景

作者在故事的开头先交代了故事的主要内容，这可以让读者有个初步的了解，做到心中有数。

❷概括描写

从这里可以看出芳定是一个十分勇敢的姑娘。

① 这一篇要讲的，还是保卫咸龙桥战斗中的一个故事。

咸龙桥附近有一座小型炼铁厂，名叫咸龙高炉。这个厂的自卫队，经常同高射炮兵联合作战，打得非常英勇。其中有6位姑娘，很出色。人们称她们是"高炉六姑娘"。我这里记下的，只是她们之中的一个：阮氏芳定。

我们到达清化时，芳定早已负了重伤躺在医院里。听人说，她是一个翻砂工人，出身自贫农家庭，父母亲都是很老的党员。4月3日和4日，是战斗最激烈的两天。敌机曾出动了540架次，来猛袭咸龙桥和另外两座桥梁。芳定一开始参加的就是这场最猛烈的战斗。② 头一天，她是作为救护队员参加战斗的。在严酷的考验中，她不但没有被吓倒，还在当天晚上要求发枪给她。第二天早晨，当她把一支步枪接到手里，真是高兴极了。她说：“这是我一生最大的幸福。”① 这一天咸龙桥击落17架敌机，芳定竟日战斗，没有离开阵地一步。5月7日，她不幸负了重伤，枪也被炸断了。可是，当人们把她从土块里挖出来时，还看见这个女孩子保持着射击姿势。由于她伤势过重，抬到医院里一直处于昏迷状态，直到第5天才渐渐苏醒过来。她的母亲也够坚强的，几天来，她一直守着昏迷不醒的女儿，没有掉一滴眼泪，反而在芳定醒转过来的时候哭了。② 这时候芳定对母亲说：“你怎么哭啦，妈妈，你应当为女儿高兴呀！”随着伤势一天比一天好，芳定在医院里又说又唱，从来没有愁眉苦脸。去看她的同志回来都说：“芳定真是乐观主义！我们好像不是去看伤号，好像去看她演戏似的。”……

我们来到清化，离芳定负伤时已经两个多月。听说她的伤基本上好了，不过身子虚弱，身上还残留着一些弹片。我们正准备去医院里看她，不想芳定却先看我们来了。

这是一个下午。我们正坐在屋子里谈话，芳定走进了我们的院子。假若不是那对大白鹅咯咯嘎嘎地叫了几声，我们还没发现进来人呢。③ 她的身体比较虚弱，脸色有些发黄，头上还用一块白纱布包着。当时我不知道她就是芳定，只觉得这是一个文雅而柔弱的姑娘。

一听别人喊她芳定，我大步走上去，把她的一双手都握住了。这时候，我才发现她左手的两个手指也没有了。想起这个年轻的女孩子为我们的事业所做的贡献，我心里不由一阵激动，好久好久，抚摩着她手上的伤痕……

❶ 概括描写

我们从“没有离开阵地一步”，可以看出芳定是一个多么坚强的女战士啊，在她身上的是那种不服输的精神。

❷ 语言描写

我们从芳定的话中可以看出她是一个充满乐观主义精神的战士。

❸ 外貌描写

作者在这里详细地对芳定的外貌进行了描述，从而可以看出芳定是一个外表柔弱，但内心十分坚强的姑娘。

我问她："你的伤完全好了没有？"

"好得差不多啦。"芳定温和地笑着说，"开头儿我的伤是不轻，半边身子都炸伤了，头发烧焦了，耳朵也往外流血，衣服不能穿，身子不能躺，就睡在香蕉叶上，盖着一块纱布。许多人都觉得我没有希望了。①可是不到一个月，我的皮肤就长好了，头发也长起来了。……可见要一个人死，也不是那么容易。"

她说到这里，不由得抚摩了一下包着纱布的头，微笑着。

"可是你的身体还很弱呀！"我笑着说。

"你别看我弱，"她说，"我过去还是个排球运动员呢。"

我上下打量了她一眼，半开玩笑地说：

"这个，我可看不出来。"

②"叔叔，"芳定笑着说，"到运动场上，你就看出来了。"

我看天气太热，她头上还包了块纱布，就说：

"芳定！这里也没有外人，你就干脆把它取下来吧！"

芳定犹豫了一下，笑了一笑，就把头上包着的那块纱布摘下来了。

③这时候，我才看见她新长出来的头发还不足一寸，倒完全像个男孩子了。大家都望着她，望着这个俊秀的

❶ 语言描写

芳定轻描淡写地描述着自己的伤势，进一步说明她是一个乐观又坚强的姑娘。

❷ 语言描写

芳定笑着说的话，反映出她是一个不服输的女战士。

❸ 直接描写

战争虽然给芳定带来了身体上的伤害，但也让她变得更加坚强，无所畏惧。

注释

寸：长度单位，1 寸约等于 3.33 厘米。

"男孩子"微微笑着。芳定有些不好意思，瞥了女服务员何同志一眼，用手向自己的腿弯一指，说：

"过去我的头发也像她们那么长呢！"

"那不要紧。"我笑着说，"要不了多久，就又赶上她们了。"

"我可不是觉着可惜呀！"芳定笑着解释说，"叔叔，这些事我在医院里不知想过多少遍了。每当我想起烈士们的英勇牺牲，就觉得自己负的这点伤简直算不了什么。①我认识到：要革命，就要付出代价。要想使我们的国家独立、统一，不付出代价肯定是不行的。"

我连连点头赞成，深感芳定是一个很有思想的青年。

我问芳定究竟是怎样负伤的。

"我是在5月7日负的伤。"芳定叙述说，"这天，领导看我太疲劳了，本来要让我休息；可是我一想，不，不能休息。因为这天正是'奠边府战役'胜利的纪念日，我想敌人不会不来轰炸，如果放过这个好机会，这是很可惜的。②我就又照常到阵地上去了。哈哈，真没白去！这一天，果然发生了很激烈的战斗。我们一共击落了6架敌机。"

说到这里，芳定笑了一笑：

"我正立在交通壕里射击，看见炸弹直冲着我的位置掉下来了。这时候，我本来可以躲开，不过我没有躲。"

"这是为什么？"我惊讶地问。

"在这以前，我已经顺利地躲开过一次了。"芳定笑着说。③"这一次，我刚要像上一次那样躲开，猛然一回头，看见另一架敌机俯冲下来，离地面只有300米

❶语言描写

芳定的话充分体现出她是一个思想进步的女战士，她有为了党与人民愿意牺牲一切的精神。

❷语言描写

芳定并没有因为自己受伤而感到伤心，而是为自己能参加战斗而高兴，这也说明了她是一个具有革命精神的人。

❸语言描写

芳定在危险面前没有逃避，而是为了击落敌机把自己的安危抛之脑后，她身上反映出来的是一种不怕死的革命主义精神。

高。我一看，这情况太有利了，如果把这样的好机会放掉，那实在是太可惜了。于是我立刻决定，今天我就是死了，也非要再打出这一发子弹不可！……我刚把手指扣上扳机，轰的一声，我就被埋到土里去了。"

"这发子弹到底打出去了没有？"

① "打出去了，到底还是打出去了！"她微微一笑。"虽然我被土埋起来，脑子还很清醒。这时候，我想改换一个姿势射击，就用力推土去摸枪筒，可是老摸不到，才想起，我的枪筒可能是断了……"

大家听了，都被芳定的勇敢牺牲精神深深地感动。② 想想吧，这么一个女孩子，面对着俯冲下来的敌机，面对着带着啸声下来的炸弹，眼都不眨一眨，这是何等的英雄气概呵！敌人妄想来压服这样的人民，是直到它们的骨头变成灰也不会成功的。我望望众人，大家都沉在深深的感动里。屋里静静的，只有田野的布谷鸟传来几声婉转的啼声。……

"这也有一个进步过程哩。"芳定停了一停又笑着说，"以前，光听人说美国飞机厉害，到底怎么厉害也不知道。头一天参加战斗，喷气式一冒烟，我就当是要打炮了，趴在地下不敢动。飞机往下丢炸弹，我还当是大飞机生小飞机呢！"

听见这话，大家也笑起来了。

"经过第一天战斗，我以后就不害怕了。"芳定接着说，③ "这主要是我对敌人太痛恨啦。我只要一想起敌人，屠杀我们南方的同胞，浑身就像着了火似的，凭它丢下多少炸弹，我也不害怕了。"芳定抬起她那男孩

① **语言描写**

芳定在讲述自己打敌机的情景，进一步反映出她那种"痛打落水狗"的感觉十分美妙。

② **抒情**

作者从芳定姑娘身上看到了希望，看到了越南人民必胜的信心，从而也抒发了自己对这位姑娘的高度赞扬。

③ **语言描写**

芳定讲述了自己对敌人的痛恨，也表明了自己一定要与敌人战斗到底的决心。

子式的头像是回忆着什么，停了停，又继续说，"以前，我们这里放映过一部南方的纪录片。我从来没受到过这样大的震动。① 过去只是听说，这次亲眼从银幕上看到，成群的人被敌人拷打、屠杀，死尸一堆一堆的。……我从来也没有见过这样的场面呵！我同我的女伴回来，个个热泪盈眶，一边说一边哭。我接连几夜都没有睡着。一闭上眼，就出现了这些情景。我晚上记日记，不知哭了多少次，泪水把笔记本都打湿了。② 这时候，我觉得被害的不是南方同胞，就是我自己，仿佛是我自己在遭受着那些拷打，那些毒刑。我开始还边写边擦眼泪，后来手帕湿透了，我也不想擦了，就让它尽情地流吧！当时，我真恨不得立刻到南方，同美国强盗和它的走狗们拼！"芳定激动起来，眼睛射出火光。"我给叔叔说吧，5月7日那天，不知怎的，我脑子里老是出现着这些被残害的妇女和一堆一堆的尸体，回过头来，又看见刚刚被炸的村庄，房子正在燃烧，黑烟卷到天空。我对自己说，芳定呀芳定，你看看，敌人不是把这种惨象又搬到北方了么！要不打死他们，不是照样要遭到那种命运么！我这样想着，就光想找飞机打，就光想把它打下来。③ 当炸弹下来的时候，我还是想：我不能饶你！无论如何，我要把这一枪打出去！……"

最后，我们还从芳定的笔记本里，看到她的一张照片，就是她在最激动的那天里拍的。也许她刚刚为她的南方同胞流过眼泪吧，也许她正在考虑她被分割的祖国的命运吧，我看见她满脸忧思，充满悲愤的情感。我进一步地了解了芳定。④ 芳定，她不是一个肤浅的姑娘，

❶直接描写

我们从芳定的讲述中，可以看出敌人残忍的手段，正是这些激发出芳定对敌人的憎恨。

❷联想

芳定把自己看到的一切都联想到自己身上，这说明了她对敌人已经达到深恶痛绝的地步。

❸心理描写

芳定把对敌人的憎恨都集中在自己手中的枪上，进一步突出了她内心的怒火在燃烧着。

❹抒情

作者通过听芳定的讲述，在内心中对芳定给出了高度的评价，是战争让一个柔弱的姑娘变得强大起来。

这是一个富有革命思想的感情深沉的青年。这是一个时时刻刻把祖国的命运、人民的命运搁在心上的青年。因此，昨天看来她还是一个柔弱的女孩子，几天之内，她就在漫天烈火中变成了一个顶天立地的勇士。战争使人惊醒，使人振奋。它不但不能毁灭人民，毁灭一切，反而催使人民迅速地进步，在几天之内，芳定就跨过了一个人几十年的进步路程。伟大的革命战争，正在促使越南这一代青年更早地成熟了。

可惜我们同芳定相处的日子太短，几天之后，我们就离开清化向南去了。在我们分手的时候，芳定紧紧拉着我的手，眼圈红红地说：① "叔叔，我没有别的话了，我只有赶快养好伤，回到工厂去，重新拿起枪来进行战斗。我向你们保证：我们还会取得更大的胜利！"

离开芳定，我总是时常想念她。每当我想起她，我就想起那屹立在烟火中的咸龙桥；每当人们提起咸龙桥，我就又想起芳定。我仿佛又看见她立在高高的山上，仰着她那男孩子一般的头，高举步枪，向着敌机狠狠地射击。② 她仿佛再一次对我说："叔叔，我已经想过多少遍了，要革命就要付出代价，要祖国独立、统一，不付出代价是不行的。你看，我一定要打出这一枪去！……"

1965 年 12 月 16 日

❶语言描写

芳定的话进一步表明了她为了党、为了政府不怕牺牲的伟大的革命主义精神。

❷评述

作者在文章最后又重复了芳定的话，目的是为了说明因为有芳定这样的战士，敌人进攻得越猛烈，我们的战士就会变得越英勇。

精华赏析

《阮氏芳定》主要讲述了芳定与敌机作战的过程，作者在文章中把芳定这个女战士刻画得淋漓尽致，给读者留下了深刻的印象。

延伸思考

1. 芳定为什么那么痛恨敌人？

2. 读完这个故事你觉得芳定是一个怎样的姑娘？

3. 在作者心目中芳定是一个怎样的人？

相关链接

咸龙桥位于河内通往十七度线的路上，是一座巍然屹立、运输畅通的大桥。咸龙桥是越南北方人民运用人民战争抗击美国空中强盗的一个象征。每次敌机来袭，主力部队、地方部队、公安战士、民兵都会一起开火，直到 1970 年底，共有 99 架敌机栽倒在咸龙桥畔。

英雄树

名师导读

《英雄树》的故事来自魏巍在越南采访的一个个具有带头作用的优秀共产党员，他们虽说上了年纪，但依然不服老地为革命事业贡献着自己的光和热，他们就像英雄树一样豪迈。

①交代背景

作者在故事的开头讲明了自己的去向，给了读者一个初步的交代，也为下面的故事做了铺垫。

②转折

作者在这里巧妙地运用了一个转折的句式，进一步突出了敌军再猖狂，也阻挡不了战士们的作战决心。

① 为了赶路，天色刚交黄昏，我们就告别了清化的朋友，登车向荣市驰去。

今天，司机灵同志和波同志的准备工作特别好。两辆吉普车又重新加了伪装。车篷上插满了椰子树长大的绿枝，飘飘曳曳，就好像古代英雄的战冠上插的雉翎一般。车子一飞驰起来耳边就响起飒飒的风声，给我们的行动增添了不少战斗的风采。在前几篇文章里，我都没有来得及讲述一点越南战地夜晚的风光。其实，一到夜晚，正是这战斗的土地最活跃的时辰。② 尽管天色还没全黑，敌人的夜班飞机，就投下一串串的照明弹，但却阻止不住公路上长长的车队和喧腾的人流。那些白天不知隐蔽在哪里的卡车，这时都插着高高的树枝走出来了，像是一片片小丛林在公路上飞驰。只要你稍许迟慢一步，就被人超过去了。路上还有一种运货的自行车，是越南同志在抗法战争中创造的。车把上绑着一根棍子，人们一手撑着棍子，一手推着车座，每辆车能推好几百斤。这种车在喧闹的公路上也排成了长队。走在路两边的，有披着伪装布、戴着软木军帽的军人，有肩上扛着锄头和枪支的妇女，还有一队一队新组成的青年突击队，男男女女，背着行李，挑着炊事用具，开往敌机轰炸最激烈的地方。他们的情绪都是这么活跃，即使你坐在车上，也可以听见他们的笑声和歌声。

为了保证行车安全，防空哨已经在漫长的公路线上建立起来。提起防空哨，凡是在朝鲜战场上生活过的同志们，都会感到很亲切吧。① 那些防空哨的战士，身上总是披着一层多么厚的尘土呵，他们肩上挎着步枪，手里挥着三角形的红绿小旗，夜夜守在路边。虽然时隔多年，他们那英勇的面影，还是会伴着雪花，伴着风尘闪现在你的记忆里吧。今天越南战地的防空哨，已经与那时不同了。它不是由部队的战士们担任的，而是由临近乡村的民兵担任的；那时的报警信号是防空枪，现在用的是防空灯。灯分红白两色，白色表明有敌机盘旋骚扰，红色就表明要你放胆行进。这些灯，每隔一定的距离就有一盏。② 它们或者嵌在粗大的竹筒上，或者挂在高高的树枝上，在黑茫茫的夜色里，以它热情的无声的语言告知行路的人们。

在越南战地的公路上，只要走上一二百公里，你就

❶ 细节描写

"披着一层多么厚的尘土""挎着""挥着""夜夜守在"等这些词语就淋漓尽致地把那些防空哨战士刻画了出来。

❷ 直接描写

作者在这里详细地描写了那些防空灯，从中可以看出防空灯就是人们前进的指路灯。

注释

斤：质量单位，1斤等于0.5千克。

会感到那些守卫在防空灯下的人们，尤其是那些活泼的姑娘们，是多么热情了。^①当你的汽车从她们身边驰过的时候，尽管防空灯已经作了明白的指示，她们还是禁不住要用热情的又尖又亮的声音喊道："同志们！放心走吧！""没有敌机，开快一点！"她们那热情而清脆的嗓音，在寂静的深夜里，尤其在困倦袭人的黎明之前，总是那么快那么有效地在司机心里产生了鼓舞力，把车子开得简直像要飞翔起来一般。一些性格愉快而大胆的姑娘，还断不了要同司机开几句玩笑：

"喂喂，把我带到荣市去吧！"

我们的司机灵同志，是参加过奠边府战役的老战士，性格粗犷豪迈，别人不说话，他还主动找话说呢，更别说姑娘们有意开玩笑了。这时他就会说：

^②"你到荣市干什么呀？"

"有要紧事呀。"

"什么要紧事呀？"

"我们的爱人在那里哪！"下面响起一阵叽叽咯咯的笑声。

"好好，那就请上车吧！"

司机灵一面说，一面加大油门，忽地一声就从她们身边开过去了。

后面又掀起一阵清脆的笑声。……

^③在战地公路上夜行，你不但会时时感到越南人民开朗的乐观的情绪，而且会更深切地感到，伟大的斗争把人们紧紧地联系在一起，使同志间的情谊变得更加亲密了。尽管彼此素不相识，仿佛也要说几句逗笑的话儿，

❶语言描写

这些话充分体现出姑娘们乐观的革命主义精神，从侧面也可以看出她们十分勇敢。

❷对话描写

她们之间的对话，进一步突出了越南姑娘的爽朗性格。

❸直抒胸臆

作者在这里主要描写了在战斗中人与人之间的那种紧密联系，尤其是同志们之间的那种珍贵的友谊之情。

才能发抒自己内心的感情。

① 防空灯一盏一盏地过去了。在我们的眼睛里，它已经不仅仅是某种简单的标志，而是一种热情，一种力量。当你走了好长一段路还没看到它，就会觉得缺少了一点什么；当它远远地从夜色里出现了，就会立刻给你的心头增添一种说不出的亲切和温暖。可惜的是，赶路人总是赶路要紧，很难得有机会下车来看看它们。

夜半，车行到义安省演州县境。远远看见一盏红灯，挂得高高的，显得特别鲜亮耀目。我看司机也有些疲劳，就请他停车作片刻休息。车在防空灯近处停下了。我们走向哨位。第一眼看到的，是一株木棉树，人们常常称这种树是英雄树。② 这株树长得十分高大雄伟，看来有几百年了。树干下端有好几围粗，长得像铁青色的岩石一般。那盏红灯，就悬在树上。树下一个女民兵和一个老人席地而坐守在那里，还有一个女民兵在一条长凳上睡得很是香甜。公路两旁的稻田里传来时高时低的蛙声。

我走到他们身边，向他们道了声辛苦。那位长发姑娘不好意思地笑了，虽然在暗淡的月色里看不见她的笑容，但你可以感觉出她是在愉快地微笑着。老人连忙接过去说：

③ "辛苦，为的是明天哪，为的是孩子们哪！"

我见老人性格爽朗，一点也不显得陌生，又问：

"你也是民兵吗？"

"倒是想参加，就是年纪不行啰！"他哈哈大笑。

"那么，你是'白头军'吧？"

老人摇摇头，又笑了一笑。我又猜：

❶直接描写

防空灯带给人们温暖，提醒人们是否安全，让行人感到有一种无穷的力量。

❷细节描写

作者在这里详细地描写了英雄树的外形，目的是为了突出防空灯。

❸语言描写

我们从老人的话中可以看出他也想为革命做出一点贡献，尽可能地发挥自己的余热。

"那你一定是干部了？"

"这还差不多。"老人哈哈一笑，诙谐地说，"多少有一点儿！"女民兵从旁解释说：

"你们不知道，这是我们村的支部书记，还是1930年的老党员哩！"

我们都笑起来了。我说：

"老同志，你也来站防空哨了？"

① "随便站一会儿。"老人仍旧诙谐地说，"年轻人爱困。他们白天打飞机，夜里站防空哨。坐着坐着，眼皮就打起架啦。我来看看，叫他们也多少睡一会儿。……"

我正要跟老人谈下去，那边有人叫我：

"同志巍！快上车，赶路要紧哪！"

我只得同老人和姑娘握手告别。② 等车子开出很远，我还从车门里探出头来，望着那株高大的英雄树和树上悬着的红灯。红灯渐渐看不见了，我才转过头来。没有同这位老同志深谈，使我觉得十分惋惜。过去就听说，义安、河静是越南建党最早的地区之一，是有名的义静苏维埃起事的地方。想不到今天一踏入义安省，就在路上遇到他们。而尤其令人感动的是，这些老同志的革命精神竟依然这么旺盛，他们还继续在战斗着，和年轻人一起战斗着。③ 在一刹时，我仿佛觉得，他不正像是那株高大雄伟、经过无数风雨的英雄树么！只要他的生命存在一刻，他就要站在路边，给过往的行人举着一盏红灯……

这天夜晚，我们在敌机骚扰下闯过两个渡口，已经

❶语言描写

从老同志的话中我们可以看出女民兵十分辛苦，也反映出在那个时代人们都想为战斗贡献出自己的一分力量。

❷衬托

作者表面上写那株高大的英雄树，实际是用英雄树来衬托那些无私奉献的人。

❸抒情

作者在这里进一步赞美了像英雄树一样的人。

到了傍明时分。估计再过一个渡口，已经太迟，就把车开下公路，向一个乡村投宿去了。谁知事有凑巧，我们正好住在一个老党员的家里，使我那惋惜的心情，意外地得到了补偿。不过这个情况我是第二天才知道的。

①这里的农家，都有着比较大的院子。院子里种满了各色树木，有香蕉树、柠檬树、柑子树和槟榔树。与其说是院子，不如说是一座好看的园林。我们提着各自的手提包，被引进一户农家时，一轮黄铜色的落月，已经沉到香蕉林后面去了。院子里满地树荫，静悄悄的，只有远近的布谷鸟传来几声啼唱。我们在树影里等候着。只听村干部在门外轻轻叫了几声，就从茅舍里走出一个又高又瘦的老人。②他一听说是中国同志借宿，连忙把家里人喊起来，屋子里一阵响动，只不过用了几分钟工夫，就把房子腾出来了。我被安排在一张几分钟之前他们还在睡着的蚊帐里。这一切都使我想起过去战争的年代，只有在老根据地才有的那种亲切和温暖。

整整一夜的奔波，使我们很快就睡熟了。直到第二天小晌午，才被什么声音吵醒。我迷迷糊糊地，觉得有好几个孩子在蚊帐外面偷看我，小声地喊喊喳喳地说着什么。我很困，又觉得应当满足孩子们的好奇心，就把一只手从蚊帐里伸了出去。我手指上还戴着吴寿蔺老人送我的用敌机残骸做成的戒指。③孩子们果然高兴了。有好几只小手伸过来摸我的手，摸着摸着，又来脱那枚戒指，议论得也更热烈了。我故意把手一动，他们就连忙跑开，发出小光脚丫在地上响起的那种声音。还可以从足音上听出其中一个孩子是很小的。

❶环境描写

作者在这里详细地描写了农家的环境，主要是为下面的故事做铺垫。

❷细节描写

"一听说""连忙""只不过用了几分钟"这些词都体现出老人对中国同志的热情，从中也反映出他们那种质朴的品质。

❸细节描写

作者在这里描写了那里的孩子们，从而反映出孩子天真可爱的天性。

我觉得有趣，也就不愿再睡。坐起一看，是三个小孩儿。一个是六七岁的女孩，一个是三四岁的男孩，最小的一个至多不过两岁，光着屁股，光着小脚丫，对着我嘻嘻地笑。

"看，你们到底把他吵醒啦！"

昨天晚上我们看到的那位又高又瘦的老人，埋怨着孩子们。一面忙着把刚刚采下的鲜茶叶倾倒在一个白瓷壶里，给我们泡了一大壶新茶。

昨天晚上，在月光和灯影里，我们虽然感触到这位老人的热情，却没有看清他的面貌。① 现在仔细一打量，只见他穿着黑衫黑裤，打着赤脚，胸前飘着一片白髯，眼睛炯炯发光，显得特别有神。

我连忙说：

"老大伯！可是麻烦你们了，弄得你们昨天晚上没有睡好。"

老人连连摇手，说：

"同志，如果不是为了帮助我们越南，你怎么会在这个时候来到这里！"

"为了一个目标儿呀！"我说。

② "对对，一个目标儿。"他笑着说，"那就别说谁麻烦谁。都是美帝国主义麻烦了咱们！"

我们都笑了。

老人端过茶来。这鲜茶叶泡的茶，绿莹莹的像龙井茶一般颜色，只是另有一种特殊的清香。为了靠老人近些，我端着茶坐到门槛上。③ 孩子们已经不再陌生，趴到我的膝盖上仰着小脸观察着我。

① **外貌描写**

作者在这里详细交代了老人的长相，从侧面可以看出这是一位精神抖擞、经验丰富的老同志。

② **语言描写**

我们从老人的话中可以看出他是一个十分爽朗的老人。

③ **细节描写**

从这里可以看出孩子们十分喜欢我这个中国人。

老人抽着我递给他的中国烟，接着说：

"咱家住干部是常事了。我给同志说，从1930年起，一些闹革命的人就常住在这里。"

① 说到这儿，他带着一种自豪的神情笑了一笑：

"你看看我这屋子，跟别的屋子有什么不同？"

我把这个屋子打量了一眼，并没有看出有什么特别的地方。老人见我神情惶惑，指了指暗间的上面，笑着说："你再仔细看看这里！"

哦，我这才注意到，原来上面还有一层木板顶棚，被烟熏火燎变成了黑色。我忽然想起，在上海一个做地下工作的老工人的家里，曾经看到过类似的顶棚。我笑着说：

"这是不是掩护干部的地方？"

老人笑着点点头说：

② "不光掩护干部；护油印机，护秘密文件，护传单，都在这里。现在革命形势不同了，要不然我还得把你也护到这里哪！"

大家都哄然大笑起来。

我带着敬意说：

"老大伯，你也是1930年的老党员吗？"

"凑凑合合也算一个。"老人笑着说。"1927年，中国革命运动的影响就传到我们这里。③ 我从小就光着屁股放牛，连条裤子都没有。法国人和地主的租税交不完，一交不上就被抓去拷打。人民成十万成百万的饿死，一个个褴褛不堪，真可怜哪！就是这样，法国公司每年还硬让你喝几公升的葡萄酒，你不喝也得拿钱。你

❶语言描写

从老人的话中可以体会到这间屋子对革命有很大的贡献，老人感到十分自豪，从而突出了他十分支持革命，思想也十分进步。

❷语言描写

我们从老人的话中，可以体会到他对革命做出的贡献十分巨大，是一个热衷革命、思想进步的老人。

❸语言描写

这一部分主要讲述了老人对过去不堪的回忆，以及对未来的向往。

想想，那是什么世道？我老想这个世道什么时候才算完哪？……好啦，1930年，印度支那共产党在广州成立了。这里也来了党员向我们宣传。一下子就说中了我的心。那时候，我真是日夜盼望革命爆发。……"

①老人神色振奋，黑眼睛显得愈加明亮，仿佛又回到他那青年时代似的。停了停，他捋着白髯又说：

"我3月间入党，5月间就被捕了。是叛徒领着密探来抓我的。那天晚上，我一听狗叫得很厉害，知道事情不好，刚要逃走，一看进来半院子人。许多密探帽子上还戴着小电灯，一闪一闪的。同志，我给你说，要干革命，这叛徒可是最危险的，是时时刻刻要警惕的。那个叛徒，连他的妻子都出卖了，更何况是我！②他们把我抓走以后，整整拷打了我两个月，打得我遍体鳞伤。干革命嘛，就是这么回事：没有决心不行，没有勇气不行，不豁出脑袋不行！我咬定牙根，自始至终只说我编好的口供。哈哈，你真硬起来，他也没法儿，最后只好判了我一年徒刑。出狱以后，我就又干起来了。……"

老人说到这里，笑声朗朗，把我们都引得笑起来了。

我问老人现在是不是还做工作。老人说：

"从8月革命起，我连续9年担任乡农会主席和乡主席，因为年纪太大，前年就退休了。③可是，自从敌人轰炸北方那天起，不知怎的，把我这劲头呼地一下子又鼓起来了，我觉着好像又年轻了好多岁似的。说心里话，我真恨不得上前线，到南方，亲手打死几个美国强盗才痛快。咳，这话都是白说！……"他叹了口气，搓了搓手。"我只好哪里有任务，就往哪里跑，去做思想

①**神态描写**

老人讲到共产党在广州成立后，眼神就显得更加明亮，好像回到了青年时代，这就说明党让老百姓们的内心充满希望。

②**细节描写**

老人简单地描述着自己被出卖后敌人残酷地折磨自己的肉体，进一步透露出敌人的残忍。

③**语言描写**

从这里我们可以看出，老人热衷于革命事业，一说攻打敌人就精神百倍，进一步突出他对敌人的憎恨，恨不得赶紧把敌人消灭掉。

工作、鼓动工作。我常给青年人讲：我们那时候是什么条件？你们现在是什么条件？我们那时候，是赤手空拳，你们现在，手里不是步枪就是机枪，你们还怕什么！人们夜间种地疲劳了，我就又讲：你们说说，是疲劳的滋味难受，还是挨饿的滋味难受？疲劳了，屁股一沾地就克服了；要是庄稼种不好，挨起饿可就不好受了。①嘿嘿，人们还是很听我的。因为我遇见活儿就抢在手里。你说是夜里下地，是挖交通壕，是夜间巡逻，都漏不下我。防空哨不让我去，我怕年轻人打瞌睡，也免不了要到那里看看……"

我不由得又想起昨天晚上的那位老人，那株高大的英雄树和树上的红灯。那盏红灯，在远远的夜空里闪耀着，又浮现在我的眼前……

停了一刻，我又问：

"老大伯，你这样干，身子还能顶得住吗？"

老人神态诡秘地笑了一笑，压低嗓门说：

②"说实在的，要比年轻人可是比不上了。夜间下地，眼睛也不好使，累是累一点儿，可是我不能不去呀！老人总要起老人的作用呵！"

说到这里，一个束着粗布黑裙的老妈妈来到门口，一手提着水桶，一手拿着椰子壳做成的水瓢，对老人说：

"一说起你那些事就没个完了。同志走了一夜，又没好好休息，你让他到井边去冲个澡吧！"

老人立刻站起身来，把我领出园子，到了井边。所谓井，其实是一个被香蕉、木薯、波罗蜜树围着的池塘。③我汲了满满一桶水，按照越南人洗澡的方式，从头到

❶语言描写

老人在这里详细地讲了自己是如何动员大家要勇敢打击敌人的，以及自己勇于起带头作用的样子。

❷语言描写

老人讲了自己因为年纪大做什么都比不了年轻人，但作为共产党员的自己要起到带头的作用，从而体现了他忠于党的决心。

❸直接描写

作者按着越南人洗澡的方式洗澡，进一步体现了作者能入乡随俗，能和越南人民打成一片。

❶细节描写

这一段话可以看出老人对中国人充满了关心，从内心里对中国人充满了感激之情。

❷语言描写

"你们要走一夜的！路上会口渴的！"这句话充分体现出老人对作者的关心，从而也体现出老人的朴实。

❸暗喻

作者在这里巧妙地运用比喻，一盏盏的红灯就好比一个个豪迈高大的优秀共产党员。

脚冲了个痛快……

黄昏时候，我们又要动身向南去了。我恋恋不舍地同老人一家分手。①老人看见我裤腿上粘了许多狗尾巴草，又连忙叫住我，吩咐几个孩子给我摘掉。几个孩子纷纷抢着用小手一根根地往下拣着。那个最小的孩子，也跑来学着哥哥姐姐的样子。

临上汽车，老人把我们一直送到公路上。还把新摘下来的没十分成熟的绿皮柑子硬塞给我们。我们推辞不要，老人硬放在车上去了，还挥着手说：

②"你们要走一夜的！路上会口渴的！"

汽车扬起灰尘，在一号公路上向南驰去。老人站在路边，很快就消失在苍茫的暮色里。可是他那飘着白髯的豪迈形象，却深深留在我的记忆中。他那洪亮的声音，仍然响在我的耳边，我仿佛听见他还在说："老人总要起老人的作用呵！"

天渐渐地黑下来了。③当我沉思默想的时候，迎面而来的，又是一盏盏比花朵还要好看的红灯。这些红灯，挂在高高的英雄树上，远远看去，就像是有谁高举着它们似的。

1966 年 1 月 16 日

精华赏析

《英雄树》这一篇文章，作者运用了采访的形式，运用多种写作手法，记录了一路在越南的所见所闻，防空哨为了大家的安全日夜坚守在岗位上，那些优秀的老党员为了起到带头作用，不服老地坚持发挥自己的余热，这些人在作者眼里都是具有高大形象的英雄们。

延伸思考

1.老人为什么会出现在防空哨？

2.老人为什么非要让作者他们带着绿皮柑子？

3.作者把谁比喻成英雄树了？

相关链接

木棉就是英雄树。它有"红棉""攀枝花""斑芝棉""攀枝"的别称，属于木棉属，是落叶大乔木，生长在热带及亚热带地区，长得很高，有的能长到25米。为了防止动物侵袭，木棉的树干基部长着很多瘤刺。木棉四季会呈现出不同的样子，春天开花一片橙红，夏天绿叶浓密成荫，到了秋天枝叶萧瑟，冬天只留秃枝寒树。木棉树先开花后长叶，树姿巍峨，具有阳刚之气。

战斗的城

名师导读

　　《战斗的城》讲述的是魏巍在越南采访期间的故事，主要围绕荣市的灯光和发电厂来写，对那些在发电厂工作的工人们进行了采访与赞美。

❶交代背景

　　作者在故事开头借司机的话，交代了下一站是什么地方，有引起下文的作用。

❷语言描写

　　一个感叹号和一个问句充分体现出丁文利同志内心充满了喜悦之情。

　　① 司机同志一面加快速度，一面兴奋地告诉我们：前面不远，就是荣市了。

　　荣市，是闻名的义静苏维埃运动的故乡。今天，在新的考验中，它又创立着新的光荣。在我们来到以前，包括这座城市在内的义安省，已经击落了 89 架敌机。加上沿路义静时代老党员给予我们的深刻印象，使我们愈加敬重、愈加向往这座英雄的城市了。

　　汽车开足马力在一号公路上飞驰。过了禁河渡口只不过 30 分钟，就看见远处出现了闪闪烁烁的灯光。公安员丁文利同志，不禁充满喜悦地喊道：

　　② "电灯！他们看见电灯了吗？"

　　我顺着挡风玻璃向前望去，灯光点点，愈来愈密，终于一座灯火辉煌的城市，出现在面前。在和平生活里，看到这种景象，那是很平常的；而在敌机如此频繁的轰炸之下，能看到这样灿烂的灯火，叫人多么激动和兴奋呵！①这哪里是平凡的灯火，这是越南人民的抗敌意志闪放着光华！

车子开进荣市。我几次提醒司机开得慢些，以便好好看看这座英雄城的姿容。

城市是镇定而安详的。交通壕随处可见，街道两边，每隔不远，还有一个圆形的单人掩体。背着枪的民兵们走来走去，配合着人民警察维持秩序。②街上行人不少。自行车来往奔驰。三五成群的女民兵，一路走，一路说说笑笑，还不时听到她们的歌声。那些白天疏散的人们，正刮风一样骑着自行车纷纷从城郊归来，后面坐着他们披着长发的妻子。尤其别具风味的，是那些卖鲜茶叶和土烟的小摊，在街道两边点着小油灯，招引顾客。这些小油灯，每隔三五十步就有一盏，点缀着越南夜市特有的景色。小饭馆更是显得喧闹，有的把桌子一直摆到路边。大家围着一盏小油灯，像家人一般地团聚着，吃着说着，准备着夜间的工作和第二天的战斗。……

我们在教堂前面的广场上下车，等待利同志联系去了。司机同志从车上抱下两张凉席，大家席地而坐，闲谈起来。③今晚大家看到荣市沸腾的战时生活，都显得兴奋非常。尤其何茂涯同志，他老是望着电线杆上的路灯出神，显出深深感动的神情。他告诉我们，20天前，他离开这里时，荣市发电厂刚刚被炸，今天忽然看到这么灿烂的灯火，想起工人同志的战斗精神，真是说不出的喜悦。

我被涯同志的谈话所吸引，不由得也仰起头来，望

❶比喻

作者在这里运用了比喻的修辞手法，把越南人民的抗敌意志比喻成灯火，形象生动地写出了越南人民的抗敌意志之强大。

❷场面描写

作者在这里详细地描写了荣市夜间的生活，在战争时代能有这样繁荣的场面让人感到十分意外，进一步说明越南人民无所畏惧的战斗精神。

❸细节描写

作者在这里抓住了何茂涯同志的神态，进一步突出越南人民那种无所畏惧的战斗精神。

❶侧面描写

热闹非凡的夜市在敌机来之前，电灯像被谁喊了口令一齐熄灭，从侧面说明了越南人民的高度警惕。

❷比喻

作者在这里运用了两个比喻句，把探照灯柱比喻成银色的长剑，把高射炮火比喻成火龙，进一步突出了战事的激烈。

❸作比较

作者在这里用茶杯和竹子作比较，清楚准确地告诉了我们竹子到底有多粗。

❹比喻

作者把荣市发电厂比喻成一个战斗堡垒，进一步形象地写出了发电厂饱受了战争的摧残，也暗示着越南人民变得越来越强。

着一盏一盏的电灯。心里想，能够亲眼看看那些工人同志该多好呵！

正谈话间，忽然电线杆上的喇叭发出短促有力的喊声：

"本市市民注意！本市市民注意！现在发现敌机，正沿着海岸飞来！立即准备战斗！立即准备战斗！……"

①差不多与这同时，全市的电灯，像谁喊了一声口令似的一齐熄灭了。

我们兴奋地仰起头来，等待着将要来临的空战。时间不长，由远而近传来了隆隆的飞机声。②几支探照灯柱，像陡然从地面上伸出的银色的长剑，横扫天空。随后是一串串像火龙腾空一般的高射炮火。

只不过几分钟工夫，敌机就逃遁了。荣市的灯火又大放光明，仿佛比刚才还要明亮。

多么美丽迷人的灯火呵！

几天后的一个早晨，我们在城郊的一个小村庄里，同荣市发电厂的一位党委委员和几位工人同志会面了。

这个小村庄，傍着一条溪水，坐落在青青的稻田中。③农舍外面，一抬头，就可以看见一簇簇清雅的竹子，都长得像茶杯那么粗细，显得很是清幽。这里的布谷鸟，似乎比清化还多。昨天啼唱了一个夜晚，今天早晨，还在远一声近一声地啼唱着。

党委委员向我们介绍了荣市发电厂的情况。从他充满自豪感的语调里，我们了解到，④这个厂，在1930年的革命中，就是一个战斗堡垒。敌人空袭北方以来，已经对它进行了三次大轰炸，它都经受住了考验，并且成为一个坚强的战斗单位。

为什么能够做到这一点呢？党委委员郑重地说：

"这是因为我们厂党的基础好，党员和团员占一半以上；而且我们十分重视思想工作。我们让每个同志都懂得自己岗位的重要，只要机器停止运行几分钟，就立刻会影响到各个方面。<u>① 因此，我们提出口号：要像炮盘上的战士那样去进行生产，去进行战斗……</u>"

说到这里，机器工人，23 岁的团支部书记范春耀说：

"让我谈谈黎氏美槐同志吧。你们听听她的事迹，就会知道我们厂是用什么精神来进行战斗的。"

我忙问："她今天怎么没来？"

"她已经牺牲了。"范春耀说，"她是我们厂的女技术员，又是我们团支部的委员。她平时就表现得很好，时时刻刻都想到把成本降低。人又活泼大方，能同群众打成一片。所以，她牺牲的时候，全厂的同志都很悲痛。……"范春耀停了一停，回忆着说，"那天是 6 月 4 号。早晨敌机来了一次，我们刚跑上阵地，它就飞走了。<u>② 我们正吃早饭，它又从我们预料以外的方向、从决山后面突然扑过来，先喷出一股黑烟掩护自己，接着就向厂里投弹。</u>随后 4 架敌机轮番轰炸扫射，煤屑飞扬，尘土弥漫，一时什么也看不清。即使这样，我们也没有停止战斗。我们循着敌机扑下来的啸声向它猛烈射击。敌机飞走以后，听说有人负伤，我连忙跑回厂房，沿着满是碎砖烂瓦的楼梯爬上三楼，看见一个人站在楼梯那里。原来这就是黎氏美槐。<u>③ 我连叫了几声，没有回应，才知道她牺牲了。但她却仍然一只手提着警报锣，一只手</u>

❶ 侧面烘托

党委委员的话进一步突出了越南人民的战斗力，他们才是值得大家尊敬的人。

❷ 细节描写

这一句话充分体现了敌人的狡猾，以及对越南人民的疯狂轰炸。

❸ 细节描写

作者在这里详细地描写了黎氏美槐牺牲时的样子，黎氏美槐同志在临死前依然坚守自己的岗位，一心关心着压力电表，进一步反映出她高度负责的工作态度。

抓着楼梯，披着长发，像一尊铜像站在那里。……"范春耀沉了一沉，又继续说，"她的任务本来是敲警报锣，是完全有机会走开的；可是她不但没有走开，反而在轰炸最紧的时刻，跑上了四楼，检查了压力电表，把电表关好，然后才离开。结果不幸牺牲在楼梯那里。……"

①大家都为黎氏美槐的事迹深深感动。在我的脑海里，立时树起一个多么伟大的形象！这是比传说中的手执火炬的自由女神，还要崇高还要圣洁的形象呵！

党委委员点点头，接着说：

"是的，我们的工人同志就是用这种精神来进行战斗的。"他指指坐在我身边的一个高个儿的老工人说，"就拿我们的电工窦克欣同志来说，也是这样。他这工作与别人不同：别人是躲着炸弹走，他是要迎着炸弹走，哪里轰炸最激烈，就赶到哪里去。去年'八·五'，敌人第一次轰炸荣市，他看到横过蓝江的输电线断了，电杆很高，要按平时，需要先把线卸下来，至少要用两三个小时，才能把线接好。他觉得这样太费时间，就借了一个救火的梯子，爬到半空里。头上是俯冲的敌机，下面是高射炮阵地，弹片刷刷地落着。他只用了8分钟的时间就修复了。②现在敌机不断轰炸，这些事对于他已经是家常便饭了。……"

窦克欣谦逊地笑了一笑。他的头发已经花白，穿着一件褪了色的粗斜纹布的工作服，皮腰带后面带着工具兜儿。无论从他挺拔利落的神态，还是从他粗短有力的手指，都可以看出这是一个地道的工人。③我凝望着他，心中想道：这样一位头发花白的老人，能够在浓烟烈火

① **抒情**

作者在这里对黎氏美槐的精神进行了高度的赞美，这也突出了她就是我们心目中最可爱的战士。

② **侧面描写**

这短短的一句话，进一步突出了窦克欣已经是身经百战的人了，面对敌人的轰炸一点也不畏惧。

③ **心理描写**

作者看到花白头发的窦克欣还能爬到高空，趴在电线上在敌人疯狂的轰炸声中安心地工作，不由地充满了敬佩之情。

中奋力爬上高空，趴在电线上，真不是件容易事呵！

"这是我本身的工作。"窦克欣把这些看得十分平常，"我在这厂里当过8年小电工。有一次，因为没有给法国人送礼，我被赶出去。我到处流浪，又学驾驶汽车，当了23年司机。八月革命后，我才回厂。①我知道，过去是给谁干活，现在是给谁干活。1963年，厂里发生了一件事故，我作了处理，厂里评我是模范，我没有接受；就是刚才党委委员谈的这些事，我也觉得都不过是自己应尽的责任。一个工人就应当这样做，更别说是党员了。……"

"你今年多大年纪了？"我问。

"59岁了。"窦克欣说，"本来明年该退休了，从敌人轰炸北方以来，我想，我不能退休！这样我会吃不下饭，睡不着觉。现在敌人天天都在轰炸北方，南方也还没有解放，退休不是时候！"他像同谁争辩似的，又说，②"退休，不能只看年龄，要看环境，要看条件。只要我还有一口气，还没有献出最后一滴血，我就得干下去！"

党委委员刚点起一支烟，准备说什么，这时候，听见外面响起一阵激烈的高射炮声，人们一片喧嚷：

"打下了！打下了！"

"一架！一架！"

"不不，两架！你朝那边看！"

③人们纷纷离座，向院里跑去。亲眼看看打落敌机，是多么痛快的事呵！可惜在清化有几次好机会，我都没有看清。这回可要抓紧。谁想我刚刚踏出屋门，公安员利同志就叫："同志巍！伪装！伪装！"我刚抓起绿色的伪装布，他又叫："帽子！帽子！外面有弹片。"等

❶语言描写

窦可欣朴实的一句话，体现了他对党的忠诚，对未来美好的生活充满了信心。

❷语言描写

窦可欣的几句话，进一步突出了他愿意把自己的一切都献给党、献给国家的决心。

❸细节描写

我们从"纷纷""跑"这两个词就可以看出人们都想亲眼看看打落敌机的场面，进一步突出了人们对敌人的痛恨。

❶比喻

作者在这里巧妙地运用了比喻的修辞手法，把高射炮的烟云比喻成蒲公英的绒毛，进一步突出了战士们英勇的精神。

❷外貌描写

作者在这里详细地描写了黄玉足的外貌，为下文做了铺垫。

❸比喻

作者把机器比喻成枪炮，把机床比喻成阵地，进一步突出了发电工人们对工作的高度负责的精神。

到我又拿起软木军帽跑出去时，看看天空，敌机已经飞走，在碧蓝的天空里，只留下两缕长长的黑黑的烟痕。这是哪位大艺术家，蘸饱浓墨，刚刚扫过粗犷的两笔呵！①看看烟痕旁边，点缀着白白的圆圆的高射炮的烟朵，像是秋天蒲公英的绒毛一般被吹上天空悬在那里。

我对利同志真是埋怨不止，而他却不作声，只是得意地微笑。布谷鸟像是传报捷音一般，在绿色的田野里，一声声地啼唱着。

大家回到屋子里，燃起"奠边府"牌的香烟，继续着刚才的谈话。

②在我斜对面，坐着一位工人，圆胖脸，大眼睛，眉目清俊，活泼聪明。他说自己 34 岁了，看去却年轻得多。党委委员指指他说：

"这是我们的透平组长黄玉足同志。让他谈谈吧，他也像黎氏美槐那样坚守着自己的岗位。"

党委委员简略地告诉我们：在激烈的轰炸中，黄玉足让组里的三个同志撤退到安全的地方，自己一个人做 4 个人的工作。他工作的地点是二楼，一颗炸弹在离他十几米处爆炸了，又是烟，又是火，玻璃片子乱飞，周围什么也看不见。他就在这时摸上了三楼，把发电机关上。他看不见别的同志，就摸到电话机旁，从电话上鼓动别人。③他喊："同志们！我们的枪炮就是机器，我们的阵地就是机床，我们要用阮文追的精神来坚持呵！……"

注释

阮文追：越南民族英雄，1964 年执行任务时不幸被捕，后惨遭杀害，年仅 24 岁。

SHUI SHI ZUI KEAI DE REN

"我是南方人。"黄玉足说，"我的家就在岘港。直到现在，敌人还在糟蹋我的家乡。"他竭力克制着自己的感情。"1954年，我军集结到北方，满以为只过两年就可以同家人团聚，现在已经11年了，不要说回家，好多年连个音讯都得不到。"他已经压制不住自己的激动，"直到1958年，我才得到一点消息：①敌人逮捕了我的父亲，打断了他的左臂，硬逼着他同我脱离父子关系。他们还在那里剖腹挖肝，其中就有我的亲人。……同志，你想想，祖国被人分成两半，家庭被人分成两半，这是什么滋味？我能安安静静地睡好觉吗？我屡次提出回到南方参加战斗，同志们安慰我，劝解我，叫我把对敌人的仇恨变成力量，好好在北方搞社会主义建设。这话也对。我恨不得把自己的全部力量都使出去。我经常想：我究竟如何做，才能对得起正在南方浴血战斗的同胞们呢？才能不愧是一个南方人呢？我只要这样一想，就什么也不害怕，把命豁出去也行。……"

❶ 语言描写
这几句话进一步突出了敌人惨无人道的兽行，也充分体现了黄玉足对敌人的痛恨。

说到这里，黄玉足同志把他父母和妻子的照片拿给我们看。并且告诉我们，这些照片是1958年从家乡秘密捎来的。从那以后又是音讯杳然，大家看后，感情越发沉重起来。

黄玉足同志收起照片，沉默了好大一会儿，才继续说：

②"我们一定要保卫北方，解放南方。我们统一祖国的意志，是任何力量也阻止不住的。6月4日，敌人轰炸了我们的电厂。奇怪的是，有些外国记者，竟把我们的荣市说成是如何如何荒凉了。③当时，我们工人听

❷ 语言描写
这一句话充分体现了黄玉足要和敌人斗争到底的精神。

❸ 语言描写
从这句话中我们就可以看出发电厂的工人们那种不服输的精神是多么可爱。

说这事非常气愤，7号就让电灯亮起来了。让大家都来看看吧，我们的荣市究竟是一座什么城市！"提起这事，大家纷纷补充说，那些记者来到这里的时候，这个电厂其实还没有被炸，只不过为了防空的关系，路灯比平时少一些罢了。

"还有怪事哩。"另一个同志气愤地说，"他们在前面一个地方，还叫我们的战士坐下，把步枪懒散地靠着肩头，装出愁容满面的样子，来拍一张照片。当时，战士非常愤慨，对这个记者说：^① '我们越南的战士没有这种姿态！你要看我们的姿态，就到高射炮阵地去看，就在敌机飞来的时候去看！' ……"

❶语言描写
这几句话进一步反映出战士们在战斗时是多么勇敢与英勇。

像这些丑事，我也听到不少。有的记者到越南"访问"，除了吹嘘对越南的援助，就是给越南人民泄气。难怪引起越南同志的莫大愤慨。其实，他们想要这样的照片干吗要那样费事呢？他们拍一张自己的照片拿去发表，不是挺合适挺现成的吗！

傍晚时分，我们结束了这场热烈的谈话。临别之前，发电厂的同志们又紧握着我们的手说：

❷语言描写
从这里我们可以看出发电厂的同志们为了战斗的胜利，一定会坚守在自己的工作岗位上。

^② "我们向中国同志保证：我们将永远让荣市灯火通明，让电灯照亮每一条大街和小巷！"

工人同志们骑上脚踏车在月色中归去，我在村边目送着他们。远处，荣市已经亮起了繁密的灯火，并且隐隐传来欢愉的闹声。在这一霎时，我觉得这些灯光，显得更加灿烂，更加可爱了。在那灯火之间，我仿佛看见黎氏美槐崇高的圣洁的形象，她一手提着铜锣，一手高举着火把，披着长发，高高地立在荣市的上空，那点点

的灯火，就好像是她的火把飞出的火星一般……

① 我在心里默默地赞颂着：呵，荣市，你有着这样英雄的儿女，我怎能不称你是一座战斗的城，英雄的城！

1966 年 1 月 19 日夜半

❶抒情

作者在文章最后抒发了自己的感受，对那些英雄儿女充满了敬意，他们就是世上最可爱的人。

精华赏析

《战斗的城》这篇文章作者采用了抒情性议论的叙述方法，使叙事、抒情、形象塑造完美地交融在一起，语言形象、生动、明快、流畅，具有节奏感和美感，读来使人心情激荡、热血沸腾，仿佛又回到了那个火热的战斗年代，内心充满了对越南战士的敬仰之情。

延伸思考

1. 窦克欣为什么说自己还没有到退休的年龄？
2. 黄玉足是如何鼓励大家作战的？
3. 记者为什么让战士们摆出懒散的样子？

相关链接

在战斗年代敲击锣鼓是为了提醒人们所面临的危险。在现代，锣鼓成了戏剧节奏的支柱，也是汉族民俗文化中必不可少的乐器。锣鼓是一种音响强烈、节奏鲜明的乐器，所以在戏曲的唱念、表演、舞蹈、武打等方面有很重要的作用。有了锣鼓的伴奏配合，能增强戏曲演唱、表演的节奏感和动作的准确性，帮助表现人物情绪，点染戏剧色彩，烘托和渲染舞台气氛。

广平的夜

名师导读

《广平的夜》这个故事标题看似平凡但有它特殊的意义，和平年代中夜色总是呈现出一种静谧、浪漫的美，但是在充满战斗的广平，夜色会因为什么而美丽呢？一定是那些最可爱的战士们让广平的夜变得美丽而令人难忘。

❶交代背景

作者在故事的开头先交代故事的背景，这样可以让读者做到心中有数，也为下文做了铺垫。

❷直接描写

这几句话在文中有着引起下文的作用，同时也勾起了读者的阅读欲望。

① 这里，我要记下一个平凡而又难忘的战斗的夜：广平八月的夜。

我们来到广平——这个战斗和生产都位居越南北方前列的省份，已经好几天了。想同青年突击队的年轻同志见见面，几乎成为我的一桩心事。省委同志考虑到这条道路敌人飞机封锁得很紧，为我们的安全而犹豫不决。最后几经议商，才算定下来了。我们真是高兴万分。

② 当时谁又知道，随着这个决定，还附赠给我们一个难忘的战斗的夜晚呢。

南方的太阳，真是热得厉害。中午，我同翻译宪同志和司机波同志到木集溪里游泳，大家像回到了儿童时代似的，游了个尽兴才罢。但一上岸，还没有走回住地，就又是满身汗水。直到黄昏我们的车子上路，暑气才为之一扫，显得格外畅快。

天色在车轮声中渐渐黑了下来。走了不远，便被一道溪流阻住了去路。河上的小桥，下午刚被敌机炸毁。附近村庄的群众，正用石头垫一道临时渡桥。① 为了争取时间，我们让汽车随后跟进，就先踏着急流中的乱石徒涉过去。过了河，我发觉公安员利同志走路不甚方便，用电棒一照，才看见他的脚碰伤了，红艳艳的血流在黑色的抗战鞋上。我心里很不安，总以为是他在搀扶我的时候被碰破的，而他却微笑地一个劲儿地同我争辩。我们急忙找出纱布帮他缠好。然后坐在路边草地上，等候着车辆的到来。

② 夜色越发浓黑了。出发时，天还晴得蛮好，日落处一片霞光，东海方向只有一圪垯并不惹眼的黑云。不知什么时候，这块黑云竟像是一道宽阔的墨黑的江水漫流过来，很快涌过我们的头顶，同远处的地平线连在一处。刚才借着星光，借着地平线落日的余晖，还能模糊看到远处的山影与附近乡村的轮廓，现在一切都沉没在浓墨般的夜色里了。在整个的旷野上，只有远处亮着一盏闪闪烁烁的灯光。

这是一盏防空灯。防空信号与义安省略有不同。只要刚刚传来一点轻微的敌机声，灯光就倏地熄灭了。飞机过去，它又很快地亮起来，以无限的热情招引着人们。令人惊讶的是，有时当这盏灯熄灭的时候，隔了好一阵，飞机声才隐隐传到我们耳边。③ 守候在防空灯下的这是谁呀，竟有着这样灵敏的耳朵？

时间很长，车子还没有来。我们等得难耐，同时也

❶ 直接描写

作者为了能尽快见到青年突击队的年轻同志们，连车也不坐直接蹚着水往前走，这也反映出他想早点见到同志们的心情。

❷ 环境描写

作者在这里详细地描写了当时的环境，进一步突出了作者内心的焦急。

❸ 疑问

作者在这里巧妙地运用了一个疑问句，紧紧地抓住了读者的好奇心，同时也勾起了读者的阅读兴趣。

为前面的这盏灯光所吸引，就向前信步走去。夜间看来遥远的其实未必那么遥远。我们走了不远一程，就来到防空灯近处。① 这里的公路是从一个小山岗劈出来的凹道，两边是三四丈高的土岸，岸上有一棵树，那盏防空灯就挂在树枝上。我们立在凹道里向上仰望，人坐在灯影里反倒更加看不清楚，灯光摇曳，人影模糊，只能听见从那里传出两个女孩子的笑语声。不知她们谈着什么有趣的事情，咭咭嘎嘎地笑着。

涯同志故意装出严肃的语调，仰起脸问：

"谁在那里放哨？……你们的笑声太高了吧！"

② 女孩子止住笑声，反问：

"你们是谁？到哪里去呀？"

"我们是专门查哨来的！"宪同志逗笑地说。

"来查哨就上来吧！"她们一起笑着说。

"那你们先唱一个广平号子。"

"我们会唱，就是不唱。"一个女孩子调皮地说。

"等你们打下飞机来，我们才唱哪！"另一个说。

一个同志插嘴说：

"到明天，我们给你打下两架。"

③ "那你们就等明天再来听吧！"一个嗤嗤笑着；另一个又加上说，"到明天我们先打下来，就该先听你们唱喽！"

人们边说边笑边走，两位姑娘还分毫不让地追击

❶环境描写

作者在这里详细地介绍了公路的样子，目的是为了突出那盏防空灯，为下面的守哨人做铺垫。

❷语言描写

我们从这两个问句中可以看出姑娘们的警惕心很高。

❸语言描写

这句话充分体现出广平姑娘的性格泼辣，十分豪爽的样子。

注释

丈：长度单位，1 丈约等于 3.33 米。

着说:

"'查哨的'同志们!前面M桥不好走呵,小心跌倒,碰破了皮!"

"广平的姑娘真不好惹。"人们边走边议论着,"不光打飞机出名,嘴头子也真够厉害!"

① 从刚才越南同志的笑谈中,使人感到,同志间的感情是多么亲密呵!战斗的生活,崇高的理想,共同的任务,把人们紧紧地结合在一起,变成了一支无坚不摧的力量,使"同志"这个词儿更富于它原有的含义了。

我们又走了一程,后面的两辆车子才赶上来。我们立刻上车,想夺回失去的时间。车子刚刚开出凹道,远远看到前面一带小山背后像起火一般,腾起一派红光。附近的村庄里传来一阵阵厚重的防空鼓声。转过山弯,才看见是两颗摇摇欲坠的照明弹,发出将要熄灭前的暗红色的光亮,挂在远处的天际。看样子敌机轰炸袭扰的地方,正是两位姑娘告诉我们的M桥渡口。司机闭了灯,借着照明弹的光亮,继续向前开进。

② 说话间,M桥方向,空中一亮,一亮,又是几颗照明弹丢下来,数了数,一共有5颗照明弹同时悬在那里,把村庄、道路照得明晃晃的。专门操心安全工作的利同志,立即命令停车。话音刚刚出口,只见地面上一大溜火花直射天空。接着,空中突然喷发出一个大红火球,向着斜下方坠落着。后面车上的几个越南同志兴奋地狂喊:

"打中啦!打中啦!"

"飞机落下来啦!"

❶ 抒情

作者通过与越南同志们的交谈,深深感受到了他们那崇高的战斗精神及同志们的亲密感。

❷ 细节描写

作者在这里详细地交代了敌人的疯狂,从侧面也体现出同志们面对战斗表现出来的冷静与沉着。

71

❶细节描写

看到敌机被打落下来，同志高兴的样子就像一个小孩子，这也说明了人们迫切希望打胜仗的心情。

❷对话描写

这几组对话进一步突出了同志们打中敌机后的兴奋心情。

❸细节描写

同志们由于观看战斗注意力太过于集中而被丢下，这就说明了同志们看到打中敌机后的兴奋。

❹抒情

作者在这里连用5个感叹号来抒发自己对广平姑娘的赞美，正是因为有她们，广平才会更加令人难忘。

① 我们慌忙跳下车来，后面车上的司机波同志早已兴奋得像孩子似的爬到车头上去了。我也脚踏车灯攀了上去。那个红通通的大火球向下滚动着，顷刻间，不知落到什么地方去了。天空中只有刚刚丢下的几颗照明弹，还飘飘摇摇地悬在那里。

② 一个同志唯恐没有打中，急切地问：

"是不是真的打中了呵？"

"我看是真真的！"宪同志肯定地说。

"有没有可能是炸着了房子？"

"你真是！房子还会跑到天空去么？"

我们一行人真是兴奋极了。唯有个别同志因为刚才下车动作不快而惋叹不止。车子继续向前开进。走了不远，路边上站着两个人，要求搭我们的车子。③ 一问，原来他俩刚才看得出了神，自己的车子开走了，还不知道。大家听了哈哈大笑。因为车小人多，没法子，我们只好……只好抱歉地把他们丢在后面去了。

车子离开小山，来到平坦的原野上。这里视界开阔，刚才那位个别同志再也用不着因为丢失了那壮美的瞬间而惋叹了，这时正在 M 桥方向，可以清楚看到那架坠地的敌机在地上熊熊燃烧。随着东海的夜风，那团火光一时小，一时又大起来，因为夜色浓黑，越发显得红艳艳的。广平呵广平！你的夜景是多么的壮丽动人！因为你是用劳动人民的双手织成的人民战争的夜景呵！这时，我手攀车门，久久地凝望着那个火堆，那个把美国飞机变成灰烬的火堆，不禁又想起防空哨上的那两位广平姑娘。④ 姑娘们！我想这时候，你们一定会唱起广平号子来的！你们一定会唱得最优美！最悠扬！最动听！正像炮火、炸弹压不住越南土地上布谷鸟的欢唱一样，广平的夜也是少不了你们勇敢的歌声的！……

忽然一阵急骤的防空鼓声，把我从沉思中唤醒。我们正穿过一座村庄。在黑洋洋的夜色里，房顶上立着一个人影，对着我们喊道：

"刚才打下一架敌机，你们看到了吗？"

"看到了。"利同志在车上回答。

① "你们往前走，要注意一些！"那人用警告的语气说，"现在头顶上有好几架敌机，正在寻找跳伞的飞行员呢。"

出村不远，就是 M 桥渡口。利同志叫我们下车休息一下，到渡口获取联系去了。车子的马达一停，听见顶空嗡嗡隆隆的飞机声响成了一片。每架飞机上都亮着盏绿灯，这架刚飞过去，那架又飞过来。我们数了数，至少有 4 架敌机，围着那个大火堆反复盘旋着。

我们坐在路边草地上，一面用软木军帽掩着火光抽烟，一面悠然自得地望着天空中吊丧的敌机。一个同志说：

② "这几个家伙，怕正在天上'哈罗''哈罗'地穷喊呢！"

"大概他们永远喊不到了。"从广平来的矢同志说，"也许飞行员正同老阎王谈话哪！"

这几架敌机围着火堆盘旋了很久，大概觉得厌烦了，就往下投照明弹，有时一气投下七八个来，照耀得如同白昼似的。最后才徒唤奈何地一架跟着一架哼哼着飞到

❶语言描写
"头顶有好几架敌机"这句话，反映出当时的战况很紧张，作者他们所面临的情况很危险。

❷对话描写
同志们诙谐的谈话充满了对敌人的讽刺，也表现出了同志们内心的喜悦之情。

别处去了。

我们在夜色里乘船过河。上岸不远。忽地从一棵大树下跃出几个持枪的黑影，大喝一声，拦住了我们。原来这是附近村庄的民兵。① 他们盘问了我们一阵，才说：刚才被击落的敌机，落在距这里 6 公里处。飞行员已经跳伞了，现在周围几十里内的大小道路，已经尽行封锁，周围村庄的几千民兵正纷纷出动，捉拿飞贼。

"飞贼捉到了么？"一个同志急迫地问。

"降落伞，飞行员的座椅全找到了。"拦住我们的人兴奋地说，"就是飞行员还没捉到。这个家伙大概钻到小山上的丛林里去了。现在民兵们正把那座小山团团围住进行搜索。……"

我们的车子开出几步，那几个人又在车后喊：

② "前面民兵很多。如果叫你们停车，你们应当马上服从，免得发生误会！"

我们连声答应，车子又继续向前开进了。不一时，车前卷起几阵狂风，接着飘下了雨点。夜深风凉，穿着短袖汗衫，已颇有些寒意。大家纷纷打开手提包，加了件长袖衬衣。望望那架燃烧的敌机，火光暗淡，已经渐渐熄灭。更使人觉得夜色如海，深不可测，整个原野响着沙沙的雨声。③ 这时，我心里甜丝丝地，止不住想：现在那个跳伞的飞贼，那个来自大洋彼岸专门以破坏别人家园为职业的家伙，怕正躲在灌木丛里心惊胆战瑟瑟发抖吧，比起他们飞在天上，嘴里嚼着口香糖，洋洋得意地追杀放牛孩子来，怕是另有一番滋味吧。原野上的雨声愈来愈密，从中仿佛可以听见成千的民兵们急骤的

❶细节描写

"盘问了我们一阵"可以看出当时的民兵对工作认真负责的态度，大家为了捉住敌人都不敢掉以轻心。

❷语言描写

我们从民兵的话中可以看出他们对作者的关心之情，也体现出寻找飞贼的人数之多。

❸心理描写

作者把飞贼现在所面临的情况与他在飞机上嚼瑟的情形进行了鲜明的对比，从而反映出作者现在内心的喜悦之情。

脚步似的。是的，这些脚步声也如同今夜的雨声一样，正沙沙地、沙沙地向着小山包围前进。伟大的人民战争，你使得今晚广平的夜色，显得是多么深沉又多么威严呵！……

"这个家伙，不到天明就会被抓住的！"一个同志愉快地说。

"让他多抖一些时候也好。"我接上说。

①雨声渐大，最后竟像瓢泼一般倾泻下来。灵同志上好车门，开开大灯，加速前进。专门操心安全的利同志，忘记了脚上的疼痛，竟轻松地哼起民歌来了。不用细听，就知道还是他那支永远也不会忘怀的南方的家乡的歌曲。我靠在椅背上，做出要睡的样子，却没有丝毫的睡意。②耳边似乎有一个声音在说：你应该朴素地、如实地把今晚的经历记录下来，题目也无须另起，就叫"广平的夜"。这仿佛不是我的心，而是广平的夜色告诉我的……

1966年4月4日

❶ 夸张

这句话作者把下雨的情况说成像瓢泼一样大，运用了夸张的修辞手法，进一步突出了雨下得非常大。

❷ 心理描写

文章最后几句话从表面看似作者在赞美广平的夜色，其实是在赞扬广平的人。

精华赏析

《广平的夜》这个故事主要讲述了作者在广平见识到了广平女孩子嘴皮子的厉害，以及看到敌机被打落下后的激动心情，作者笔下的广平战士永远充满活力，充满战斗力，他们不愧是最可爱的人。

延伸思考

1.为什么说广平的防空信号与义安省略有不同？

2.敌机在天上飞来飞去寻找什么？

3.飞贼最后被捉到了吗？

相关链接

　　防空灯是一种在夜间作战的防护措施，能减少被上空侦察兵发现的可能，被广泛应用于20世纪末的几场局部战争中。防空灯能起防空效果，主要是因为灯上部有一个伸出的灯罩，跟帽檐一样，可以减少灯光向上方的散射，避免从空中对地面光源的直视，从而减小被发现的可能。

在风雪里

名师导读

　　《在风雪里》讲述的是汉江前线打得正紧的时候，中国人民志愿军一批一批地往前线赶，一个小姑娘跑到部队，被部队安排得十分妥当的感人故事。

一

　　我听说这故事的当儿，汉江前线正打得紧着呢。

　　天下着鹅毛大雪，志愿军一队一队地正往前线上开。①同志们急急忙忙地赶路，可谁也没有注意：有一个十二三岁的朝鲜小姑娘，紧紧地追着他们。

　　部队一住下，这个小姑娘，不知怎的，一摸摸到我们一个机枪连的连部来了。同志们一看，这是哪里跑来的一个小姑娘啊，这么冷的天，只穿着单裤单褂儿，②束着一条很脏的小白裙子，一双浅口薄底的小胶皮鞋也破了。头发乱蓬蓬的揉成一团，上面还粘着草棒儿，仔细看，脖子上还有被炸弹片炸伤的地方。她抱住这个的手，握一会儿，说一阵儿；又抱住那个的手，握一会儿，说一阵儿。可是联络员不在，谁也不知道她说的是什么，她是从哪里来的呀？

❶设置悬念

　　作者在故事开头交代了主要人物，为下文做了铺垫，能引起读者的兴趣。

❷外貌描写

　　作者在这里详细地描述了小姑娘的外貌特点，反映出小姑娘在特定环境、特定时期的内心情绪和心理活动，也反映出她所处的社会环境和时代特征。

❶列数字

作者在这里巧妙地运用了列数字的写作手法，详细地交代了小姑娘失去家后的艰难生活。

❷语言描写

小姑娘说的话进一步突出她是一个勇敢的小姑娘，也反映出她内心充满了对美国鬼子的憎恨之情。

❸细节描写

"好说歹说"这个词就体现出小姑娘不愿意离开部队，这也说明她已经把战士们当成了自己最信得过的人。

直到联络员来了，大家才知道：这是一个失掉了家的孩子。① 她已经流浪了二三百里路了，今天这儿住一宿，明天那儿住一夜，今天这儿找点吃的，明天那儿找点吃的。这天，她正钻到一个草窝窝里睡觉，一看咱们的志愿军队伍过来了，她就追来了。

志愿军同志们听了这种情形，争着给小姑娘洗脸，盛饭，接着安排小姑娘睡了觉。

谁知道，第二天小姑娘倒不愿意走啦。她跟连长说："叔叔！我要跟你们走！"

连长笑了笑说："小姑娘！你跟我们走干什么去呀？"

小姑娘说："我别的干不了，我给你们烧点水，端个饭还不成吗？我在家还帮妈妈做过饭哩！"

"可是，我们一两天就要打仗的呀！"

② 小姑娘很勇敢地说："打仗？怕什么！我不能打，我还不能看？眼看着你们打死美国鬼子，我才高兴哩！"

可是，想想吧，小朋友，志愿军怎么能把一个小姑娘带到火线上去打仗呢！扔下她不管，也不肯啊，这怎么办呢？

连长就去找指导员商量。

到底还是想了一个办法，就是让房东把她收下。③ 房东当面答应下来了，又跟小姑娘好说歹说，才把小姑娘安插在房东家里。谁知道，到了半夜，小姑娘又跑到连部里来了。她说，房东把她关到一间小冷屋里，还说等队伍开走了，要砸死她。……原来，那家房东是个地主。

这村子一共三家人，其余两家又没人在家，连长跟指导员都急得没有主意。第二天中午，营长打来了电话：让部队加紧战斗准备，还说夜里就可能进入战斗。这更让连长跟指导员发愁呀。①连长的眉头皱成了一个疙瘩，指导员额上的青筋也鼓起来了。两个人，在最危急的战斗里，也没这么着急过呀。

可是，小姑娘还在一边说："好叔叔！我知道你们答应了我啦。什么时候出发呀？"②一边说，还一边指着蹲在一旁的重机枪说："嘟嘟嘟，嘟嘟嘟！打死那些'米国撒米拉！'"

这真让连长跟指导员哭笑不得呀！连长看了看表，表滴滴答答轻快地好像跑步似的走着。

二

连长只好给营里打电话请示。

教导员像在电话里考虑了好一会儿，才回答说：

"关于这个朝鲜小姑娘的问题，你们不要着急，要很好地照顾她。待一会儿，我亲自去处理。"

果然，隔一会儿，营教导员来了。

③营教导员是一个高个儿的年轻人，是一个很和蔼、很可爱的人哩。连长、指导员、战士们都赶过来向他敬礼。小姑娘是个多聪明的孩子呀，也学着大家的样儿行了一个举手礼。

连部里挤满了一屋子的人。

①神态描写

连长及指导员因为战斗的紧张，一时不知道如何安排小姑娘而发愁，从中可以体现出战士们一心装着老百姓。

②语言描写

小姑娘以为自己可以留在部队，一心想亲眼看看战士们打死美国人，这也充分体现出了小孩子天真烂漫的一面。

③外貌描写

作者在这里交代了营教导员的外貌特征，给读者留下第一印象，也为下文做了铺垫。

注释

米国撒米拉：朝鲜话，指美国人。

❶动作描写············

小姑娘看到教导员就像见到了妈妈，充满了对教导员的依赖，这也反映出小姑娘对战士们的信任，她已经把战士们当成了自己最亲近的人。

❷细节描写············

小姑娘面对死去的爸爸妈妈、哥哥嫂嫂内心充满了悲伤，但是她知道以后的路还很长，所以毅然决然地擦干眼泪走了出来，这也反映出她是一个坚强的小姑娘。

❸语言描写············

小姑娘尽自己最大的努力来说服教导员同意自己留下来，这也说明小姑娘要报仇的决心之大，她的内心已经充满了对鬼子的憎恨之情。

教导员指了指小姑娘，说："你们说的就是这个小姑娘吗？"

连长点点头说："是呀，就是她一定要跟我们走呀！"

①小姑娘看出来是在谈她哩，就跑到教导员的身边，好像见了妈妈似的，把她那乱蓬蓬的头歪在教导员的膝盖上，两只小手抓着教导员的皮带；接着又抬起头，指指自己脖子上的伤口，一双大眼望着教导员。她说起自己是怎样被美国飞机炸伤的，怎么才从着火的房子里跑出来，她找到爸爸，看见爸爸倒在牛棚外面，给牛吃的草扔在一边，她摇摇爸爸，爸爸不理她，爸爸被炸死了。她又在厨房里找到妈妈，妈妈大概是正在淘米吧，米撒了一地，她摇摇妈妈，妈妈不理她，妈妈不会再理她了。她去看哥哥，哥哥还握着搓的麻绳，脸上有一片血。她去看嫂嫂，嫂嫂手里还拿着给她做的新衣服，也倒在地上不动了……就这样，小姑娘美好的一个家庭，就剩下她一个人。②小姑娘在爸爸妈妈的跟前哭了一阵儿，又到哥哥嫂嫂的跟前哭了一阵儿，最后把眼泪擦干就出来了。

当联络员给大家翻译的时候，联络员也是一个朝鲜人呀，他讲着，讲着，大大的泪珠就滚下来了。大家的头都低了下去。教导员的眼也湿润润的，强压制着自己没有掉下泪来，他叹息着。

接着，小姑娘又把脸抬起来，两只大眼望着教导员，要求着：

③"叔叔，你千万让我跟着你们走吧。我要报仇！我什么都能学会。我还会唱中国歌儿呢，不信，我给你

们唱唱！"说着，她望了望全屋子的人，就唱起来了：

东方红，太阳升，

中国出了个毛泽东。

她唱着，唱着，教导员一把就把她抱在怀里，不知为什么，教导员的泪珠，就再也止不住滚下来了。① 这时候，全屋子的志愿军同志都哭了。有的背过脸去抹眼泪，还有擤鼻涕的声音。

"同志们！"教导员向大家严肃地问，"你们说这孩子可爱不可爱呢？"有谁会说这孩子不可爱呢？教导员又说："是呀，这孩子可爱得很。跟我们祖国那些千千万万可爱的孩子一样。可是这孩子叫敌人害得多苦啊！要是美国强盗打到我们的祖国，我们祖国那些可爱的孩子，会怎么样呢？……"

大家静静地听着。② 祖国的那些千千万万的孩子，那些在城市里的，在乡村里的，戴红领巾的，没有戴红领巾的，像田野里一眼望不到边的谷穗一样，活蹦乱跳地出现在眼前。大家想着，想着，眼睛睁得圆圆的，望着教导员。

教导员又接下去说：

"可是，同志们！我们决不让我们祖国的那些幸福的孩子，像这小姑娘一样；我们还要使这个小姑娘，使千千万万的朝鲜孩子，像我们祖国那些孩子一样幸福。你们说对不对？"

"对！"大家齐声说。

③ "好，同志们！我们就是为了他们战斗的。今天晚上我们就要开始战斗了。你们的机关枪擦好了没有？"

❶ 动作描写
一屋子的人都被小姑娘的故事和歌声所感动着，这也体现出我们的战士一心为人民，是非常可爱的人。

❷ 比喻
作者在这里把祖国千千万万个孩子比喻成一眼望不到边的谷穗，形象生动地写出了祖国无穷尽的生命力。

❸ 对话描写
从这组对话中我们可以看出教导员善于抓住机会鼓舞人心。

81

"擦好了！"

"六零炮呢？"

"也擦好了！"

① "好，同志们！那么，要打就要狠！越狠越好！就让那些野兽们尸体堆成山，血流成河，统统死到我们的阵地前面吧！"

❶语言描写

教导员说的话给了战士们很大的鼓励，这也说明志愿军对美国鬼子的痛恨之情。

"可是，这个小姑娘到底怎么办呢？"连长插嘴问。

教导员说：

"你们连很好地照顾这个小姑娘，这是很好的。我要表扬你们。至于这个小姑娘，让她跟我走吧，我来想办法。"说着就拉着小姑娘的手，站起身来。

❷神态、语言描写

小姑娘因为教导员答应带她走，十分地高兴，在她看来自己只要跟着部队就是找到了家。

② 小姑娘看见教导员要带她走，高兴得蹦蹦跳跳的，小脸儿笑得像开了花似的，说：

"好叔叔，走吧，你带我到天边，我也是要去的。"

三

山路上铺满了白雪，漫天遍野刮起了白毛旋风，天多么冷啊。教导员把大衣脱下来，给小姑娘披在身上。开始，小姑娘不穿，教导员装作生气的样子，小姑娘才穿了。大衣拖着地，踢里吐噜地走着；可是，她心眼儿里着实高兴哩。这时候，要是路上有旁的人，她一定会骄傲地说："你们看看吧，我也成了志愿军啦！"

❸动作描写

副营长"一下就看见小姑娘的脖子上有伤""马上喊"，这一连串的动作进一步说明了他对老百姓的关心，内心一直装着老百姓。

他们到了营部，除副教导员不在，营长、副营长全在家。教导员做了介绍，小姑娘就赶忙抢过去握手。③ 副营长的眼睛真尖，一下就看见小姑娘的脖子上有伤，马上喊：

"通信员！你们搞什么呀，快找卫生员给小孩子上药！"

教导员问战斗准备工作是不是全搞好了，营长说全准备好了。教导员松心地笑着说："咱们怎么样欢迎咱们的小客人哪？"

①营长拍拍小姑娘的头，哈哈地笑起来，他笑得真响呀。他说："小姑娘，你的运气真好！我刚才买了一个小鸡，准备吃了打仗有劲儿，你就来了，就算欢迎你好啦！"

卫生员把小姑娘的伤口洗了洗，上了药，通信员就把饭端上来了，鸡也煮好了，冒着热气。

小姑娘不好意思吃，每次只夹一点点，又惹得营长哈哈地笑起来："嘿，还客气哩！当战士要能吃、能走、能打才行哩，来！"说着，他夹起肥肥的一块鸡腿，油珠嘟当地给小姑娘放到碗里。

②小姑娘今天怎么才能说出心里的高兴呀！

吃过饭，天气已经不早了。团里通信员送来了命令：晚上八时出发。营长悄悄地在教导员耳朵边说：

"怎么办呀，老刘？你打算……"

教导员也对着营长的耳朵，小声地说：

"我早让副教导员去安插她了。"

原来，教导员没有到机枪连以前，就告诉副教导员把她安插在附近的老百姓家。

③大家正在屋子里说说笑笑，忽然嗡嗡嗡——敌人的飞机来了，在村子上转开了圈子。小姑娘很勇敢地站起来，嚷着："叔叔！趴下！趴下！"可是志愿军叔叔们早跟美国飞机作战惯了，谁也不怕。她看他们全不动，就走上去

❶语言描写

营长拍着小姑娘的头笑着说的话，充满了对小姑娘的喜爱之情，这也说明了营长对小姑娘很是关心。

❷细节描写

这短短的一句话，充分体现了小姑娘现在的心情高兴得无法用言语来表达。

❸语言描写

在危险面前，小姑娘第一时间想到的是志愿军叔叔，这也充分体现出她对志愿军的亲切，早已经把他们当成了自己最亲的家人。

摁着，强迫他们趴下。她是多么爱志愿军叔叔们呀。

①美国飞机走了的时候，副教导员回来了，后面跟着好几个朝鲜老百姓。有一个弓着腰的白胡子老汉，还有一个朝鲜老太太，她手里还拿着一件小棉袄。

副教导员一进来，就兴奋得大声地说：

"教导员！办成功啦！他们几家都争着要收下这个小姑娘哩。"说着，又摸摸小姑娘的头，拉拉小姑娘的小手。

那个朝鲜老太太连忙抢上来要给小姑娘穿小棉袄，弓着腰的白胡子老汉摆摆手，往前挤着说："不，不，同志，你叫她跟我走吧。"

②小姑娘一看这种情形，就连忙跑到教导员跟前，急得要哭，她说："叔叔，你们不是答应了我跟你们走吗？怎么又要把我送走呢？"

教导员、营长一齐着急地说："好孩子！我们马上就要打仗啦！"

"可是，我出来就是要报仇的呀！"

唉，这一下可把一圈子的人给难住了，谁也没想到这小姑娘这么硬啊。到底怎么办呢？

正在这当儿，忽然，听到门外有一个女人的声音：

"这儿是营部吗？"

③接着就进来一个年轻女人，剪发，穿着制服，背着挎包。她说："志愿军同志！我是这个面的女性同盟

- ❶ 直接描写
  副教导员找来了好几个朝鲜百姓，这说明朝鲜老百姓心地善良，他们都想给志愿军分忧解难。

- ❷ 语言描写
  小姑娘看见朝鲜老百姓来接她，内心十分着急，她担心志愿军叔叔不带她走，她就不能给家人报仇了。

- ❸ 外貌描写
  作者在这里简单地交代了女同志的外貌特征，给读者勾画出一个年轻干练的女干部形象。

注释

面：相当于中国的区。

干部。我是来给你们筹备粮食的。"

① 营长不由得又用很响的声音笑起来说："好呀，你来得好呀！我们的粮食已经筹备好了。你来处理处理这个问题吧。"说着，他就出去准备出发的事情去了。

那女干部问明了情形，就把小姑娘抱起来亲着，亲热地解释着："好，你要报仇，你就到我们那里工作去吧。"

② 教导员趁这个机会说道："是呀，到那里工作，也是打美国鬼子呀！"说着，又装作生气的样子说："你再不听话，叔叔以后见了你，再也不理你啦！"

这时候，这小姑娘才慢慢地低声地说："好，我听叔叔的话。可是以后我还是要跟叔叔打仗去！"

这时候，响起了很尖很响的集合号声。部队集合出发了。小姑娘又最后跑上去跟营长、教导员，还有许多战士们握了握手。③ 等队伍走出好远，她还站在一块高坡上，用她那响亮清脆的声音喊着："叔叔，再见吧！叔叔，再见吧！……"

1951 年 6 月

❶语言描写

营长一看见当地女干部，就知道她能解决如何安置小姑娘这个难题，所以开心地笑了起来。

❷语言描写

教导员为了让小姑娘远离战场，不得不放狠话让小姑娘离开，这也说明了教导员一心为小姑娘着想。

❸细节描写

队伍都走得很远了，小姑娘还在高喊，进一步突出了小姑娘对志愿军叔叔的依恋之情。

精华赏析

《在风雪里》给我们讲述了一个流离失所的小姑娘，遇到中国人民志愿军之后的故事，这个故事不仅讲述了小姑娘悲惨的遭遇，也体现出了志愿军队对小姑娘的细致安排，真是令人感动至深。

延伸思考

1. 小姑娘是如何跑到部队里的？

2. 教导员想怎样安排小姑娘？

3. 故事最后小姑娘被谁接纳了？

相关链接

指导员主要负责思想政治方面的工作，他相当于一个连队级别单位的党支部书记，主要工作就是给官兵讲课，做思想政治工作，开展党务工作。

挤垮它

名师导读

　　《挤垮它》这个故事完全可以用故事里的话来理解：我一口吃不下你，就一口一口地吃！这是多么难得的一种不屈不挠的精神啊。

一

　　早晨，雾气很大，满山的栗树林子，向下滴水。大雾里，我和师政治委员坐着小吉普车，要赶到前方指挥所去。昨天晚上，他就跟我说，他们这里正在组织一次小的战斗，今天晚上就要打响。我就是因为这个来的。① 小吉普车在山谷的小公路上，像个撒了欢的小牛犊似的奔跑着。过了一道道哗哗响的小河，一座座青青的山冈子，没多大工夫，我们的衣服就被雾气打湿了。

　　车子停在一个很陡的山坡下面。政治委员指了指说："就是这里！"我们下了车，往坡上爬着。② 坡上草深露浓，一簇一簇的小松树，有点发绿，又有点发黄。政治委员说，这树是去年敌人用燃烧弹烧的，草也是今年才长出来的。说着，我们拐进一簇比较浓密的树丛里，只听树丛那边一个洪亮的声音说道：

❶比喻

　　作者在这里巧妙地运用了比喻的修辞手法，把小吉普车比喻成小牛犊，形象生动地写出了战士们什么都不怕，浑身充满了活力。

❷环境描写

　　作者在这里详细地描写了小松树，暗示着革命的力量是无穷尽的。

❶语言描写

未见其人，先闻其声，我们从话语中就能体会到这位师长气度不凡，也给读者留下了深刻的印象。

❷用词恰当

"机警"这个词语运用得十分恰当，从侧面可以看出师长久经战场，已经拥有了灵敏的警觉力。

❸比喻

政治委员把师长比喻成爬山虎，形象生动地反映出师长爬山的本领很高。

❹语言描写

参谋同志的话进一步说明师长为了作战方案废寝忘食导致身体吃不消，从侧面也反映了他对工作的认真负责。

---

① "叫他们讲出道理来！为什么无缘无故给我伤一个人？"

这声音过后，只听另一个较低的声音说："我让他们在今天晚上把检讨报告送来。"

"要深刻检讨。"那个洪亮的声音着重地说，"一定要接受教训！在下午5点钟以前把报告送到我这里！"

一听，就知道是我们那位年轻师长的声音。虽然几年没见，他，可是我的老朋友啦。我们出了这座小树林子，就看见靠着一面峭壁搭着一间小房子，房子前面有炕席那么大的一块平地，师长就在那里站着，一个参谋也站在那里。② 听见脚步声响，师长机警地转过身来："啊！你们来啦！"他亲热地叫着，我们也赶忙迎上去同他握手。他看着我，笑了笑说："我听说你来啦！"我仔细地端详着他。像过去一样，他浑身上下都很清洁、整齐，保持着军人的习惯和风度。可面容却显得有些苍老了。额上添了几道皱纹，眼睛里布着红丝而又显得深奥，可以看出来他在深沉的思虑中度着日子。

我们把几个木凳子放倒坐下，警卫员端过茶来。我望着师长说："你的身体还好吧？"他闪着红丝的眼睛笑着，说："要论爬山、看地形，我们这里的几个团长，哪个也跟不上我！"政治委员接着对我说：③ "在这一方面，他倒是可以吹一下，我们师的人，都管他叫'爬山虎'呢！"站在一边的参谋同志，用不同意的口气补充说：④ "昨天夜里，他出来散步，一下就晕倒在我们现在坐的地方。还是哨兵发觉了，才把他架到屋里去，有好一会儿，他才清醒过来。"师长马上不服气地分辩着说，这不过是睡眠不足，偶然的现象罢了。他伸出手来指着年轻的参谋说道："别看你年轻，你到了我这年龄还不定怎么样，我在朝鲜再磨多久，美国鬼子也磨不垮我！别揭我的短啦，快把地图拿来！"

参谋把地图拿来，他亲手铺在地上，把凳子向前移了移，望了望政治委员又望着我说：① "来！我先把这个战斗的具体部署讲一下，等会儿我还要开炮兵会议。今天敌人的飞机、坦克，是对我没有什么大办法的，可是，对敌炮的斗争，制压敌炮的斗争，却要费费脑筋！"他不自觉地摘下了帽子，放在膝盖上，我这才看见他已经有些谢顶。他用手指轻轻地搔着他的稀疏的头发，好像要从那里搔出什么东西似的。停了半晌，他才像把思想从沉思里收回来，指着地图上敌人的前沿，说："今天晚上，我就要他这一块！他不让我插进一只脚去是不行的！"② 他把兵力、火力的布置讲了以后，又抬起头来，两个眼睛的深处，像闪出两小朵火光似的，谁也没看，只望着头顶上的松树枝说："这就是今天的朝鲜战争！——你要是不想公平合理地解决问题，我就要不断地向前搬家，我一口气吃不了你，我一口一口地吃！杀死你一个，你就少一个！你在板门店的桌子上拖，我就在这里跟你磨。挤垮你！"

他正要把地图折起，另外一个更年轻的参谋从作战室里走来报告说：今天拂晓，敌人向我们一个班的阵地进攻，被我们打死十几个，现在敌人正在抬死尸。他听了，马上瞅着那个参谋的眼睛说："那么，你指示了部

❶语言描写……

师长用简明扼要的话语，把所面临的问题做了介绍，从中可以看出当时的战况。

❷语言描写……

师长的话进一步说明他不把敌人打败誓不罢休。

✒ 读书笔记

_____

_____

_____

_____

队什么呢？"

❶神态描写⋯⋯

师长听到消息后的神态，充分体现出他的可爱之处，也透露出他那不服输的倔强。

① 那参谋像是怕受什么责难似的，只是忽闪一双孩子气的眼睛，因为他实在并没有指示什么。师长立起身来，膝盖上的帽子掉在地上，他说：

"告诉部队：给敌人点教训。"

"敌人放了烟幕——"

"放了烟幕，给我朝烟幕里打！用六零炮打！"

参谋答应了一声，转身要走，他又叫住了他：

"告诉他们团长：不能让敌人大模大样抬死尸，注意组织火力教训敌人，抬一个换一个。我们阵前不是四马路，不能让这些客人自由旅行！"

他坐下来，把地图折好交给参谋拿走，又把帽子拿起来，打了打土：

❷语言描写⋯⋯

这几句话很好地说明了敌人耀武扬威的猖狂样子，这也为他们打败仗埋下了伏笔。

② "这些东西们，在几个月以前还疯狂得很哪，每天向我们进攻，这都不说，竟然在阵地上，在我们的面前搂着女人跳舞！⋯⋯可是现在呢？你去看看吧，我是已经欣赏过了，过来过去在阵前爬着走，撅着个大屁股像狗似的那么爬！变成爬虫类啦！哈哈！⋯⋯让政治委员同志给你详细谈谈吧。"他哈哈大笑起来。政治委员也笑出声音来了。

❸直接描写⋯⋯

敌人只会仗着他们先进的武器耀武扬威，真打起来在我军面前就是一只纸老虎。

开炮兵会议的人们已经来齐了。政治委员等一会儿也要忙别的，我就赶忙趁政治委员的空儿，一同到他的房间去。③ 这时，轰轰几声巨响，是敌人的炮打在山脚下，灰蓝色的烟缓缓地上升着。大雾已经离开地面，跟山顶上的云合在一处。往东一看，太阳已经出来了，把山岭照得红通通的。

二

①政治委员的这个洞子，有一间普通房子那么大小，里面壁上糊着报纸，非常整洁。床上挂着蚊帐。靠着桌子的墙上，挂着一幅毛主席像。桌子上的空酒瓶里，插着一束朝鲜山野常见的金红色的野百合花。

他是不抽烟的，只把烟递给我一支。我们并膀儿坐在他的铺上。从门里朝外望去，看得见有8架敌机，正在轰炸附近的一座桥梁。敌机的身边，不时开放着高射炮的烟朵。

②政治委员是一个很老练稳重的人，或者说多少有点斯文。他的话不紧不慢，好像织布梭一样有节奏地把他的思想准确精密地表达出来。

"老魏同志，志愿军出国不久的朝鲜战场你是来过的，这次入朝，一定感觉变化不小吧？"他用微笑的眼睛巡视了一下他那令人满意的房间，这又是住家户又是办公室的房间，他那束金红的野百合花开得多鲜艳哪。我马上回想起我上次入朝时的困难情景，弯着腰钻防空洞的情景。他接着说："是的，'打过三八线，凉水拌炒面'的时期已经过去了。今天，我们装备、技术的改善，虽然某些方面还是赶不上敌人，可是因为我们建立了巩固的阵地，老实说，敌人想赶走我们，想让我们离开这个地方，"他用脚踏了踏脚下的土地，"绝不可能！"

他停了停，又说："这是为什么呢？这是因为我们已经摸熟了敌人的脾气，有了思想准备了。③过去刚出

❶环境描写

作者在这里详细地描述了政治委员的居住环境，从而告诉读者我军现在的作战条件越来越好，也暗示着战局越来越明朗。

❷比喻

作者把政治委员说话的样子比喻成有节奏的织布梭，形象生动地写出了他思维清晰、考虑周全的样子。

❸比喻

这几句话运用了比喻的修辞手法，把帝国主义的寿命比喻成用完一瓶牙膏的时间，这也说明了同志们求胜的心太急，不知道帝国主义的顽固性。这也属于同志们的自我反思，为以后的胜利做了铺垫。

国作战的时候，我们有些性子急的同志，连两瓶牙膏都不肯带，好像这么一个帝国主义，还不如他的一瓶牙膏的寿命长。可是，现在人们懂得了，一个早晨是不能打垮一个帝国主义的。现在，人们已经不是那时单纯的燃烧的热情，而是一种沉毅的、坚忍的、不屈不挠的战斗意志。你看，我们凡在一个地方住上一个月，就要把房子修建起来，安起了家。横竖我们不住兄弟部队住，我们走了朝鲜人民住。① 好些地方过去是战场，今天是后方。我们的桌子、凳子和好多日用家具，都是木匠出身的战士同志造的。战线就是我们的家。来，老魏，你欣赏欣赏我这个箱子！"

我把屋子里看了一遭，并没发现有什么箱子。

他看着我左望望、右瞅瞅的神气，不禁笑了起来，指了指我面前的桌子说："就在你的面前嘛，还看不见！"他连忙把桌上的花瓶拿起，把盖子打开，里面满满地装着书籍文件，哦，我这才明白，原来这是个长了四条活腿的"箱子"，安上了四条腿就是一张办公桌，桌箱两用，我也不由得哈哈大笑起来。

他盖上了箱子盖，又说：② "当然，这不过是一个小例子，你还可以到处看到很多。这就表明了一个思想，一个意志——持久作战的意志！大家都习惯了战地为家。如果美国鬼子不要和平，我在这里坚决奉陪。"

我开玩笑地说："你坚决奉陪，我倒要听听你的陪法呢！"

"嘿！陪法吗？你看到我那位伙计没有？"我知道他指的是师长，③ "我们师里有了他，哪个敌人在我们

❶语言描写

从这里我们可以看出战士们已经做好了长期作战的心理准备，拥有了沉着、不屈不挠的战斗意识。

❷语言描写

政治委员的话充分体现出我军战士要与敌人周旋到底的决心。

❸语言描写

这几句话说明了师长的指挥有方，让敌人气都喘不上来，话里充满了对师长的夸赞之情。

前面，哪个敌人就喘不过来气。他这个火车头，把我们自己也拉得连个加煤上水的工夫都感到不大够用了。"

他停了一下。

"半年以前，我们初上这块阵地的时候，"我知道他要讲半年以来跟敌人的斗争过程了，"那时候，敌人确实猖狂得很，工事修得马马虎虎，仗着他的炮火，在阵地上跳舞，做柔软体操。我们的师长亲自到前沿看了看这种情形，他就告诉部队：'不能光让我们憋在工事里，也要把敌人摁到工事里。我们得想办法，不能让他们那么舒服。'这一下正投合了战士们的心思。战士们早就憋不住劲儿了。① 白天打，月亮底下也打，大家叫这个是'打活靶'，见了敌人一个影子，就好像馋猫一样，眼睛瞪得多大。时间不久，美国鬼子，也就龇牙咧嘴地抬木头修起工事，憋在工事里头老实了。谁知道我们这位伙计这时候反倒不高兴起来了。"

"那是为什么呢？"我问。

"为什么？——这就是我们师长的积极作战精神。敌人在他面前猖狂了，他是不能忍受的；而敌人老实了，也不能令他满意。他要把敌人挑逗起来，好进一步地杀伤敌人，挫折敌人的斗志。他跟我说：'② 伙计，我们不能老蹲在这里，防御并不等于老蹲在这里，我们要往前挤！马蜂不敢蜇你，你就要捅马蜂窝，马蜂自然就要出来蜇你，这样就可以更多地打死马蜂！'——这就是他的道理。于是他就一天在地图上，和到前沿上去找空子。一瞅准就挤下一块儿。敌人果然不服气，就拼命争夺，争夺的结果是敌人丢了人又丢了阵地。③ 这样，

❶比喻

作者把战士们打敌人的样子比喻成猫捉老鼠，形象生动地写出了我军的作战计划十分妙。

❷语言描写

师长诙谐的语言，把敌我之间的形势描写得十分形象，也反映了战士们不屈不挠的作战精神。

❸语言描写

政治委员的语言精确凝练，直白地道明作战形势。这几句话能让读者更好地了解敌我之间的形势。

我们就完全跟敌人扭在一起，最近处甚至离敌人几十公尺；有的山头，敌人占着一半，我们占着一半，彼此说话都听得见。这个时节，我们就夜夜袭击他们，敌人真是讨厌死我们了。可是我们的师长这时候却给部队讲——"政委兴奋得站起身来，稍稍提高了声调，"'哪个干部让敌人最讨厌，他就是最好的干部！哪个兵让敌人最讨厌，他就是最好的兵！'"

"那么敌人向后撤了吗？"我问。

"是的，"政委回答说，"不过，开始他是扭扭捏捏的。有些阵地，他白天来晚上走。这时候，我们又用伏击的方法来消灭他。①我们的侦察员可有些愣家伙，有时候伪装得活像一棵树，就钻到敌人的侧后去，甚至离放哨的敌人几步远，敌人扔罐头盒子扔到他脑瓜子上他也不动，把敌人侦察得一清二楚。这样的伏击，往往使敌人连个回去报丧的都没有。敌人才觉得离我们近了实在没有什么好处，这才往后缩了缩：②一方面加强坦克的活动，一方面添设了多到十几道的铁丝网，还遍设了地雷、跳雷、挂雷、照明雷等等的地雷阵，让这些法宝去保护他。"

"那么，这么多地雷，是叫人有些恼火的。"我说。

"是的，开始是这样。"政委点点头。这时他递给我一块糖，说是他老婆从祖国捎来的，他自己也剥开一块放到嘴里，又继续说：

注释

公尺：长度单位"米"的旧称。

---

❶语言描写

这几句话是说战士们为了侦察敌情，就是有生命危险，也不暴露，充分体现了战士们不屈不挠的作战精神。

❷直接描写

这几句话充分揭露了敌人纸老虎的样子，为了保命不惜用大量的先进武器来维护阵地。

"关于打坦克，我想不要多说啦，仅仅我们师，三个月共敲掉敌人的坦克 40 多辆。有一个火箭炮手因为没轮着自己打，现在还嘟囔着。凡是打坏的坦克，我们就指示部队再装上炸药去炸烂，决不让敌人拉回东京再修理。关于地雷，虽然我们的步兵战士没有经验，但是他有伟大的自我牺牲精神。有的战士一发现地雷，就瞪着它，指着它说：'①你有什么了不起！你当我们不敢惹你吗？我偏偏惹惹你看。你就是老虎我也要拔掉你两颗牙！你就是大象我也要扯掉你的鼻子！同志们，站开一点，仔细看我的动作，我如果这么拔牺牲了，你们就接受我的经验，改个办法！'很快，敌人的地雷法宝就破了产。人们起雷起得着了迷，也有了经验，战士们就像到了瓜地里一样，一口袋一口袋地往我们阵地上扛。扛来以后，就给他来了一个地雷大搬家，有的埋在我们的阵地前头，有的就埋在敌人出没的地方。②有一次敌人到了山顶，中了一颗地雷，就抢着往山脚的防空洞钻，轰，轰，防空洞的地雷也响了，几个敌人全炸死在那里。地雷扫清了，这时我的伙计又在电话里嚷起来：'同志们呀！这个地方蹲的时间不短啦，往前挤一挤呀！'我们师长有个脾气，爱把挤出来的地方种上棒子作纪念，战士知道这个。你猜战士听见师长的话以后又怎么讲呢，战士的话比我们总是生动得多——"

"怎么讲呢？"我着急地问。

③政委笑了笑："他们讲，好消息！咱们的师长又叫咱们开地种棒子啦，各人都种上点吧，头伏萝卜，二伏菜，三伏种荞麦，得快些啊。"

❶语言描写
这几句话充分体现出战士们为了战斗的胜利不怕牺牲，勇于挑战地雷的精神，这也是我军为什么会胜利的原因所在。

❷叙述
从这里可以看出敌人慌不择路的滑稽场面，从侧面也体现出师长指挥有方。

❸语言描写
政委诙谐的话语，暗示着又夺回了一个新的阵地，说明我军又打了胜仗，同志们都很高兴。

我笑得几乎把糖吐出来，我说：

"那么，今天又去开庄稼地啦！"

这时，我们的谈话告一段落。可是那边的炮兵会议还没有结束，只听师长那洪亮的声音讲道：

"就这么办！不管敌人的炮弹怎么多，射程怎么远，不要忘记，一个根本的弱点——怕死，他是不能克服的！现在我们炮兵装备加强了，祖国人民捐献我们多少大炮呀！① 敌人的步兵可以被打得像狗爬，敌人的炮兵就不会被打得像狗爬吗？……"

一阵满堂哄笑在峭壁间回响。

三

上午 8 点钟的时候，我和司令部通信科长到前面去。还有一个热情的通信员领着我们。② 小通信员黑乎乎的小圆脸，一笑还有两个酒窝儿。他穿着一双合脚的黄胶鞋，背着一支冲锋枪，几乎是跳跃着走在前面。

我们沿着一条隐在山沟的小公路向前面走。飞机在头上转，我们也不理它。一路走来，两边都是青青的山岭，很美的山岭。③ 满坡的栗子树，玉棒般的栗子花落了遍地，放着甜香；野海棠像一片碎银子撒在河边，小河水戏着小鱼哗哗流去。可是，走不多远，就看见前面冲起一道黑烟，拐过山脚，看见一间房子正起着火。离房不远，还有一座跟中国一样样的美丽的小钟鼓楼，也被炸得歪斜在那里。这不定是朝鲜的什么古迹！

我们从着火的房子走过不远，又有两三间房子，这几间房子还算完整。但其中的一间，也被炮弹掀走了一

❶反问

这个反问句进一步说明敌人的炮兵照样会被我军打得像狗一样爬，进一步反映出我军必胜的信心。

❷外貌描写

作者在这里介绍了小通信员的外貌、衣着，我们从中可以看出他是一个性格开朗、干净利索的人。

❸环境描写

作者在这里交代了战场的环境，环境如此美丽，更加衬托出朝鲜人民面对战争那种无所畏惧的心态。

角。房子前面的打谷场上，有一个须发斑白的老汉，光
着膀子，赤着两只脚正在打场。看见我们，用老花眼望
了一望，点了点头，又继续打。门里边，一个妇女背着
一个小孩正在切菜，还有一个十二三岁的女孩，穿着已
经破了的海军式制服，正在看书。

① "不好！"突然，通信科长惊呼了一声，又猛拍
了一下我肩膀说："你看！"话音没落，只听轰通一声
巨响。

响声去处，升起一团黑烟。原来，一颗炮弹正落在
稻田里那几个正在插秧的朝鲜妇女附近。只见那几个妇
女连忙朝一边跑了十多步远，蹲了一会儿，擦了擦溅到
脸上的泥，又回到原地插起秧来。我清清楚楚地看到：
② 这是两个穿白衣白裙的，一个穿淡青小袄束着黑裙的
朝鲜妇女，在水平如镜的稻田里，映着她们三个弯着腰
插秧的影子，也映着她们背后青山的山影。

"咦！"通信科长赞叹了一声，说，"你再往前边
去，还可以看到很多。我们往前面打，朝鲜人民就紧跟
着我们在后面种！我们往前挤一块儿，他们就在后面种
一块儿。仅仅是'真空地带'没有他们。在我们最前面
那个连的后面，就有他们！虽然，他们也有的被炸死在
稻田里！他们的血也流在稻田里！……"

通信科长的声音有些嘎哑：
③ "而且，你看，他们种的稻垄子多直多齐啊！
这是慌慌促促种的吗？你看不出来，就是这种情况下
种的。"

我看了看那很直很直的稻垄子，又望了望那几个插

❶ 语言描写

这几句话说明敌人时不时地就会轰炸朝鲜人民居住的地方，从而反映出朝鲜人民的坚强不屈的精神。

❷ 细节描写

在敌机的轰炸下正在农作的妇女只是躲了躲敌人投下来的炸弹，一点慌张的表情都没有，这是对敌人多大的嘲笑啊。

❸ 语言描写

通信科长的话透露出他对朝鲜人民在敌人的轰炸下不慌不忙的农作精神的佩服。

秧的朝鲜妇女：有两个弯着腰，一个正往田埂上走，大概是去取稻秧。

"了不起的人民！"通信科长边走，深有所感地说，"每天都有这种情形：一个人去前线种地被炸死了，亲人们就当天掩埋了他；揩干眼泪，又接着去种。有的泪也不滴，就又扶起犁把子。^① 老魏，这是种地吗？这不是种地，这是作战！多么顽强的战斗精神啊！朝鲜人民就这样跟我们在一起，和敌人磨着、斗争着……"

忽然，通信员回头说道：

"注意，前面是敌人的炮火封锁区……"

话没说完，只见前面升起一团团黑烟，接着轰隆轰隆像炸雷一样响了一阵儿，这是敌人的排炮。

^②"首长！"小通信员的脸绷得连酒窝儿也没有啦！瞪着两个小黑眼珠，望着通信科长，也看看我，说，"别的时候我服从您，这当儿您听我！我要对您负责！"

我们俩微笑地看着他。

他把通信科长和我的雨衣，都不由分说地拿过去夹好，以便我们能跑得轻快些；然后一提枪把，眼睛盯着前面。待了两三分钟，轰隆隆，轰隆隆，又是一阵排炮打在原处，这时候只听他喊了声："快跑！"我们就跟着他猛跑过去。我们跑的这段路，满是大大小小的弹坑，小坑是炮弹坑，大坑是炸弹坑，有的里面是水。除此以外，就是稻田溅过来的稀泥和榆树皮似的炸弹片。地皮都熏黑了一层。

"好啦！可以慢慢走啦！"

^③ 小通信员很为他的"指挥"胜利而得意，卖弄了

❶语言描写
　　我们从通信科长说的话中，可以感受到朝鲜农民虽说没有拿起枪跟敌人对着干，但她们用自己对敌人的蔑视跟敌人斗争到底。

❷语言描写
　　我们从小通信员的话中可以看出他们现在面临着危险，小通信员要用自己的经验带大家度过危险，从侧面也反映出他不怕死的精神。

❸动作描写
　　在小通信员的带领下大家顺利通过了危险，小通信员也为自己能带领大家来到安全地带而高兴。

一个鬼脸。一边掏出手巾擦汗，一边又向我们笑了笑，两个小酒窝儿又露出来了。

通信科长故意沉着脸，用上级对年轻战士的那种亲昵的语调说："真调皮！你以为这就指挥了我们啦！"

"嘿！不管怎样，我完成任务啦。——前面那个山头就是！"

四

我们进入了交通壕。①啊，这交通壕多长，多远啊！它曲曲弯弯地绕过山头，盘过山腰，下到谷底；接着，像我们祖国的长城一样，又飞上陡峭的山岭！有几处纵横交叉，路线联结，四通八达，伸向各处。你不知道它是通到人民军、志愿军的多少营连、多少阵地和多少指挥所啊！从东海岸到西海岸，它把所有的这一线高山大岭盘结在一起，串联在一起！

"这是怎么挖的啊，真像我们祖国的长城一样。"我赞叹着。

"你还没有看到真正的'长城'哩，"通信科长说，"②假若你看到我们的战士，用自己的双手，不，用自己的意志，创造的'地下长城'，你才更加惊讶呢。"

正说着，只听那边传来有节奏的沉重的敲击声。

我们向前赶了几步，只见交通壕的一边，搭着一个小棚子；棚子底下，两个战士光着膀子，通身是汗，正在抡着大铁锤子打铁。另外一个战士蹲在那里拉风箱，添煤，小火苗呼呼地欢叫。小棚的柱子上，贴着"小小铁工厂"几个字。

❶细节描写
作者在这里详细地描述了交通壕，从而也反映出战士们伟大的毅力和不屈不挠的战斗精神。

❷语言描写
这一句话充分表明了对战士伟大的战斗精神的赞扬。

❶ 细节描写 ⋯⋯

作者在这里详细地描述了战士们用来打铁的工具都是就地取材，从而突出了战士们的聪明及坚强的毅力。

❷ 感叹 ⋯⋯

作者连用多个感叹句，来抒发自己对战士们的敬佩之情，战士们就是用这种原始性的工具创造了这样不凡的阵地工事。

❸ 语言描写 ⋯⋯

这一句话充分体现出战士们不辞辛苦地努力工作。

① 我们停住脚步，仔细一看，那风箱小得很，一看就知道是用子弹箱改造的。那铁砧子是一个什么铁砧子呀，那是一个二尺来长的美国八英寸炮的臭炮弹！弹头的尖头，在地下埋着，这就成了铁砧子。两个光膀子的战士，一个用钳子夹着一个烧红的镐头，一个抡着铁锤狠狠地砸着。旁边扔着好几十把大大小小的镐头，有磨秃了嘴尖的，有拦腰受伤剩了一半的，还有的只剩了几寸长。我马上想起，这不就是在北京展览过的那种镐头吗？ ② 是啊，就是那种镐头，那种赶做阵地工事，从鸭绿江挖到汉江，又从东海岸挖到西海岸的镐头！为祖国，为朝鲜人民的幸福建筑防线的镐头！那曾感动得人们滚下热泪的志愿军的镐头！

掌钳子的战士，又把一块红通通的秃镐头，带着小火苗夹起；拉风箱的战士，又捡了一把秃镐头放到炉火上，风箱忽嗒忽嗒地吹奏着，火苗又呼呼地欢叫着。

我们正看着，忽听有人喊道：

③ "给我们班快点打呀！里面的镐又磨成鸭子嘴啦！"

我们顺着声音看去，一个战士手扶着洞口正向这边张望。这个战士手脸乌黑，好像才从煤窑里钻出来似的；由于沉重的劳动，脸也有些瘦削。他用力地呼吸着新鲜空气。

这个战士，怎么这么黑呀？我很纳闷。我们跟这个

注释

尺：长度单位，1 尺约等于 0.33 米。
英寸：长度单位，1 英寸约等于 2.54 厘米。

战士打了个招呼，想进洞去看看。刚一进去，里面黑得什么也看不见，只闻着有一股松木的香味。觉得走了很远很远，才看见有一点火光。① 走近一看，原来地下烧着几块松木"明子"，松木起着黑烟，烧得嗞嗞冒油。我们这才知道战士的手脸就是被这松烟熏的。走了不远，又是一堆堆烧着的松木"明子"。借着火光，看见一个战士，正坐在那里举着镐刨着。我仔细一看，周围全是坚石。② 这个战士的镐头落下去，就冒出一股火星，落下一些碎末。有时落下去，只啃了一道白印，好几镐才下来核桃大的一块。这个战士就是这么刨着，咬着嘴唇，一镐一镐地刨着。

"同志，您辛苦啦！"

他把脸扭过来，看了看我们说："家常便饭啦！"说着，又要去刨。我敬了他一支烟，握了握他的手，只觉着他的手面上疙疙瘩瘩的，仔细一看，上面有三四个紫葡萄似的血泡。还有一个破了的，浸着血。我说：

"看你的手面上全成了血泡啦！"

③ 他把烟在松木"明子"上燃着，抽了一口，笑了笑，幽默地说："不要紧，一门榴弹'泡'也没有，都是小六零'泡'！"

通信科长说："他们最辛苦啦。有的战士打了泡还保守秘密呢，班长跟他们说话的时候，就把手藏在背后，为的是怕别人换下他们！"

为了不耽误他的工作，我们就走出洞来。

这时，只见山头上，顺着交通壕跑过一个人来，他头上戴着一项用树叶做成的防空盔，背着一个金色的黄

❶解释说明

从这里我们可以看出战士工作的条件十分差，但这也不能阻挡战士们的战斗热情，他们不愧是最可爱的人。

❷细节描写

这几句话进一步说明石头十分难刨，战士们的工具又是那么落后，但他们一点也不气馁，这也体现出那种不屈不挠的作战精神。

❸语言描写

战士诙谐的语言，进一步体现出他不怕苦、不怕累的战斗精神。

铜喇叭，喇叭上飘着红绸子。他兴冲冲地走着，红绸子在身后飘着，手里提着一包什么，一边走一边嚷：

① "又来了一个嘴啃泥！"

那几个打铁的战士，把铁锤放下，截住他忙问："司号员，落到哪儿啦？"

"就落到咱们这个大山脚下啦，翅膀摔断啦，飞机身子钻到地里头好几尺深，驾驶员成了肉饼子啦！你们看……"司号员说着，在洞口打开了他的手巾包。

我们也赶快走过去。

这是什么手巾包呀，这是一面斑斑点点的美国国旗。国旗里面包着：② 美国女人的照片，打着红嘴唇印子的情书，还有这个家伙得意扬扬抱着日本女人的合照，此外，还有非常精致的美金收入登记簿，一个断了表带的手表。还有……

我们拿起一面折叠得很好的白布。③ 展开一看，上面印着好几国的文字，有日文、朝文、中文、俄文，还有不大认识的其他文字。每国的文字排成一小方块，都是同样的八九句话。那一小方块中文，上面写的是：

这里有人帮我的忙吗？

我饿了！

请给我一点热东西吃，给我点热水喝！

我是来帮助你们的。

请你们藏庇我，不给共产党害我……

我给大家念了一遍，战士们全都哄声大笑起来。那个抡大锤的战士，笑得咯咯的："生活要求很不低呀，还想吃热的东西呢！" ④ 拉风箱的战士紧接上说："唉，

① **对话描写**

这一组对话充满了喜悦之情，因为这个信息不仅代表着又有了做工具的材料，还代表着胜利，能不喜悦吗？

② **细节描写**

从这里可以看出美国人在战场上想的都是贪图享乐的东西，和我们的战士相比，真是天壤之别。

③ **直接描写**

美国人用各种语言进行求救，进一步说明他们的处境也不怎么好过。

④ **语言描写**

战士的话充满了对美国人的嘲笑。

人家又不天天吃饺子，藏着你这个肉饼子干什么呢？"
更引得大家笑了一阵儿。

那个正在挖洞的战士，也钻了出来。

这时司号员说："你看，你们只顾笑，还有个最精彩的东西，你们就不看！"说着，从那个皮夹里掏出来一小片纸。

大家一看，正是今天日本东京某戏院的夜场戏票。

"你们看巧不巧？"司号员晃着那张戏票说，"今天晚上我们正要开快板晚会，这个戏票可是个编快板的好材料，我找文化教员去啦！"说罢，整理好他的手巾包，顺着交通壕一溜烟跑走了。

那个手上起有血泡的战士，拉了一下他的同伴说："①回去挖吧，伙计，这个买卖合算，手上多几门'泡'没关系，咱们就这么跟他磨！"

他们又回到洞里，小小铁工厂又响起了沉重的锤声。

五

我们在一个山坡上，到达了今晚要参战的那个连队。

通信科长忙着去检查通信工作。在这里我遇见了副指导员。他刚开完支部大会，现在正蹲在那里帮助战士绑飞雷。见我来了，他站起来敬了一个礼。②多年轻啊，最多不过二十一二岁。脸被太阳晒得说红不红，说黑不黑。我给他道了辛苦，这年轻人黑黑的睫毛忽闪忽闪的，似显不显地露出一点年轻人的拘束和羞怯。

他给我搬了一个子弹箱子让我坐下。我擦着汗，一阵凉风吹来，着实凉爽得很。这也许是前线上最宁静的

❶语言描写
挖洞战士说的话进一步体现出他对美国人的嘲笑，在战士们的心里充满了对胜利的信心。

❷外貌描写
作者在这里介绍了指导员的外貌，从中我们可以看出他是一个年轻有为的战士，这也暗示着中国的军队充满了朝气。

时候，头上只有几架敌人的炮兵校正机，不死不活地飞着，敌人时断时续地打一两发冷炮，谁也不理睬它。这时附近一排洞子里，传出了一阵阵的歌声。

① 这是多么引人的歌声啊，这是战士们的歌声！

我说，我要去看看战士们。副指导员马上派人领我进了一个班的洞子，又忙着绑飞雷去了。一进洞口，我看见一边壁上，平扯了四五道铁丝，铁丝上满挂着书，像丰收的豆荚，一本挨着一本。那些有彩色封面的连环图画，封面上多半写着："赠给志愿军叔叔。"② 字儿歪歪扭扭的，却歪扭得那么可爱，好像刚学挪步的孩子。

另一边的壁上，靠上面挂着一溜儿慰问袋：有葱绿色的，有淡青色的，也有米黄色、粉红色的……战士们把它挂得一般般远，一点尘土都没有。有的虽然已经洗过，但上面绣的字儿、花儿，还是十分鲜艳。③ 风一吹进来，它们就像架上垂着的葫芦一样微微地摆动。再下面是战士们自己的墙报，墙报上是表扬模范的快板，和战士自己贴上去的决心书。一边靠墙还支着一块小木板，上面是战士们的饭碗和用敌机的破片制成的筷子和小勺。靠里的墙上还挂着用蛇皮蛙皮制成的胡琴……这些那些，真真是个住家户的样子！

"是谁在门口呀，请别挡着亮儿，进来吧！"

我连忙走进去，坐下。洞里很暗，待了一刻，才看清楚了战士们，正在缝手榴弹袋。虽然我们的大炮多了，炮火强了，但跟敌人打交手仗的时候，这还是好东西哩。他们怕在节骨眼儿上四个手榴弹不够用，这里他们要缝一种能装十四五个的大手榴弹袋。

一会儿，我们就熟得像老朋友一样啦。

① 他们都是这么年轻壮实：穿着衬衣，有人露着粗粗的膀臂，有人露着紫铜色的胸膛，一个个坐在地铺上，挤在一起，边缝边唱。唱的全不一样，各人唱各人喜爱的，声音高低也不一样，横竖主要是缝手榴弹袋。

也有的没有唱。——这是第一次参战的新战士，他还不知道战斗到底是什么样哩。可是那些老战士，却好像自己从来就是老战士似的，多少有点傲然自得的神气，唱得比别人都响。

② 一个小圆脸战士唱得最快活，他大概是四川人吧，光着个脚板子，一边唱还一边用脚板子一动一动地打着拍子。

我说："小鬼，你怎么这么乐？"

"嘿，打仗还不乐！"

他回答了我，马上就有一个年纪稍大的战士插嘴说：

"同志，还没有给您介绍：这是我们班最快乐的人啦，人家这几天，就接连碰见两件大喜事！"大家都停了歌唱，很有兴趣地望着小鬼。

"什么大喜事？"我忙问。

③ 小鬼脸红红地抢着说："有客人在这儿，可别胡开玩笑！"

"什么玩笑，这是事实嘛！"那个年纪稍大的战士越发起劲儿地往下讲，"第一件喜事，是前天晚上接到他老父亲一封信，信里说：你不要惦记家里啦，土地改革实行啦，房也分啦，地也分啦，不住小茅草屋啦，搬到地主家的正堂上去啦。家里头过去不和，现在也和美

①细节描写·········

这几句话表现出朝气与活力，这也体现出战士们自给自足，动手能力十分强。

②人物特写·········

作者在这里详细地描述了一个四川战士的样子，为下文的故事埋下了伏笔。

③语言描写·········

这一句话充分体现出小鬼害羞的样子十分可爱。

啦，你要好好地为人民立功！还说，你媳妇……"

"他娶了媳妇？"

小鬼的脸更红了，沉着小圆脸威胁地说："你再说！你再说！"

❶语言描写

这一句话进一步说明人们的生活有了好的改变，思想也在不断地进步。

① 但那个战士还是照样说下去："怎么！现在你媳妇成了村里的妇联会主任，这还要保守秘密！"

那小鬼反驳地说："咱们连有几个没得到这样的信？你们为什么单挑出来说我！"

❷语言描写

从这句话中我们可以看出小战士因为收到好消息，高兴的表情挂在脸上，生活充满了奔头。

② 另外一个战士插了嘴："说说你有什么不好！光许你藏到墙角里自个儿乐！"

"喂，别吵！别吵！这是第一件喜事，还有第二件哩。"那个战士又继续说道，"这第二件喜事更大！——咱们班里的人，一天吵着要见毛主席，谁也没见过，可是他见到了毛主席……"

"在画报上！"有人插嘴。

❸对话描写

这一组对话进一步说明战士们对打仗充满了信心，有了必胜的决心。

③ "不，前天晚上，我放哨回来的时候，点上灯，正要睡下，听见他喊：'毛主席，毛主席……'我推醒了他，问：'你做什么梦呢？'他揉着眼，怔了好一会儿才说：'我梦见立了功去见毛主席啦！毛主席正握着我的手跟我谈话呢！'"

小鬼报复地说："还说我呢，你昨天晚上不也是做梦参加庆功会？刚上台要报告立功事迹咧，就被人家鼓掌鼓醒啦。战斗还没开始，你就先参加了庆功会！哈哈！"

正在这时，听见排长在洞口上喊："手榴弹兜儿缝好了没有？连长待一会儿就来检查啦！"

①大部分战士的袋子都缝好了。手榴弹，叮叮咣咣地往兜儿里装。他们简直像穿炸弹背心一样，披挂起来，好不威风！

连长来检查过之后，连部又传来通知，青年团员们到连部集合。不大会儿，到前面去指挥作战的团长也从交通壕里匆匆地走过去。战斗的时刻，围猎的时刻，一分钟，一分钟地迫近了。

❶直接描写
炸弹背心这个词进一步说明战士们担心自己到了战场上杀敌的时候炸弹不够用，所以满身挂满了炸弹。

六

太阳已经落山，战斗快要开始。

通信科长检查完了工作，我们爬到一座较高的山上，在这里可以看到战斗是怎样进行的。

②我望了望脚下的这块阵地，这是多少双带着血茧的手，一镐一镐挖出来的阵地啊！正是这块阵地，这一块连一块的奇迹般的地下长城，使得具有优势装备的数十万侵略暴徒不能前进一步，惊惧在我们的战威之下。多伟大多倔强的阵地啊！我就站在这样的一块阵地上！

③前面，这是清清楚楚的两列连绵的山岭。两列山岭之间，是长满荒草的山谷。山谷中间是一条弯弯曲曲的细流。

通信科长用手一指："那条小河你看见了吗？"

"看见了。"

"好！"他说，"这比你看地图要清楚得多，河这边就是革命阵营，河那边就是侵略阵营！不过，河那边有几个发黄的山包子，你看到了没有？"我仔细一看，敌人那列山岭下面，果然有几个发黄的山包子。

❷抒情
这一眼望不到边的阵地是战士们用双手一镐一镐挖出来的，这充分反映出战士们坚强的毅力与不服输的精神。

❸环境描写
作者在这里穿插了一个环境描写，是为了下文做铺垫，也有利于我们了解当时的地形。

他继续解释说："这几个发黄的山包，都是最近向前挤的。如果你分不清敌我的阵地，你便看看山头是发绿的还是发黄的，就可以知道。发绿的多半是敌人的，发黄的多半是我们的，因为敌人的炮火多，把我们的山头打成黄的。① 可是，还有一个规律：你看看，黄山头，一直是向前的；绿山头，一直是向后的。你从团部经过，看见他们团长种的一小块棒子吗？——那是当时挤的新阵地，可是现在那棒子地早成了大后方了。"

我没有回答他什么，一直望着河那边的几个黄山包。那几个黄山包，有多少可爱的战士守在那里啊。② 他们在那里正做些什么，我不知道也看不见，但只看见那几个黄山包，在山谷那边，在河那边，在敌人绿色的山头下，对抗着敌人密密麻麻的地堡，是多么顽强地站立着！

渐渐看不见了，天黑了。突然间，听见背后一阵呼啸着的炮弹出口声。回头一望，只见火光闪闪，照亮天空，是我们的大炮开始射击了。接着前后左右的炮兵阵地，像打闪一样，都开始了急袭。③ 成群的炮弹像几千飞扑的猛禽，嗞嗞地从头上飞过去，飞过去！飞过去！

战斗开始了。

我一看表，分针正指到炮火急袭的时刻上！

只见敌人的一线山头，大大的火团，血红的火团，一明一灭，接着是一阵阵炸雷撕裂天空的爆炸声。那声浪呼隆隆隆、呼隆隆隆地滚动着。敌人接连地打起一个个照明弹，照明弹在山头上空飘飘坠坠地垂着。

❶对比

这个对比句暗示着我军一直向前，敌军一直后退。

❷直接描写

这几句话主要描述了在敌人密密麻麻的地堡对面有我们顽强的战士，他们倔强地盯着敌人，不打败敌人誓不罢休。

❸比喻

作者把不断射出的炮弹比喻成飞扑的猛禽，形象生动地写出了我军作战的勇猛。

① 敌人的探照灯像一条白色大蟒似的晃动，把山头照得雪亮。

看吧，今晚一定要有一场激烈的炮战！我预料着……

这时，通信员从交通壕走过来，告诉我们说：突击连已经突过了第三道铁丝网！

过去三道铁丝网，还有七道呢！这时我想起了突击连的同志们，特别是我们年轻的副指导员，还有那个小黑圆脸的战士。他们现在是怎样地向铁丝网里爬着前进啊！炮火延伸射击了，前面响起了激烈的手榴弹和机关枪声。

按战斗常识，已经进入了你死我活的肉搏战。

敌人的飞机，轰轰隆隆地飞过来，声音很沉重，一听就知道是重轰炸机，很明显，他们要来轰炸炮兵阵地。因为我们炮兵发射的火光这么大，我真为他们担心。

重轰炸机，围绕着我们的炮兵阵地盘旋起来。② 等它看好，正要准备投弹的时候，我们的高射机枪，红色的曳光弹像一条条火龙似的迎了上去。重轰炸机就急忙折到另一个炮兵阵地，但等它遇到同样拦阻射击的时候，就远远地飞到不知什么地方去了。

后面响起了一阵沉重的爆炸声。

"怕死鬼！"通信科长轻蔑地笑着，"你看这几架轰炸机，本来是来炸我们的炮兵阵地，可是高射炮火一去迎接，它就不知到什么鬼地方扔弹去了！③ 敌人不管什么兵种，怕死这个特点都是一样。过去敌人的炮多凶多猛啊！现在我们一制压，他就大部不敢发言了。"

❶ 比喻

作者把敌人的探照灯比喻成一条白色的大蟒，形象生动地写出了敌人虚张声势的样子。

❷ 比喻

作者把我军的高射机枪射出的曳光弹比喻成一条条火龙，形象生动地展现了我军的战斗力十分强大。

❸ 叙述

作者用一句话形象地揭露了敌人怕死的弱点。这也是他们为什么会失败的原因。

敌人的炮，果然，除少数在进行还击外，大部都变了哑巴。我忽然想起师长在炮兵会议上的讲话，心里不由得生起一种敬意；他多日的辛劳，得到了成果。

① 这时，忽然通信员又跑过来喊道："科长！副教导员叫我告诉你们：阵地已经占领了，敌人消灭了，叫你们进洞子休息呢！"

我们回到营部的洞子里。

电话铃叮叮响着，副教导员拿起了耳机。接了电话，他把耳机一放，对我们说：

"咱们师长的工作抓得真紧哪！"

"他说了些什么？"

② "他说：明天上午要把战斗报告送去，晚上就要把战斗的经验教训总结送去，一定要打一仗，进一步！小战斗也不能随随便便！下次挤阵地就会挤得更好！你看战场还没打扫呢，战后工作就布置下来了，你说他抓得紧不紧！……"

这时，忽然听见门外有人唱歌，用那样高亢的声音唱着：

炮火震动着我们的心，

胜利鼓舞着我们……

③ 副教导员马上脸色一沉："这不是突击连的副指导员吗？战场还没打扫，为什么他先下来啦！"说着，我们出去一看，只见从那边过来一副担架，有一个人躺在上面，他还在继续唱着：

中朝人民亲兄弟，

并肩作战打击敌人……

---

❶语言描写

这几句话充分体现出师长指导有方，我军胜利是必定的事。

❷语言描写

这几句话充分体现出师长想早点把鬼子赶回老窝的心情，这也证实了那句他会让敌人喘不上气来。

❸神态描写

副教导员听到副指导员的歌声第一感觉就是他为什么这个时候会出现在这里，从侧面也体现出他对副指导员的担心。

啊！是他！是副指导员！是那个脸被太阳晒得说黑不黑说红不红的年轻人！

我差不多和副教导员一块儿迎上前去。副教导员拉了一把担架员的膀子，悄声地问："伤得怎么样？"担架员回答说："腿上，伤得不轻！"谁知却被他听见了，他想挣起身子，没有挣起来，他说：

①"副教导员！您放心吧，过不了一个星期就回来啦！"

① **语言描写**

副指导员的话充分体现出他那不怕死的战斗精神。

我和副教导员握了握他的手，这刚才打过手榴弹的手，这还带着烟火气息的手。在星光下，我多想再看看他，多想清清楚楚地看看他！这个可爱的年轻人！

担架过去了，慢慢地转过了山弯。小风吹着，又传送着他的歌声，这是这块阵地上发出的歌声啊。听着这歌声，我回想起我在这块阵地上所经历的一切。……这一切，是一个意志，一个声音，它像洪亮的号召一样，在我的耳边响着：②坚忍地斗争下去吧，以你更大的雄心去压倒敌人吧，能前进一寸就前进一寸，前进一寸也不算少；能杀死一个，就杀一个，杀死一个野兽就少一个！让野兽们更加害怕我们，更加厌恨我们吧！要是侵略者不想和平，撒赖逞凶，战士们，活活地熬死他们！挤垮他们！

② **抒情**

作者在故事最后总结出在一线战士们的决心，一点一点地也要把鬼子熬死，正是这种不服输的精神才让我们不断取得胜利。

1952 年 9 月 12 日于朝鲜西海岸

精华赏析

《挤垮它》这个故事主要是讲我军面对猖狂的美国鬼子的作战方案，战士们就是这样一寸一寸地前进，一个一个地杀死美国鬼子的，故事主要歌颂了战士们不屈不挠的战斗主义精神。

延伸思考

1. 政治委员住在一个怎样的洞子里？
2. 从政治委员住的洞子反映了我军什么样的作战精神？
3. 战士们为什么要在夺下的阵地上种上庄稼？

相关链接

跳雷属于一种反步兵地雷，爆破的杀伤性很大，主要是用它的破片或者钢珠来杀伤行进中的敌人。跳雷的结构紧凑，质量很轻，可以单独布放，也可以串联布放。跳雷是一种拆除相当困难的地雷，敌人踩在跳雷上面是不会立刻爆炸的，但只要重量移开它就会弹起来并爆炸，然后向四周同时喷射，攻击范围内的一切都会被破坏，几乎没有杀伤的死角。

火与火

名师导读

　　《火与火》这个故事里的火是那种仇恨的火，作者用自己的笔写出了朝鲜人民对敌人的憎恨，写出了美国鬼子留给朝鲜人民的伤害，那真是一个个滴着血的伤害。

　　① 在朝鲜，倘若你是一个从前并没有到过朝鲜的人，你已经再也不能看到朝鲜原来是什么样子了。多少城镇和乡村，在敌机滥炸下，已经成了混着白雪的焦土。勤劳的朝鲜人民，他们世世代代建筑的、居住的这些地方，他们的子女歌唱过、舞蹈过的这些地方，现在只是在军用地图上留下了一个名字。可是，我要告诉你，它给朝鲜人民的，绝不是恐惧和凄凉，而是另一种东西。② 这种东西，像朝鲜那些倔强的无尽的峰峦一样，站立在全朝鲜的每一块地方，它的名字叫作"仇恨"。

　　在一个雪夜，我们赶到了熙川。它过去曾是热闹的城市；现在，在拥着白雪的焦土上，只能看到一座孤零零的钟楼和几扇断墙。即使这样，据说敌机每天还要轰炸几次，我真不知道它们还要在这里轰炸什么东西！

　　③ 为了找一个歇脚处，我们不得不在附近的山沟里找了一个人家。这个"家"，是熙川的老百姓临时在山

❶叙述

　　作者在故事开头就对敌人进行了控诉，是敌人让美丽的朝鲜变了样子。

❷比喻

　　作者把朝鲜人们对敌人的仇恨比喻成无尽的山峦，形象生动地写出了敌人可恶的做法给朝鲜人们留下的伤害之大。

❸直接描写

　　表明战争让朝鲜老百姓流离失所。

113

坡上挖了几个坑，用树枝和稻草搭成的窝棚。

在这里，我们遇到了一个名叫刘秉烈的孩子。这个孩子，虽然只有 13 岁，却像成年人一样地沉默着坐在我们的身边。他跟我们说，战前，他的父亲是工人，他就在附近的中学校里读书。那时他曾想过：要好好学习，成为一个有用的人，把自己的国家，建设成为一个没有穷人的国家。① 但是，他的学校被炸毁了，他失了学。接着，他的家又被炸毁了。在被炸的那一天，他第一次看到了 30 多具零乱的尸体倒在他的周围。说到这里，他的眼睛射出火光。他狠狠地说："他们毁灭了我们的城市和乡村，连不会说话的小孩子也炸。我要把那些家伙，全打死，全咬死！"他用手指着熙川说："你们看吧！那不是我的家吗？"同志们又看了看那一片高高低低的土堆，还有那座孤零零的钟楼……有人问起他今后的希望，他毫不犹豫地说："我要当一个人民军的战士。"可是我们说："你的年龄是不够的呀！"他愁闷地低下了头。仇恨使这个 13 岁的孩子成熟了。② 他的眼光照射着我们，是这样的沉郁和坚强；使我们不敢相信，坐在我们身边的是一个孩子。

在顺川以北 20 里，一个叫金谷里的小庄，我遇到了一个 70 岁的老妈妈。当我们住在她家里的那天夜里，她怀里抱着她的孙子，一整夜坐着，给我们盖好从身上滚落的大衣。等到第二天我们醒来的时候，她还像母亲般地守着我们。她穿着白衣白裙，头发也已经白了。

我问她家里还有些什么人，老妈妈往我身边凑了凑，眼睛望着我们，带着极痛苦的表情。她说，她的 27 岁

❶叙述
刘秉烈曾是一个有理想的快乐中学生，但是战争不但炸毁了他的学校，也让他没有了家园，这令他内心充满了对敌人的仇恨，他时刻想着把小鬼子杀死，方才解他心头之恨。

❷细节描写
战争让一个 13 岁的孩子过早地成熟起来，脸上表现出来的是不符合他年龄的沉郁与坚强，这些都来自他对鬼子的憎恨。

的儿子，被美国鬼子杀死了。① 他们是把他从山沟里找出来，打得眼珠都不转的时候，又用石头砸死的。她用两只枯老的手比画着她儿子惨死时的情景。她回想着，反复地叙说她的儿子是那样一个又聪明又老实的人，一天和和气气、有说有笑的，村里人谁都爱他、夸他。他们家是那样幸福地生活着。可是，现在只剩下了她和她的媳妇跟一个不会说话的孩子……说到这里，老妈妈向前倾身，两只干枯的手紧紧地攥住我的两只手，对着我的脸大声地说：② "孩子们！孩子们呀，你们快抓住杀我儿子的凶手吧，你们把他们打死、撕碎吧！"她好像怕我们听不清楚，又攥住每个人的手，拍着每个人的胸口说了一遍。她的老年人的干枯的眼窝里，有几粒似乎闪着火光的眼泪，滴到我们的袄袖上。我知道这不是普通的眼泪，这是仇恨的火珠。

在平壤附近，我还遇到一个朝鲜的新闻记者。他的名字叫金路丁。他的炸伤的手缠着绷带，靴筒上留着弹痕。③ 在撤退的时候，他和人民在一起，徒步跋涉了 25 天，走了 1700 百里路，被包围了 20 次，都被他冲了出来。当我们问到他的家，他说，他有着一个年轻可爱的妻子和两个孩子。他的妻子是朝鲜一个有名的歌手。可是直到现在还不知道他妻子和孩子的消息。当他叙述这些情形的时候，他是那么痛苦，可是他是在笑着说的。他又说："我们辛辛苦苦建设了 5 年，现在却被敌人炸毁了。我现在只有一支枪、一支笔、一个本子。④ 我现在也不想家，也不想我的爱人和孩子，心里只有一个东西，就是复仇和胜利。"这是一个朝鲜知识分子的声音，

❶叙述

老妈妈痛斥敌人惨无人寰的兽行，进一步体现出老妈妈对鬼子的仇恨之大。

❷语言描写

老妈妈用激动的话语，强烈地表达着自己对鬼子的控诉，把敌人碎尸万段方解她心头之恨。

❸列数字

作者在这里巧妙地运用了列数字的写作手法，进一步说明了新闻记者为了自己的工作长途跋涉的精神。

❹语言描写

新闻记者面对残酷的战争已经顾不上自己的小家了，这也说明他对工作的负责，从侧面也反映出敌人让每一个朝鲜人民都点起了愤怒之火。

是饱含着痛苦和仇恨的刚强的声音。

在朝鲜战场上，愚蠢的敌人，以为用他们的铁和火可以征服这个穿白衣的民族。但他们不知道，他们扔下的每一颗炸弹，从他们的弹片上滴落的每一滴血，都变成了无边的仇恨。① 朝鲜人心里的仇恨的火焰，比侵略者的燃烧弹的火焰更要强烈得多。就是这种火，推动着每一个人民军和志愿军的战士，不顾生死地前进。就是这种火，使得无数的朝鲜妇女和老人，穿着单薄的衣服和草鞋，在冰天雪地里修路、运输，来支援军队，歼灭美国侵略者。就是这种火，使得千千万万朝鲜的母亲们，献出她们的儿子。我亲眼看到：在温井，一个送过两个儿子参军的母亲，当着我的面，又指着她的一个 16 岁的儿子和一个 18 岁的姑娘，也要把他们送到人民军中去。就是这种火，这种火要一直把侵略的野兽们烧死为止。② 这不是星星之火，这是无边的火、排山倒海的火、任何力量都不可能扑灭的火。

1951 年 1 月 14 日寄自朝鲜中部某地

❶对比

作者把朝鲜人民对敌人的仇恨之火与燃烧弹相比，形象生动地写出了朝鲜人民对敌人的憎恨之情。

❷排比

朝鲜人民对敌人的仇恨之火是无边的，是排山倒海的，是任何力量不能扑灭的。

精华赏析

《火与火》这个故事中作者选了几个具有代表性的事件痛斥敌人在朝鲜的兽行，他们惨无人道的做法让朝鲜人民心中充满了仇恨之火。

----- 延伸思考 -----

1.作者为什么说再也不能看到朝鲜原来的样子了？

2.老妈妈为什么要攥着每个人的手，拍着每个人的胸膛重复着同样的话？

3.新闻记者的心里只有一个东西，这个东西是什么？

----- 相关链接 -----

温井战斗也叫温井里战斗，是中国人民志愿军与韩军、"联合国军"在朝鲜最早的交战之一。指挥作战的是第四十军老军长、志愿军副司令员韩先楚。为了阻止"联合国军"进逼中朝边境的鸭绿江，他们实施了一系列的伏击行动，重重打击了韩国陆军的第二军及其第六步兵师，及时地破坏了美国第八集团军的右翼。

前线童话

名师导读

《前线童话》一看篇名我们就会猜到是有关小孩的故事，作者就是用他的笔给我们写出了两个具有代表性的感人故事。

❶开门见山

作者在故事开头点明自己要写的内容，给下面的故事做了一个铺垫。

❷外貌描写

作者在这里详细地描写了一个非常可爱的孩子的长相，这也是为下文做铺垫。

① 这里，我要记下两个真实的而又像是童话般的故事。

"志愿军"

1 月 17 日，我们住在顺川以北 20 里的一个小山庄，名叫金谷里。房东是一个朝鲜妈妈和一个朝鲜少女。她们俩坐在我们的身边，一边逗着两个多月的孩子，一边和我们亲热地谈着。② 那个少女抱着的是一个非常可爱的孩子，肥肥胖胖的，睁着两个大眼，不断地望望这个，望望那个，笑眯眯的。我不由得接过他来，抱在怀里，话题也就很自然地落到这个小生命的身上。

朝鲜妈妈激动起来，指指孩子，望望我们，不断地感叹着。孩子的姐姐和她母亲争着，抢先述说了下面的故事。

当美国侵略军向北疯狂进犯的时候，正是她弟弟降生的第六天。她们背着这个孩子，跑到 70 里以外的亲戚家。刚到不久，就突然遭到了敌机的空袭。等她们跑到附近的防空洞，才发觉急忙中把她的弟弟撇下了。
① 她要回去找，她母亲眼看着那间小屋的附近全起了火，怎么肯答应呢？……这时候，有几个中国人民志愿军的战士走过来，问明了缘故，立刻就奔向那燃烧着大火的地方。紧挨那间小屋的一间房子，已经炸毁了，还冒着火苗。战士们冲进小屋里，小孩子已经蹬开了被子，光着身子滚在炕席上哇哇地哭着。一个战士连忙解开扣子，把孩子抱在怀里，又穿过烟火，送给了他的母亲和姐姐。可是战士们不等她们母女说出心里的谢意，又匆匆地走了。

　　这位朝鲜少女说完这个故事之后，又从我手里接过孩子，笑眯眯地望着他，亲着，并且说：② "等你听懂话的时候，我要第一个告诉你，你的生命是怎样得来的。"大家的目光，也都集中在孩子的身上。朝鲜妈妈感叹地说："同志！这孩子的再生父母就是中国人民志愿军呀！"

　　有一个同志问："这小孩叫什么名儿？"

　　"还没有起呢。"朝鲜妈妈回答。

　　"妈妈，就叫个'志愿军'吧。"

　　③ 那朝鲜少女微笑着征询似的望着她的母亲，朝鲜妈妈很严肃地点了点头。这时候，小孩儿已经在他姐姐的肘弯儿里睡着了，嘴角里流露着甜蜜蜜的笑容。

❶叙述

　　母亲亲眼看到小屋附近全起了火，进一步突出了当时的危险性之大，中国人民志愿军却不怕危险从火中救出了孩子，我们的战士是多么值得尊敬的人啊。

❷语言描写

　　朝鲜少女的话充满了对中国志愿军的感激之情，她要把这份感激传递下去，让朝鲜人民世世代代记住中国志愿军的恩德。

❸直接描写

　　这几句话进一步写出了朝鲜人民在中国志愿军的保护下感到安全和温暖的样子。

捉麻雀

在朝鲜抱川郡东豆川里，有一个 13 岁的孩子，名叫金守孙。他很快便跟中国人民志愿军一个姓陆的战士成了亲密的朋友，好像我们国内那些千千万万的孩子们跟解放军战士们的友情一样。

一天，这个战士害肚痛病倒了。小孩子赶忙去找他的妈妈要肚痛药。妈妈告诉他：烧麻雀蘸芝麻盐吃，是一个很好的偏方。① 他马上像一匹忙碌的小马似的，东邻串西舍，这家到那家，搬凳子，扒房檐，一个黄昏掏了 4 只叽叽喳喳的麻雀，高兴极了。妈妈帮他做好，他就欢天喜地地端到战士那儿。

姓陆的战士看了好半天，才看出是几只烧麻雀，哭不得，笑不得，他正肚痛得厉害，怎么肯吃这只有调皮孩子为了开心才吃的东西呢？② 孩子见他的朋友不吃，说又说不通，听又听不明，急得想哭；最后再三比画，几乎是强迫他的朋友吃了下去。可是他却像完成了一桩重大任务似的快乐，跳着蹦着，回到他妈妈那儿。

谁知道，这个奇怪的偏方，倒真使得战士的肚子不痛了。

第二天，部队要出发打仗去了，这个姓陆的战士正要去找他的小朋友致谢、道别，他的小朋友又端了三只烧好的麻雀走来了。战士摇摇手，指指肚子，意思是肚痛已经好了。但是小孩子也比画了几下，意思是，你的肚痛好了，咱就一块儿吃吧。③ 说着，就拉着他的朋友，攀着他朋友的脖子，两个人像爱人分吃苹果那样地分吃

❶比喻

作者在这里巧妙地运用了一个比喻句，形象生动地写出了朝鲜小孩子给志愿军战士找偏方的样子。

❷直接描写

作者在这里写出了朝鲜小孩想方设法让志愿军战士吃偏方的样子，从侧面也反映出小孩对志愿军战士的关心。

❸动作描写

"拉着""攀着""分吃"这几个词语写出了朝鲜小朋友与志愿军战士之间亲密的感情。

了三只烧雀子。吃完，又一块儿唱了一支歌：《金日成将军之歌》。

读书笔记

1951 年 1 月 22 日草于朝鲜某地

精华赏析

　　《前线童话》作者主要选用了两个具有代表性的故事，一个是为了记住中国人民志愿军的恩情而给孩子取名为"志愿军"，另一个是朝鲜孩子为了给中国志愿军战士治肚子疼而忙着捉麻雀，这两个故事都体现了朝鲜人民与中国人民志愿军之间亲密的友谊。

延伸思考

　　1. 朝鲜少女为什么给自己的弟弟取名叫"志愿军"？

　　2. 朝鲜妈妈说的治肚子疼的偏方是什么？

　　3. 金守孙为了让志愿军战士快点好起来都做了什么？

相关链接

　　麻雀是雀科麻雀属的鸟类，上体有棕色、黑色的斑点，所以叫麻雀。它还有霍雀、瓦雀、琉雀、家雀、老家贼等称呼，喜欢群居，生命力极强，是分布最广的鸟类之一。

汉江南岸的日日夜夜

名师导读

　　《汉江南岸的日日夜夜》讲述了中国人民志愿军反击时的故事，一个个动人的故事反映出战士伟大的革命主义精神。

❶**环境描写**

　　作者在故事开头详细地描写了汉江的环境，这也为下文做铺垫，暗示着因为敌人的破坏，春天的汉江依然让人感到寒意。

❷**列数字**

　　作者在这里巧妙地运用了列数字的写作手法，进一步突出了敌人的蠢笨。

❸**疑问**

　　作者连用两个疑问，是为了突出敌军人之多，用时之久，也暗示着我军的强大。

　　① 在祖国已经是春天了，可是在这儿一切还留着冬季的容貌。宽阔的弯曲的汉江，还铺着银色的冰雪，江两岸，还是银色的山岭，低沉的流荡的云气也是白蒙蒙的，只有松林在山腰里、峡谷里抹着一片片乌黑——这就是汉江前线的自然风色。

　　敌人离汉城最近处不过 15 公里，离汉江还要近些。美国侵略军的指挥官们早可以从望远镜里看见汉城了，如果开动吉普车，可以用不到 20 分钟。② 可是他们不是用了 20 分钟，他们是用了 9 个多师的兵力，用了 20 天的时间，用了 11000 多暴徒的血，涂满了这些银色山岭上的冰雪，可是他们从望远镜里所看到的汉城，并不比 20 天以前近多少。

　　③ 这是为什么呢？为什么这个大名鼎鼎的帝国主义，20 多万军队 20 多天连 10 多公里都走不了呢？

　　是他们的炮火不行吗？不是。他们的炮火确实凶恶得很。他们能够把一个山头打得白雪变黑雪，旧土变新土，松树林变成高粱茬子，松树的枝干倒满一地。假若他们能够把全世界上的钢铁，在一小时内倾泻到一块阵地上的话，也是不会吝惜的。

可是，他们还是不能前进。

① 是因为他们的飞机不多吗？不行吗？或者是他们和地面的配合不好吗？也不是。他们的飞机独霸天空，跟地面的配合也并不坏。他们可以任意把我们的前沿阵地和前线附近的村庄，投上重磅炸弹和燃烧弹，使每一块阵地都升起火苗，可以把长着茂草的山峰，烧得乌黑。

这样，他们能够前进了吗？仍然不能！

那么，是因为他们攻得不疯狂吗？更不是。一般说，当他们的第一次冲锋被击溃之后，第二次冲锋组织得并不算太迟慢。开始他们每天攻两三次，以后增加到五六次、七八次，甚至十几次。在我们阵地前，尽管美国人的死尸已经阻塞了他们自己进攻的道路，但他们还是用火的海、肉的海，向我们的滩头阵地冲击。最后，他们的攻击，已经不分次数，在我们弹药缺乏的某些阵地上，他们逼着李伪军和我胶着起来，被我打退后，就停留在距我50公尺外修建工事，跟我们扭击。② 他们的飞机、炮火，可以不分日夜，不分阴晴，尽量地轰射。夜间，他们拉起照明弹、探照灯的网。最后，他们又施放了毒气。你们看，除了原子弹，他们所有的都拿出来了，他们所能够做的，都毫无遗漏地做了，他们的攻击可以说是不疯狂吗？

可是，他们前进了没有呢？没有。

❶ 设问

作者在这里巧妙地运用设问是为了引起读者注意，引起读者思考，突出敌人不能前进并不是飞机不多，这样写使文章起波澜、有变化，更有故事性。

❷ 叙述

敌人不分昼夜地向我军发起轰炸，还施放毒气，想尽办法向前进，但就是前进不得。

❶设问

作者采用自问自答的句式，进一步突出了中国志愿军的勇敢和百折不挠的作战精神。

❷细节描写

这几句话详细地介绍了中国志愿军在与敌人斗争的过程中的艰苦生活，从侧面也体现出中国志愿军不怕苦、不怕累的作战精神。

❸叙述

从这里可以看出指挥所并不安全，随时都有被击中的可能，但是领导人员临危不惧，有条不紊地研究作战方案，这是多么伟大的精神啊。

❹动作描写

"拾起""点着""拂去""蒙"等词语可以反映出团长、政治委员、警卫员面对敌人的轰炸镇定自如、从容不迫的样子。

❶那么，到底是因为什么呢？原因很简单，这就是在敌人面前，在汉江南岸狭小的滩头阵地上，隐伏着世界上第一流勇敢的军队，隐伏着具有优越战术素养的英雄的人！

当然，战斗是激烈而艰苦的。——这并不像某些人所想的，我们的胜利像在花园里、原野上随手撷取一束花草那么容易。这儿的每一寸土地，都在反复被争夺。❷这儿的战士，嘴唇烧干了，耳朵震聋了，眼睛熬红了。然而，他们用干焦的嘴唇吞一口炒面，咽一口雪，耳朵听不见，就用结满红丝的眼睛，在滚腾的硝烟里，不瞬地向前凝视。这儿团、师的指挥员们，有时不得不在烧着大火的房子里，卷起地图转到另一间房子里去。这儿的电话员，每天几十次地去接被炮火击断的电话线。在弹药打光的紧急时刻，他们就用被炮火损坏的枪把、刺刀、石头，把敌人拼下去。

某天夜晚，我到达某团指挥所的一间小房子里。一张朝鲜的小圆炕桌上铺着地图，点着一支蜡烛。飞机正在外面不断地嗡嗡着。副师长和团长、政治委员在看地图。他们研究妥当以后，副师长——一个中年军人，打开他那银色的烟盒，给了我们每人一支香烟。❸我们正在蜡烛上对火，突然随着嗵嗵两声巨响，蜡烛忽地跳到地上熄灭了。蒙着窗子的雨布也震落下来。照明弹的亮光像一轮满月一样照在窗上。

❹但谁也没有动。团长把蜡烛从地上拾起，又点着了。政治委员拂去地图上震落的泥土。警卫员把雨布又蒙在窗上。我们又点起了香烟。

团长像征求别人同意似的笑着，瞅着副师长，说："副师长！你看我们的战斗有点像《日日夜夜》吧？"

副师长沉吟了一下，声音并不高地说："是的，我们正经历着没有经历过的一场战争。我们，不——"他纠正自己，指了指地图上画着的一条粗犷的红线，"这儿的每一个人都在经历着'日日夜夜'似的考验。"他停了一下，忽地弹掉烟灰，微笑着，"不过，我们的沙布洛夫是不少的！"

^① 在战斗最紧张的一天，在师指挥所，我听到师政治委员——他长久没有刮胡子，眼睛熬得红红的，在他每次打电话给他下级的时候，总要提到这几句："同志们！你们辛苦了吧？"他似乎并不要下级回答，紧接着说，"我知道你们是辛苦的。"然后，他的声音又严肃又沉重，"应该清楚地告诉同志们坚守的意义：我们的坚守，是为了钳制敌人，使东面的部队歼灭敌人。没有意义的坚守和消耗，我们是不会进行的。你们都清楚，我们一定要守到那一天。"停了一停，又说："还要告诉同志们，有飞机大炮才能战胜敌人算什么本事呢？从革命的历史来看，反革命的武器总是比我们好得多；然而失败的总是他们，而不是我们。不要说在这方面超过他们，假若一旦平衡，或者接近平衡，他们就会不存在了！^② 今天，我们的武器不如敌人，就正是在这样条件下，我们还要战胜他。我们的本事就在这里！"他把耳机移开，似乎要放下的样子，但又迅速拿回来，补充了一句："我们的祖国会知道我们是怎样战胜敌人的！"

在阵地上，战士们就是以政治委员的同一英雄意志，

❶神态描写·········
战斗最紧张的时候，师政治委员为了战斗的胜利，连夜研究作战方案，眼睛熬红了，但还不忘关心他人，这就是领导的风范。

❷语言描写·········
从这句话中我们可以看出师政治委员那种战必胜的信心。

进行着战斗。

　　①这里，我要记下一段两个人坚守阵地的故事。其中一个名叫辛九思，我亲自访问了他。我很快发现他是一个别人说半句话，他就懂得全句意思的聪明青年，今年才20岁，黑龙江人，是一个刚入党两年的共产党员，现在是副班长。②在出国以后的战斗中，他像许多战士一样，裤子的膝盖、裤裆都飞了花，但他补得很干净。站在那儿，是那样英俊而可爱。某天傍晚，当他到前哨阵地反击敌人回来以后，见自己排的阵地上，许多战友都坐在自己的工事里，还保持着投弹射击的姿势，却牺牲了。只剩下战士王志成一个人，聚精会神地蹲在工事里，眼往下瞅着。神色仍然很宁静，半天才打一枪。敌人不知道这儿有多少人，也不敢上来。辛九思爬到王志成的身边悄悄地问："你还有弹药吗？"王志成指指仅剩的两粒子弹，悄悄地幽默地答："只有他兄弟两个啦，你呢？"辛九思用大拇指和食指比了一个圆圈。这时，天已经黑了。敌人的哨音满山乱响。敌人的炮已经进行延伸射击。后面的连阵地上，也哇啦哇啦地说着外国话。——显然，连的阵地已经后撤了。王志成说："副班长，连的主力已经撤了，怎么没有送信来呢？"辛九思说：③"是呀，怎么没送信呢？可是没命令，我们就不能撤。我们不是给班长表示过，只要有一个人就要守住阵地，有两个人还能丢掉阵地吗？"王志成点点头说："那当然。我的决心早下了。人家很好的同志都为祖国牺牲了，我们死了，有什么关系！"辛九思马上纠正他说：④"哪能死呢！天塌大家顶，过河有樵子。

❶叙述
　　这一句话是这一段的中心，具有统领全文的作用。

❷细节描写
　　"补得很干净"可以看出辛九思是一个很讲究的人，就是在战乱之中，也尽量把自己打扮得让人看起来舒服一点。

❸语言描写
　　辛九思的话进一步体现出他坚强的纪律性，宁愿丢掉性命也不愿意丢掉阵地。

❹语言描写
　　辛九思的话进一步体现出他那乐观主义精神，就是在危险四伏的情况下也能保持幽默的态度。

敌人上来咱们砸他一顿石头，往坡下一滚，那些胆小鬼不会找着咱们的。我刚才就是这样滚下来的。"说到这里，王志成像忽然想起了一件事情，说："副班长，咱们俩还是快蹲到两个工事里吧，炮弹打住一个，还有一个守阵地的！"说着，两个人就蹲到两个工事里了。辛九思又探过头去鼓励地说："王志成！好好坚守，回去给你立功啊！"王志成在星光下笑了一笑，点了点头。
① 他们就是这么沉着，一点也不慌乱，一会儿看看前头，一会儿听听后面。这时，敌人的炮，已经向阵地的后方，打得更远更远了。四处的阵地上，敌人乱糟糟的。这里已经像一座海水中的孤岛，但敌人仍旧不敢上到这个给他们打击最严重的阵地。几个钟头过去了。夜深风冷，他们的身上、枪上结满了霜花，冻得在战壕里跺着脚。
② 王志成又招呼辛九思："副班长！咱们这儿怪冷清的，咱们吃炒面吧，别叫饿着。""好吧。"辛九思答应着。两个人就把炒面袋子解开。风呜呜吹着，吞一口炒面，就要把口儿连忙捂住。直等通信员踏过膝盖深的白雪来叫他们的时候，他们才按着北斗星的指示绕过敌人走回来。

当这个战士叙述完他的故事之后，他用他年轻人特有的明闪闪的眼睛看着我，又补充说："出国以来，人家非党群众还那样坚决，都提出立功入党呢；我是个党员，又有什么可怕的呢！假若战争打到东北，打到咱们的祖国，"说到这里，他的眼睛像生起一片阴云似的暗了一下，随手一指面前一个背着小孩还希图在烧焦的房子里找出什么东西的朝鲜老妈妈说，"我们的父母还不

❶直接描写

在只有他们两个坚守的阵地上，他们是那么沉着，那么镇定，这种精神多么值得大家尊敬啊。

❷对话描写

坚守阵地的他们就是这样互相安慰、互相打气，鼓励着对方。

读书笔记

跟她一样的吗？……你不知道，我是个最不爱流泪的人。我认为男子流泪，是羞耻的。① 在旧社会的时候，我母亲把我卖给别人，我母亲哭得像泪人一样，但我没有掉一滴眼泪。可是这一次到朝鲜，我看见朝鲜老百姓被美国鬼子害得那么苦，我哭了。现在，已经春天了，老百姓的地还没有种上，他们将来吃什么呢？……要是美国鬼子打到我们的祖国，像这样的炸，像这样的烧，咱们国家人是那样多，村庄又是那样稠啊！……"

战士们，他们就是这样地战斗着，就是怀着这样伟大的不可战胜的心灵坚守着。

② 因此，你可以明白：敌人在这样的战士面前，虽然拥有火力优势与空军的助战，是必定不能打胜的。而且，还要特别指出：在敌人这样的炮火下，敌人的死伤，总是远远地超过了我们。

这里我要举一个并不出色的连队来做例子。这个连队正因为不出色，常遭其他连某些年轻战士的嘲笑，甚至给他们加上一些诨号。这次阻击，人们又以为这个连打得不好。据团首长亲自到该连的阵地上检查，该连某个排的阵地前，就有 51 具美国鬼子的尸体。③ 这个排虽然最后只剩下 6 个人，其中还有 2 个负伤的，但正是这 6 个人，还使冲到面前的 16 个美国人做了俘虏。

在汉江南岸的日日夜夜里，我们英雄的部队，他们并不只是用坚强的防守，使敌人在我们的阵地前尸堆成山，血流成河；重要的，他们还不断用强烈的反击，夺回阵地，造成敌人更惨重的伤亡。我不断听到指挥员告诉他们的部队："④ 不能在敌人面前表现老实，我们不

❶ 叙述

当自己因为生活的困窘而被卖掉时没有哭，但是看到朝鲜老百姓被美国鬼子迫害，却哭了，从侧面反映出辛九思伟大的革命主义精神。

❷ 叙述

这就是敌人为什么拥有火力优势还不能战胜的原因。

❸ 转折关系

只有 6 个人的排却俘获了 16 个美国人，这就是中国志愿军的智慧所在。

❹ 语言描写

指导员的话进一步体现出中国志愿军不会永远防守，而是要狠狠地反击。

应该挨打，应该反击，坚决地反击！"

　　某次，敌人进攻部队的一个营，已经进到距我某师指挥所不足 1000 公尺。当天晚上，我们某部就进行了一次强大的反击。他们切断了这个美国营的归路，几乎将这个美国营全部歼灭，活捉了 80 多个俘虏，仅有少数敌人逃窜。据这个部队的一位负责同志告诉我："①当我们的部队一听说去反击敌人的时候，你不知道从哪里来的那股劲儿，就好像春天头一回放青的马子一样，连缰绳你都拉不住了。那天晚上，很远很远，我就听见炮兵排长喊：'预备——放！''预备——放！'营长骂他们：'你们声音这么高干什么用呢？'他们还是：'预备——放！''预备——放！'他们真是兴奋得连别人的话都听不见了。有一个失掉联络的尖兵班，别人都不知道哪里去了，结果是因为他们走得太快，一直钻进敌人的心脏里消灭了敌人一个班，还带回来 5 个俘虏，大家才找着了他们。你看莽撞不莽撞？最有趣的，是我们的一个排长张利春同志，他是立过 5 个大功的战斗英雄。这次，当他扑到敌人阵地上的时候，他看到有 4 个美国兵都把下半截身子装在睡袋里。他急了眼，来不及等后面的同志，先打死了一个，接着就扑上去，用脚踏住一个，两只手抓住另外两个家伙的头发，摁了个嘴啃泥，一边狠狠地说：'②中国人过去总是在你们的脚底下，今天，你们该低低头了！'两个家伙又不懂他的话，只是翻着白眼。……你看看咱们的同志，哪个不像个小老虎呢！"

　　③ 在激烈而艰苦的阻击战中，无论指挥员和战士都像盼望跟最亲爱的人会面一样的，盼着这一天的到来，

❶比喻 ·················
　　作者把战士们要反击敌人的那股劲儿比喻成春天头一回放青的马子，那股劲儿是人拉都拉不住的。

❷语言描写 ·········
　　从这句话中我们可以看出中国人要把帝国主义打倒的决心之大。

❸比喻 ·················
　　从这一段话中我们可以看出中国志愿军是多么盼望能狠狠地打击敌人啊。

即 2 月 12 日，这一天是我汉江东段部队出击的日子。果然，这一天，一秒钟，一秒钟，接近了，来到了。马上，不出三天，就传来横城歼敌两个师的消息。这两个胜利汇在一起，就是我们祖国人民所看到的——汉江前线歼敌 23000 余人——那个凝结着无数英雄故事的数目。① 这时候，前线的战士们，拍拍身上那日日夜夜的尘土，就跨过将要解冻的银色的汉江，井然有序地回到汉江北岸休息了。可是胆怯的敌人，在我们撤退的后两天，还不敢踏上那闪射着英雄光辉的银色的山岭。

❶对比

作者在这里巧妙地采用了对比的修辞手法，突出了我军与敌军的差距之大。

1951 年 3 月 16 日

精华赏析

《汉江南岸的日日夜夜》主要讲述了那些在一线作战的领导干部及在炮轰中的战士们面不改色、沉着作战的革命主义精神，他们不愧是最可爱的人。

延伸思考

1. 为什么大名鼎鼎的帝国主义用 20 多万军队，用 20 多天的时间连 10 公里的路程都走不完？

2. 面对危机四伏的战斗，我军领导干部是如何沉着面对的？

3. 坚守阵地的两个人叫什么名字？

相关链接

汉江，别称带水、阿利水、郁里河、泥河，位于朝鲜半岛中部，由南汉江和北汉江汇流而成，在江华湾注入黄海，是朝鲜半岛上第四长的河流，仅次于鸭绿江、图们江与洛东江。在抗美援朝战争中，中国人民志愿军和朝鲜人民军在汉江以南地区对"联合国军"进行了带有坚守性质的防御作战，《汉江南岸的日日夜夜》讲述的就是这场英勇的战斗。

火线春节夜

名师导读

从篇名中我们就能猜出这一定是在火线上过春节的故事，其中定有让人感动的瞬间，一起去看看我们伟大的战士是如何在火线上过春节的吧。

❶评述
在战争频繁爆发的年代，人们早已经忘记了什么是春节了，这也反映出战争对人们的迫害之深。

❶ 在汉江南岸的日日夜夜里，谁会想起这一天就是春节呢。阵地上，山草燃烧过的地方，还是黑乌乌的，打落的松树枝干，到处散落着，有什么不同会使人想起这一天就是春节呀！

黄昏，战斗停下来。这块阵地上的一小片松树林，只剩了三棵。一棵烧黄了一半，一棵歪着脑袋折下来，垂在地上；但是，有一棵还完整地黑森森地站在那儿。

经过一天的激战，早晨送来的饭一时咽不下去，人们就扯起乱谈来了。

有一个战士说：

❷对话描写
这一组对话充分体现出战士所面临的困难。

❷ "你们说，到底是渴难受呢？还是饿难受呢？"

"是渴难受呀！"

"我也说是渴难受！饿，我倒满不在乎。"

但一种论调的出现，总是会有另一种论调来反驳的。

132

马上有人说："① 你们说渴难受，可飞虎山五天五夜只吃了两顿饭，地上掉的六七个生棒子粒儿，你们都捡起来吃了。你们为什么裤腰带勒一把又一把，皮带眼儿不够了，又往上钻新眼儿呢？"

马上又有人反驳他："你说渴不难受，敌人的炮把雪打黑了，你为什么抓一把就塞到嘴里，吃得那么香呀？"

正争论着，忽听山坡上有一个粗壮的、嘹亮的、愉快的声音喊：

"同志们！今天是大年初一呀，我给你们送肉来了！"

大家一看，是炊事员老张，正背着一个大口袋，从侧后面的山坡往上爬。② 他呼呼地喘着，简直像架风箱似的，可是还上气不接下气地喊：

"同志们！我代表……伙房，我还，还代表司务长给同志们拜年啦！"

大家一听，都带着几分惊奇、几分恍然大悟的神气说："哦，今天就是大年初一呀！"

有人似乎不相信，还在那儿屈指算着，最后才肯定："一点不错，今天是大年初一！"

炊事员老张走上来，满脸笑嘻嘻的。他对同志们确是非常亲爱的哩。③ 他把口袋往地上一放，掏出许多红红绿绿四四方方的纸包。有的包着肉，有的是咱们老张他用朝鲜方法做成的大米面打糕。他双手捧着给每个人分了两包。当他把肉分给每一个人的时候，还特别加上一句：

④ "同志，不要轻看，这是祖国来的哩！"

❶语言描写

这几句话看似同志们在讨论问题，其实是大家在讲述自己艰苦的作战过程，从中也反映出同志们不怕苦、不怕累的革命精神。

❷比喻

作者把炊事员老张呼呼喘着的样子比喻成风箱，形象生动地写出他走得很急的样子。

❸细节描写

许多红红绿绿、四四方方的纸包进一步反映出炊事员老张带来的东西不少。

❹对话描写

这几句对话进一步体现出同志们对祖国的牵挂，祖国在他们心中是那么亲切。

"真是祖国来的？"

"真是祖国来的咧！"他梗着脖子，骄傲地说。

有的战士，马上把肉块子举得高高地喊：

"同志们！你们看，这是从祖国来的！"，

有的战士，熬红的眼睛亮晶晶的，看着手里的肉笑着；有人马上就咬了一口；有人小心翼翼地放到工事里，生怕谁把它碰着似的。

①春节来了，祖国又送来了慰劳品，能叫人不高兴吗？

❶反问

在炮火连天的战斗中，能吃到祖国来的东西，是多么让人激动，这也说明祖国没有忘记他们，一直在心里感激着战士们。

阵地上，马上热闹起来。

班长立刻分派有的人去捡小松枝生火盆；有的人去用刺刀刮开被炮火打黑的雪层，挖出干净的白雪；有的人到山下头河沟里背冰块；自己用缠着绷带的手找出雨布，把洞口蒙上，防止漏出火光。不大工夫，一缸子一缸子的白雪，小白铁锅盛着冰块，就在火盆上炖起来。大家挤着围着，轮换着用小刀把肉一片一片地切开。小火苗的光，忽闪忽闪，照着每一个年轻的脸，红艳艳的。

②有人指着自己的一缸子白雪、几片肉、一块朝鲜打糕，还有早晨剩下的米饭说：

❷语言描写

在这个时期同志们能吃上这样的东西，感觉十分知足，从侧面也可以看出战士们以苦作乐的精神。

"你看，这还不是好几个菜吗？这年过得蛮不坏哩！"

又有人从另一个洞口探出头来，悄悄地叫：

"到我这里来吧，我还有一个小鱼儿，比你们还多一个菜哩！"

这时候，像往日一样，晚班的敌机又来了，沿着我们的阵地，丢了一长串照明弹，间隔一般般远，荡荡悠悠的，在那儿悬着，像是天灯似的。敌人的炮，半天打一下，一声近，一声远。

① 可是，战士们除了专门警戒的人以外，他们还是要度自己的春节呀。

❶直接描写

这一句话充分体现出大家高兴的心情。

已经有一缸子冰雪炖化了。他们端着，像名酒一样珍贵，自己只喝一小口，就亲热地传给别人。吃肉的时候，总是捏起一片，先瞅瞅它，然后才轻轻地送进嘴里，一小口，一小口地吃着，像生怕把它一下吃完，再不能品祖国的味道似的。

有一个战士，像忽然想起了什么，把茶缸子从嘴边移开，说：

② "今天，在咱们祖国，不定多热闹呢！"

"是呀，秧歌不定扭得多欢哩！"

有人插嘴："你们是留恋后方的和平生活吧！"

这话，真让刚才说话的同志不高兴。他马上把茶缸子放到火盆边上："我要是留恋后方生活，我就不出来！我要是想让咱们的祖国变成朝鲜这样子，一个村，一堆火，光光的马路不能走，把脸贴到地皮上钻洞，吃雪，③ 我出来干什么？我出来，就是为了我们的祖国天天像赶集那么热闹，扭秧歌，打花鼓，种田，唱歌，学文化，在马路上随便走！"

❷对话描写

这就证实了那句"每逢佳节倍思亲"，战士们在朝鲜打仗，心里还是很想念自己的家乡的。

班长说："算啦，算啦，这是过年，又不是开讨论会。"

有一个粗声粗气的声音，好像要武装解围似的，说："什么热闹不热闹，我看哪儿的鞭炮也比不上咱们这儿热闹哩，又用不着花钱买！"

❸设问

这一问一答很好地写出了同志们内心的目标，他们为了全国人民都能安居乐业，再苦也不怕，就是战死也值得。

这个班里，可就是有一个人不说话，托着腮帮子。

班长说："你怎么不说话哩？"

❶ 语言描写

王淑金的这几句话体现出他因为别人比自己优秀而感到自责，从侧面也可以看出他想杀更多敌人的决心。

❷ 语言描写

从这几句话中我们可以看出王淑金的成绩也很突出，只是他感觉自己还有待进步。

"我说什么？"他抬起头，把手放下来，^①"你们张口合口祖国，祖国，你们都是有脸回祖国的人啦，咱们班立功的立功，入党的入党，就剩下我一个落后的人啦！"大家赶忙解释："你也不算落后呀！""是呀！你今天成绩也不错呀！一个人抱着机枪打，打坏了，又用卡宾枪打，你今天不是打死七八个敌人吗？"

^②班长也说："你的成绩，已经报告给连长了；再说支部现在正讨论你的问题呢。"

一个战士，紧紧凑近他的脸，用一副逗笑的样子，说了一段快板：

小伙子，你别悲观，

愁眉苦脸多难看。

只要你的决心大。

立功入党不困难。

大家哄地笑起来。

"我并不是悲观，也不是单纯为了立功、入党；"他脸上似乎走过笑纹，解释着，"我是埋怨自己对祖国、对朝鲜人民的贡献太小，比起同志们太落后了。^③这次出国，我看到朝鲜人民实在被美国强盗害得太苦；就是朝鲜解放了，你们都挂着奖章回去，我在这儿帮助朝鲜老百姓盖房，也要争取多出些力……"

❸ 语言描写

王淑金同志看到被美国强盗迫害的朝鲜人民流离失所，就想着解放后留下来帮朝鲜人民重建家园。

忽然，洞口的雨布一动，探进一个头来，紫黑的脸膛上，蒙着一层灰泥，几乎可以说他只是戴了半个帽子，另外半个被烧去了一大块。大家一看，嘿，这不是排长嘛!

大家亲热地招呼着:

"排长,年过得好呀!"

"你们班过得好呀,同志们。"

①有的给排长端水,有的给排长拿肉,又一齐挤着给排长腾地方,可排长只能挤进来大半个身子。

排长说:"同志们,注意!我传达连部的一个指示。"大家静下来。排长接着说:"刚才指导员到我们那里宣布,营里今天表扬我们连打得好,有许多同志立了功。你们班长负伤不下火线,领导全班打垮敌人 12 次冲锋,立一小功。"大家都注视着班长,班长的脸稍稍一低,似笑非笑地看着自己缠着绷带的手。②只有那个未入党的同志,眼睛圆圆的,看着排长。排长又继续说:"另外,支部还宣布王瑛同志候补党员转正。"那个未入党的同志眼睛瞪得更大了。排长这才注视着他,说:"支部还批准王淑金同志,成为中国共产党的候补党员!"

呀!大家的眼睛刷地全瞅着王淑金啦。③假若是王淑金自个儿在这个洞里多好呢,偏偏有这么多的人,叫人怎么表示好呢,应该说什么呢,手应该放在哪儿呢,决定不笑吧,脸上已经笑出来了,决定沉静一点吧,脸上已经发烧了,大概是红了,他应当怎么好呢?

"王淑金,你怎么不说话呀!"

"王淑金,表示表示态度呀!"

"我,我,"王淑金脸红着,结结巴巴地,"同志们,我,我会对得起'共产党员'这四个字的!"

❶直接描写
从这里我们可以看出战士们之间亲密的关系,他们就像亲兄弟一样互相关心着彼此。

❷神态描写
王淑金同志眼睛紧紧地盯着排长,这也反映出他迫切地想听到排长讲一讲有关他的事情。

❸直接描写
王淑金终于听到了有关他的好消息,他是多么激动啊,无法用语言来表达他内心的喜悦。

"同志们，为了庆祝你们立功，入党，"排长从口袋里摸出了一个大半截香烟头儿，说，①"咱们营长从团长那儿拿来了两支烟，营指挥所合抽了一支，剩下一支给了咱们连长，连长、指导员抽了小半支，就把这半截给了我。"

见了这半截烟，抽烟的人眼珠子都快掉出来了，但还是客气地说：

"排长抽吧。"

排长在火盆里小心地点着，抽了一口，就递到王淑金的手里，又拍了拍他的肩膀，叽叽嘎嘎地笑着走了。

王淑金没有抽就递给班长，班长强迫他抽了一口，然后，每一个人又各抽了一小口。②淡淡的烟环，你是带着多少日日夜夜的辛劳，带着多少光荣愉快的心，在这个小洞里撞击着、舞动着呀！人们瞅着你，似乎听出你撞击着的银铃一样的声音啊。

……正在这时候，大家同时听到外面有一阵呜啦呜啦的怪响。

班长爬出洞口，大家也跟着爬了出去，谛听着。

一阵怪响过后，只听山坡下面喊：

"共军兵士们！今天我要对你们讲几句话。……"

大家知道：这是敌人又进行阵前广播。那广播匣子又继续叫：

③"今天过年了，你看你们在山上多苦哇，吃不上饭，喝不上水，脚也冻肿啦……"

马上听到骂声。

但那广播机，还照样说它的：

① **语言描写**

从排长的话中我们可以看出在前线作战的同志们的生活十分艰苦，就连一根烟都十分罕见。

② **直接描写**

淡淡的烟环把同志们日日夜夜的辛劳带走了，在其中还有很多光荣愉快的心情，荡漾在这特殊的春节时期。

③ **语言描写**

鬼子的话进一步突出了战士们的艰苦生活，从侧面也体现出战士们不怕苦的伟大的革命主义精神。

"我们联合国军队，是为了拯救朝鲜来的；联合国已经宣布了你们是侵略者……"

①"乓！"不知道是谁忍不住开了一枪，接着骂："我们进屋不脱鞋，还要自我检讨哩，我们是侵略者？"

班长跳起来喊："打这个蒋介石派来的！"

乓乓乓乓乓乓……阵地上响起了从美国人缴来的卡宾枪、自动枪声。

那广播机还继续着：

"你看我们有飞机大炮，你们有什么呢？快快投降吧！你们可以从小路过来……"

战士们有好几个声音同时骂，有的还用手指着敌人：

②"有飞机大炮，你们为什么冲不下来老子的阵地呀！"

"老子就是没飞机，也把你们追到这里啦！"

"老子要有飞机，早把你撵到南海里喂王八去啦！"

"投降？先缴给你些子弹头吧！"

又是一排乓乓的自动枪声。

但广播机还在响。这时，王淑金走到班长的面前说：

"报告班长，我去搞掉他们的广播机。"

"我也去！"王瑛说。

③"我也去！"

"我也去！"

"听命令！"班长严肃地说，"王淑金和王瑛两个人去。"

两个人把手榴弹盖咬开，把子弹也摸了一摸，顺着

❶语言描写

同志们听到小鬼子在那儿胡编乱造，内心充满了愤怒，所以禁不住骂起小鬼子来。

❷语言描写

战士们听到小鬼子的胡说八道，用事实反驳着，内心充满了要揍他们的冲动。

❸语言描写

从这几句话中，我们可以看出战士们都想亲自去揍小鬼子。

139

山坡走了下去。

①30分钟以后，只听轰隆轰隆几声响，那广播机正说到"如果不然，我们一定要消灭你们……"的时候哑然无声了。

可是等了一个钟头、两个钟头，也不见他们俩回来。

班长是多么的焦急呀，他让大家回洞里休息，自己蹲在哨兵旁边等着。

②下半夜，听见下面的松树枝叶簌簌地响。一看，影影绰绰地，好像有五六个人影往山上爬。仔细一听，嘀里嘟噜的，似乎还有外国人说话。

班长悄悄地招呼哨兵："准备好！"说着把手榴弹弦挂在手指上。

"谁？"

"我。"是王淑金的声音。

班长惶惑着，但警惕性是很高的，他大声喊："为什么人那么多？"

"是我们捉的俘虏。"王瑛答。

班长一阵高兴，不由得喊："同志们，他们捉了活的来啦！"说着，加快脚步迎上去，班里的人也争着钻出洞口跑过来。

③只见王淑金和王瑛每个人背着七八支卡宾枪，站在后面；前面是四个俘虏；另外还有一个穿便衣的也拿着枪站在一边。那几个俘虏，好像一个个没有长着枝叶的秃树桩子待在那里。

班长兴奋地说："同志，你们怎么搞的呀？"

那个穿便衣的抢着说："这是班长吗？我还要向你道

歉哩! ……我是师部的侦察员，上级叫我去'捉舌头'，我发现这四个家伙，"他①指了指那四个秃树桩子，"正躲在一个小屋里，钻在睡袋里打鼾哩。可一个人真不好下手，正巧，碰上你们这两个大将啦，我请他们帮忙，就把这几个家伙给擒来啦。也没有经过你同意，真对不起！"

班长早已经乐得不行，连说："那没有什么，没有什么！"

②那几个俘虏，见人们都跟班长说话，就扑通扑通给班长跪下了，边磕头边用手掌锯着脖子，嘀里嘟噜地咕噜着，引得大家一阵乱笑。战士们也用手锯锯脖子，摇摇手，他们才一个个拘拘谨谨地站起来，又像半截秃树干似的待在那里。

王淑金和王瑛走到班长面前，把肩上的枪放在地上。王淑金说："报告班长，我们把广播喇叭炸坏啦，以后又配合他们捉俘虏。回来，我们看见山底下，有一堆20多个尸首，都是被咱们白天打死的美国强盗，我们一共捡回卡宾枪13支，临回来我们把他们一个个都翻了个脸朝上……""那是为什么呢？"班长问。"为什么？"王淑金气昂昂地说，③"美国人明儿个敢进攻，就让他进攻的时候看看吧！"说着，又指着地上的枪，"班长看看这枪好使不？"

班里的同志们争着拿起枪来，班长也拿起了一支，枪上面结满了霜花。他用衣袖拭了拭，朝着敌人的方向，乒乒打了几枪。战士们也都手痒得禁不住打一枪，喊一

❶比喻

作者在这里巧妙地运用了一个比喻的修辞手法，形象生动地写出当了俘虏的小鬼子垂头丧气的样子。

❷细节描写

作者详细地描述了俘虏没有骨气的可笑样子，这也是他们为什么会打败仗的原因。

❸语言描写

王淑金的话充分体现了他对鬼子的憎恨，他想给小鬼子一个警告，再敢进攻下场就跟死尸一样。

捉舌头：去捉俘虏了解敌情。

❶拟人

春节没有因为朝鲜打仗就不到来，不管在哪里它都会带着节日的气氛愉快地走过，这也暗示着朝鲜即将解放，小鬼子必定失败。

句："小子们！看明天的吧。""小子们！看明天的吧。"枪声在山谷里清脆悦耳地响着。

夜风呜呜地吹着，启明星已经升起。在汉江南岸的日日夜夜里，谁会想到这一天就是春节呢。① 可是春节不回避任何艰苦的地方，它在战士们的阵地上，像在祖国一样，用它愉快的脚步走过了。

1951 年 3 月 25 日

精华赏析

《火线春节夜》主要讲了战斗在一线的同志们如何度过春节夜的故事，他们没有美味的佳肴，吃着用雪水煮的食物却那么乐观，他们在春节夜俘虏了小鬼子，这也突出了战士们过的春节十分不平凡。

延伸思考

1. 炊事员老张给前线的战士们带来了什么？
2. 王淑金为什么用眼睛紧紧地盯着排长？
3. 小鬼子在春节夜做了什么？

相关链接

卡宾枪通常为某种步枪的变型枪，原为骑兵乘骑作战使用，后来也用于炮兵、伞兵、步兵和其他兵种，同步枪一样，也有非自动、半自动和全自动之分。与冲锋枪相比，卡宾枪短而轻，机动性好，在威力和射程上更优。

战士和祖国

名师导读

　　《战士和祖国》我们可以从标题中想到作者主要讲的是战士与祖国之间千丝万缕的联系，战士们为了祖国的安稳付出了鲜血与生命，这是多么值得我们歌颂的事情啊。

　　① 这里我不准备再说更多的英雄故事，朋友们，你们已经知道得不少了；虽然，你们所知道的不过是千百件中的一件。

　　② 我想说的是，当志愿军现时还拿着劣势武器的时候，为什么敌人凶残的炮火、飞机吓不倒他们，并且表现了世界人类最大的勇敢、最强的战力？而能够把世界上帝国主义中最强大的美国侵略军打得落花流水、一败再败？换一句话说，这个部队的每一个成员，是一种什么伟大的力量在支持着他们？或者说，英雄们的心灵深处，到底是怀藏着一种什么奇异的东西呢？这个问题，我是慢慢得到答案的。在我们部队开到汉江北岸休息的时候，一次，我到一个班里去开一个座谈会。坐在我身边的这些战士，他们身上披满了日日夜夜的灰尘，有的军衣上还有被燃烧弹烧着的痕迹。他们并不骄矜地，而

❶开门见山

　　作者采用了开门见山的写作手法，告诉读者自己的写作方向，具有引出下文的作用。

❷疑问

　　作者在这里运用了多个疑问句，引起读者的思考。

143

❶抒情

作者在这里看到那些在前线拼搏的战士们，从内心发出了感叹之情。

是谦逊地注视着我。① 我看到他们这样纯朴可爱的面貌，心想，这就是跟全世界最凶残的帝国主义作战的战胜者呀！这就是那些打到一个人也要守住阵地的坚定的人、勇敢的人啊。我不由得带着敬意说：

"同志们！你们辛苦了。"

可是话音还没有落地，就立刻听到他们几乎是同时的回答：

"为了祖国，这算不得辛苦！"

"为了祖国嘛。"

"我们，为了祖国！！！"

还有一个又高又大的战士，把他一双带着血茧的大手，伸到我的面前，笑嘻嘻地说：

② "我这双手，就是为了咱们的祖国干活的呀！"

说过，他们一齐用眼睛注视着我。

❷语言描写

这是一句多么朴实的话语，这也体现出战士们那种无私奉献的精神。

我，我怎么能够一下说出这声音里是含着什么一种东西啊；我只是觉着这种声音的分量，强烈地把我震撼着。

……座谈会结束了，战士们还不愿意散。有一个战士，又打量了我一下，问：

"同志，你是从北京来的吗？"

"是呀。"

❸语言描写

从这句话中我们可以看出战士们对毛主席的牵挂，这是多么令人感动的场面啊。

③ "那么，"他注视着我说，"你知道咱们的毛主席怎么样啊，他的身体好吗？"

我还没有回答，就有人插嘴说："我想，他那样忙，他的身体一定会瘦些。"

"是会瘦些的。"有几个战士点着头。

我回答说："毛主席当然很忙，可是毛主席的身体很健康。"

这时候，年轻的战士们，越发显得愉快活泼起来，问这问那。① 有人问起天安门，有人问起东北的工厂，有人问故乡的土地改革，有人问学生的参军，有人问祖国去年庄稼的收成，有人问祖国某条铁路线的双轨铺到哪里，一直问到我平常毫不注意的一些问题。总之，他们是在关怀着我们祖国广大国土上的一切。他们醉心地谈着，就好像谈着一个最亲密最心爱的人，愿意连她的头发都要谈到。

我笑着说："嘿，你们是这样爱谈祖国的呀！"

"嘿，不光我们，我们的指导员还作了一首诗呢！"

"什么诗啊？"我忙问。

有一个战士背诵着：

② 中华儿女扛起枪，

抗美援朝出边疆；

流血牺牲全不怕，

我为祖国来增光！

会后，我把战士热爱祖国的感情告诉了团政治委员。他点了点头，说整个部队差不多全是这样，并且给我讲了这么一段故事。

某团有一个班长，名叫姜世福，他又是党的支部委员。③ 处处坚持真理，刚强得很。不管是什么人要有一丝一毫违犯纪律的现象，叫他看见了是不行的。这次在汉江南岸景安里战斗中间，他打死了许多敌人，自己也负了重伤。眼看这个刚强可敬的战士就要与世长辞了。

❶排比

在前线的战士们无时无刻地关心着自己祖国的一切，他们在朝鲜最想听到的就是有关祖国的事情，这也反映出他们一心向党、一心装着祖国的爱国主义精神。

❷直接描写

短短的四句诗句充分表达了奔赴前线的战士们的心声，那是多么值得人们尊敬的革命主义精神啊。

❸性格描写

短短的几句话淋漓尽致刻画了姜世福为人处世的性格特点。

145

❶神态描写

　　这个刚强的战士知道自己死得值，所以面对死亡是那么坦然。

❷细节描写

　　为了人民而牺牲，姜世福同志没有遗憾，这是多么伟大的革命主义精神啊。

❸排比

　　作者在这里运用了排比的修辞手法描述了战士们长途跋涉、又困又饿的情形，充分体现出战斗的艰辛。

①　他的脸色和平时一样，不过当他看同志们的时候，眼睛里含着更加深厚的感情。卫生员赶过来给他包扎伤口，他摇摇头，声音很低地说：

　　"同志们，我不能跟你们就伴了。"

　　同志们凑近他的脸，说：

　　"老姜，你还要留下什么话吧？"

　　他摇摇头，握住离他最近的一只手，说：

　　"只要祖国人民知道我是怎样牺牲的，我就……"

②　说着，他的脸上露出一丝恬然的微笑，眼睛从容地慢慢地合上了……

　　当政治委员说完这段故事之后，他严肃地沉思着说：

　　"当然，在我们没有出国之前，谁也知道是为了祖国，可是当出国之后，看到种种情形，好像才更加知道什么是祖国，更知道她的可爱！"他又说，"就拿我们团长来说，不也是这样的吗？……二次战役，我团在连战几昼夜之后，又受命迂回敌人，要一气赶140里路。部队来不及吃饭，就连明彻夜地赶。走了90多里，部队就又困又饿拖不动了。③有的困得前仰后合地向前走；有的脚上打满了泡，摇摇晃晃地走；还有一个营，坐下休息了。可是我们的团长呢，他年纪那么大了，身子又弱，当他看到一个营停下了，他就喘吁吁地，很吃力地赶上去责备那个营长；随后，站在那里，提高声音，对大家说：

　　'不要忘记，我们是从什么地方来的！——我们是从鸭绿江北面来的！'大家伙看着他，一个说话的也没有。说着，他又用手指了指北方，非常严峻地问：

'同志们，鸭绿江北岸是什么地方？'

'是祖国！'队伍回答。

①'是啊，是祖国。'团长用深沉的语调重复着，又问，'那么140里路，我们走了90里就休息了，把敌人放跑，我们对得起祖国吗？………'"

政治委员说到这里，不由得笑着，又说："你说怪不怪，一提'祖国'，就有这样大的力量！部队没有休息，一直插到目的地。"

②祖国，祖国，你在战士们的心灵上，是有着多么大的力量啊！你不仅仅是挂在战士们的嘴边，你是在战士们的心灵深处生根、发芽和开花了。

为了进一步了解英雄们的心灵，我在继续地留意着。

某天黄昏，我要到前线去，看到前面村头上围着几个人。只听一个高高的声音说：

"老乡！我不愿意下来嘛，他们硬让我下来啦！"

我走上前去一看，见是几个东北担架队的老乡，正围着一个躺在担架上的伤员在那儿说话。那个伤员，不过二十一、二岁，看来是我们队伍中一个很平常的战士，并没有什么惹人注意的地方。他头上团团地缠着绷带，两只手也缠着绷带露在被头外面。老乡看我站在那里，有一个就向我惊叹地说：

③"小伙子真是好样儿的哩！"

"骨头真硬，真够得上是一个志愿军！"另一个补充着，"他一个人打死了好几个美国鬼子哩。一颗大炮弹落到他旁边，他头上带花了，把他震得昏昏迷迷的。可是卫生员给他绑扎好，正要往下背他，他醒来了。他

❶语言描写

在战士们感到身心疲惫的时候，团长为了鼓舞大家，不停地说到祖国，祖国就像一剂兴奋剂，带给战士们力量。

❷抒情

这几句话充分体现出同志们对祖国的热爱之情。

❸语言描写

老乡的话进一步体现了中国志愿军在朝鲜战场上那种奋不顾身的英勇形象。

❶语言描写 ┄┄┄┄┄

这一句话充分体现出战士们无所畏惧的革命主义精神。

❷细节描写 ┄┄┄┄┄

这句话体现了战士们把自己的安危置之度外，一心想着打鬼子。

❸语言描写 ┄┄┄┄┄

这短短的一句话就反映出战士不服输的倔强性格。

说：'你们让我下去干什么哩？我不下去。'又抱着一挺机枪打；第二次，他又被子弹打掉了一个手指头。指导员让他下去，<u>①他又说：'人这么高，这么大，少一小块肉算什么哩！我不能打枪，我还能压子弹。'</u>因为战斗很激烈，也就允许了他；可是第三次，他的另一只手又在撇手榴弹的时候挂花了。他怕指导员催他下去，先走到指导员面前说：'指导员！请你千万让我留在这儿。我们的班长已经牺牲了，无论如何我是不能下去的。我的手不能用，我的嘴还可以说话，我要求当通信员！'听人说，<u>②在他说话的当儿，手上的血顺手指头向下滴着，他的脸色变都没有变呀。</u>指导员安慰他，劝他下去，他还是不肯。最后指导员给他下命令：'下去！这是党的决定！'哈！这小伙子才捏着鼻子下来了，你不听，刚才还念叨哩！"

"是呀，"那个躺在担架上的伤员，也许是太兴奋了，他还想打手势，可是他的手没法儿动，只是他的肘弯儿微微欠动了一下，<u>③说，"我不下来，我能完成通信任务的嘛！"</u>说完，他的眼睛闪着明亮的青春的光辉，照射着我，似乎说："同志，你以为我做得对吗？"

我走近他的身边蹲下来，安慰他说："同志！你真是一个好样儿的，你打得真勇敢！"谁知道这话倒使他不好意思起来了，他的明亮的眼睛，似乎流露出一点年轻人的羞怯，微微笑着。

我把他的被头掀起，把他露在外面的手盖上。然后，我注视着他，追问他到底是为什么这样的勇敢。

他笑了一笑，接着严肃地回答：

　　"同志，我能含糊吗？你想想，自打过了鸭绿江的那天起，我们看到的都是些什么！"① 接着，他就叙说起从鸭绿江到汉江，他们走过的不是一片片焦土，就是一片片大火，有时候就在两边烧着大火的街道上穿过，或者是在被杀死的朝鲜人的身边宿营。说到这里，他的声调特别沉痛，他说："有一次，我们住在一个庄子，晚上到的时候还是好好的，老百姓亲热地照顾我们。你说多巧，我们住的那家房东，有一个朝鲜老妈妈，和我母亲的样子一样，也是 40 多岁，不过就是穿着白衣白裙罢了。那天我困极了，我就好好地睡了一觉。当我醒来的时候，我发现我裤子挂破的地方，不知道是谁给我缝好了。② 我一问同志们，才知道是这位老妈妈，让她儿媳妇端着灯，她俯在炕上给我缝好的。我真觉得她和我的妈妈一样呀！可是到了白天，我执行任务回来的时候，就看到这个村子起了大火，房屋全被炸塌啦。到我住的房东家一看，老妈妈的儿媳妇被炸死了，老妈妈的腿也被炸断，还抱着她的小孙子，正跪着半截腿爬呢。老妈妈看见我就哭了，我的眼泪也就掉下来了。我赶忙把小孩子解下来抱着，把老妈妈背到卫生所去。我们班的人，有的恨得跺脚，有的跳起来骂，有的掉着泪。这一整宿，我没有睡着，我翻过来倒过去地想：③ 帝国主义是什么心呀！他为了侵占朝鲜，是不怕朝鲜人灭种的呀！我又想到了自己身上，过去日本鬼子杀死了我的爹，蒋介石抓走了我的哥哥，我只剩下母亲。幸亏毛主席领导得好，胜利了，咱们中国人民翻了身，新中国成立了。我也分了几亩地，娶了媳妇，养了儿女。我不再到别人

❶直接描写

　　小伙子把自己一路走过的风景一一描述了一遍，这些就是他为什么要把小鬼子消灭掉的原因，从侧面也反映出小鬼子的残忍做法令所有的人痛恨不已。

❷直接描写

　　从这一句话中我们深深体会到朝鲜人民对中国志愿军的热爱之情。

❸心理描写

　　小伙子讲述着自己的所见所闻及亲身经历，这更加衬托出小鬼子的兽性，让人恨之入骨。

149

❶反问

小伙子奋不顾身地与小鬼子拼搏就是害怕小鬼子的魔掌伸到中国，祸害中国。

❷语言描写

从这几句话中我们可以体会到中国一路走来是多么艰辛，目前的成绩是多少革命先烈用命换来的呀。

❸语言描写

小伙子用自己的行动证明了一切，小鬼子想祸害中国，他就是拼上性命，也不放过小鬼子。

家里放猪放牛、挨冻挨饿了。①我有了家，也有了国。可是，假若让美国鬼子到了咱们中国，我的老娘还会活着吗？我的老婆跟孩子，还会活着吗？他们不光要杀死她，烧死她，他们会把我的房根脚也要挖出来的呀！"说到这里，他稍停了停，他的年轻的眼睛带着痛苦的表情，似乎又回到当时的情景。他又继续说："那天晚上，我一闭眼就好像看见我们人民的国家是多么好啊，是多么大啊，人是多么稠啊。如果让美国佬那样地炸、烧，把在朝鲜的这一套搬到咱们那里，你想想咱们的祖国会变成什么样子呢？……"他又用充满热情的声音叫我：②"同志！再说我们的新中国建立起来是容易的吗？为了她，不知道有多少同志流了血，从南打到北，又从北打到南，算不清走了多少路，打了多少仗，也不知道在各式各样地形上挖过多少散兵坑！有时候为了争夺一间小小的房子拼过命，为几公尺的土地流过血，到现在，多少人的血肉里还包着美国子弹。新中国，这是我们一块肉一片血换来的呀！……这次出国，路过东北的时候，我看见那工厂的大烟囱跟小烟囱，像小树林子似的，突突地冒着烟，我的心哪，就像开了花似的。你不知道我心眼儿里多乐，想得多远！难道我们人民的天下，愿意叫它再变了吗？③难道我们的建设，愿意叫它变成一堆灰吗？不，狗种们想碰我们的祖国一根毛，我都要叫他们流血！我要叫他们知道他们的脑袋是不是肉做的！"他激动得禁不住又把缠着绷带的手露在外面。"我就想，只要能保住我们的新中国，使我们的人民安全，我个人死到国外算什么！这次打仗负了几次伤，他们就让我下火线，^①死都没有关系，为祖国，为受苦受难的朝鲜人民流一点点血又算得什么呢？……"

朋友，这就是我要告诉你的，在朝鲜前线上战士们可贵的思想历程，英雄们不可战胜的伟大心灵。这就是在任何残酷艰苦的战斗中点起胜利火花的那种东西。

^②朋友，让我们更加热爱我们的伟大祖国吧！对于取得革命胜利的中国人民来说，"祖国"，这不是一个普通的词儿，这是一个至亲至爱的名字，崇高的名字。"什么是祖国？"过去总没有一个人能把她用一句话或者几句话恰切地说出来，我想，这的确也是不可能的。"祖国"，当人们提起她的时候，也许有人想起的，是勤劳纯朴的人民；也许有人想起的，是壮丽的山川和灿烂的文化；也许有人想起的，是天安门上那面染了无数先烈热血的迎风飘舞的红旗；也许有人想起的，是快乐地舒放着烟花的工厂；也许有人想起的，是充满歌声的美丽的园林。^③当然，他们共同想到的，还有一个人，这个人像他们的父亲，又像他们的朋友，日日夜夜在思虑着，怎样把革命推向前进，怎样使他们避免灾难，得到可能谋取的幸福，——这就是他们值得骄傲的英明的舵师。可是，不管他想什么，他想的会是这一切吧！因此，祖国啊！你不能不让人乐于为你而生，勇于为你而死，为了你而奋发前进！

1951 年 3 月 21 日深夜

❶语言描写
小伙子的话充分体现出他为了战斗的胜利愿意献身的伟大革命主义精神。

❷抒情
在战士们心目中祖国就是自己至亲至爱的人，所以愿意用生命来保卫它。

❸抒情
作者在这里用了大量的笔墨赞美了我们英明的舵师——毛主席。

精华赏析

《战士和祖国》这个故事主要告诉我们那些在一线战斗的战士们是如何奋不顾身地与敌人作战的，以及祖国在他们心目中的地位，他们愿意为祖国而献出一切。

延伸思考

1.是什么力量支持着部队里的每一个战士？

2.当战士们又饿又困、举步艰难的时候，政治委员提到什么令战士们充满力量？

3.朝鲜老乡为什么会说"小伙子真是好样儿的哩"？

相关链接

鸭绿江是中国和朝鲜之间的界河，发源于吉林省长白山南麓，流向在源头阶段先向南，经长白朝鲜族自治县后转向西北，再经临江市转向西南。干流流经吉林和辽宁两省，最后流入黄海北部的西朝鲜湾，全长795千米，流域面积6.19万平方千米，有浑江、虚川江、秃鲁江等多条支流。

前进吧，祖国！

名师导读

战士们在朝鲜打仗，祖国的人民也在不断地搞建设，让祖国不断地发展起来。

① 炮火声里，栗子树朴素的花穗，又落遍了朝鲜。这是朝鲜战争的第三个年头。朋友，你们一定很羡慕我，在这里，我又看到了我们可爱的战士们。他们，离开可爱的祖国已经两年了。在这两年中，他们付出了多大的辛苦啊！ ② 两年的时间不算很长，可是我看见许多的指挥员，他们的额上添了皱纹，有的人鬓角上添了几丝白发。战士们，千千万万的战士们，他们的双手都磨起了厚厚的血茧，他们就是这样，用自己的双手，劈开了、掏通了从东海岸到西海岸的崇山大岭，连成密如蛛网般的地下长城。他们就站在这道长城上，打击着、折磨着那些还没有斩尽杀绝的野兽；也是在这道长城上，他们回头望望北方——那是自己的祖国。

祖国，对于一个离开她两年的战士，是多么叫人神往啊。③ 谈起祖国，当然，他们在怀念着自己的母亲，怀念着自己的妻子和朋友；可是他们却更忘情地谈着一

❶环境描写

作者开门见山交代了时间又过了一年，用花穗暗示着当前战况。

❷直接描写

作者在这里详细地讲述了千千万万的指挥员和战士为了朝鲜早日解放日夜操劳，不辞辛苦，这也暗示着他们的伟大。

❸直接描写

在朝鲜的日日夜夜，我们可爱的战士们无时无刻不在关心着祖国，祖国就是他们的动力。

153

件事，人人都在谈着，处处都在谈着，在那所有的弯弯曲曲充满硝烟的战壕里，都在谈着一个迷人的字眼——祖国的建设。你可以看见，在许多指挥员的房子里，在插着一束野花的瓶子旁边，挨着他们的军事地图，贴着劳动英雄的彩色照片、治淮工程的照片、成渝铁路通车的照片。在战士们的掩蔽部里，也贴着这些画片：有许许多多微笑的孩子，也有第一次出现在祖国农业合作社的拖拉机，还有突突冒着烟的工厂。就是那些为了祖国、为了朝鲜人民而光荣牺牲的人们，他们的身上，也有着跟决心书一起被鲜血染红的这些照片啊。

①祖国在前进。祖国一日千里的建设，是多么地激动着为她战斗在国外的儿女们。祖国啊，在炮火弥天的战线上，人人都在想着你，人人都在听着你，甚至从一封短短的家信里去猜着你。人们虽然望不见你，可像能听见你一样；因为你奔腾前进的脚步，在震动着你的儿女们的心啊。②你使得多少战士，在接到新的枪支、炮弹的时候，惊奇着，赞叹着；你使得多少战士，为你的每一个成就奔走相告；你又使得多少战士，在低吟了家信之后，一连许多天，脸上都保留着动人的笑容啊。遥远的祖国啊，你知道吗，你知道你的奔腾前进，是怎样地激动着那些为了你拿起枪来的儿女们！

某个连队进行爱国教育的时候，有一个战士站起来说："报告指导员，我有两句话跟大家说一说吧。"这个战士得到指导员的允许，就走到队前，从口袋里掏出了两封家信，还有一张照片。③他眼里含着泪圈，高高地举起了这张照片，激动得声音都有些嘶哑了。他说：

读书笔记

❶统领全段
　　短短的五个字在这一段中具有统领全段的作用。

❷排比
　　作者在这里巧妙地运用了排比的修辞手法，讲述了祖国的好消息就是战士们无穷的动力。

❸动作描写
　　"眼里含着泪圈""高高地""声音都有些嘶哑"等词句充分体现出战士此时内心的激动。

　　"这是我妹妹的相片，你们看好不好呢？"大家一看，这是个年轻的女孩子，真好啊，又壮实又好看，一双明亮的大眼，梳着两个发辫，发辫上还结着两个蝴蝶哩。

　　"同志们，可是她从前不是这样的呀！"同志们望着这个战士，他边想边说，"她以前给地主家当丫头，浑身上下被打得青一道紫一道的，拖着一个小干巴辫子，脸黄黄的不像人样。她三天两头哭着跑回家来。爹娘撇下了我们俩，我连我的妹妹都养不住！我们俩只有守着奶奶去哭，守着叔叔去哭，可是他们又有啥子办法？"说到这里，泪珠滚了下来，他又说："①我一跺脚出来这多年了，谁承想我的妹妹还活着呢？可是，祖国变啦，家乡也变啦，信上说，靠近我们家，工厂建设起来啦，她已经进厂当工人啦。我奶奶、叔叔都分了地，成立了互助组，说不定，再有上几年，大拖拉机也在我们那里呜噜呜噜地耕种啦。她还说，要我坚决在前面打，她在后边努力建设，要跟我比赛哩。你们看看相片上她那乐呵呵的样儿！"

　　同志们又一齐望着照片，望着那个发辫上结着蝴蝶的女孩子。这个战士又像询问别人似的说："同志们！你们说，这是怎么回事？②这些天，打起仗来，我两条腿老是不由自主地往前钻；干起活来，只嫌时间短。连大铁锤都砸成了圆疙瘩，尺半长的大镢头磨成了织布梭，可是我呢，困也不觉困，累也不觉累，越想越高兴，越干越有劲儿，你就不知道这股劲头有多大！"

　　这是一个普通战士的家庭变化，也是万千个普通战士的家庭变化。③祖国近年来的大发展，给人多大鼓舞

❶ 语言描写
　　我们从小伙子的话中可以感受到祖国在变化，老百姓在毛主席的带领下过上了幸福的生活。

❷ 语言描写
　　这几年祖国发生了很大的变化，这也令老百姓们有了新的奔头，让战士们有了很大的动力。

❸ 抒情
　　这一句充分体现了中国正在大步向前，不断地变化着。

啊！如果说，当我们的战士跨过鸭绿江的时候，是美国侵略者对朝鲜惨无人道的摧残，是那些废墟，是那些血和火，惊醒着人们，激怒着人们，为保卫祖国奋不顾身地战斗；那么在今天，战士们的浑身就更增添了新的无穷的力量：这就是祖国的建设，祖国一天比一天的美好，以及新的迷人的美景，格外地吸引着人们，燃烧着，真的是燃烧着人们的心！

当成渝铁路通车的喜讯，传到了朝鲜战场，特别使得四川籍的战士们轰动了。① 正在行军中的战士扭起了秧歌舞；阵地上的战士，拍着他们怀里的枪支唱起了家乡的"金钱板"。有一个战士的家紧挨着成渝路，他更以深沉的感情告诉人们：他家的门前有一条小河，小时候打草打柴过来过去，就看见河两边插着两个小木牌，听人讲，这就是要修的"成渝路"。可是等到自己长大了，20多年过去了，小木牌早已烂掉了，父亲也被迫着修路受难死了，可谁也没有看到什么"成渝路"。② 他说："谁会想到，解放不到三年，成渝路就通车了呢！我现在常常梦见家门前的小河上，架了一座又结实又漂亮的大铁桥，火车冒着烟嘟嘟地从那边过来了，我的母亲正穿着新衣裳看火车呢！"另一个四川籍的战士插嘴说："可不是嘛！我也做过一个梦。梦见坐上了祖国的火车，不知道怎么东扭搭西扭搭地就拐到成渝路上。我一看，真好啊！这成渝路真比哪条铁路都漂亮。火车嘟嘟地走着，一走就走到离我家40里的车站停下了。从车窗里向外一望，哈，变啦！我出来的时候，这儿还是一片荒草地，工人们正在那里铲草，怎么沿着铁路一大片一大

❶排比
作者在这里巧妙地运用了排比的修辞手法，把战士们听到成渝铁路通车时的喜悦表达得淋漓尽致。

❷语言描写
战士的话充分体现出新中国成立后祖国发生的变化之大。

片全是一般般高的三层楼房呢！^①工厂的烟囱像小树林子似的，全突突地冒着烟。那边还有一个飞机场，一架挨着一架停满了白晃晃的战斗机。我的家乡变得多美呀！我正在望着望着，忽听有人说：'你在这儿尽望什么，快到你家啦，还不下车？！'我下车一看，送我参军的亲戚朋友们全来欢迎我了。我正想要背起背包走呢，一个亲戚说：'傻孩子，你为什么不坐汽车走呢？'我说：'我出来的时候，全是小道儿，大石头乱绊脚，怎么能走汽车？'亲戚说：'^②这么难修的成渝路都修好了，难道公路还没有修吗，快上汽车吧，一直送到你大门口！'我乐得坐上一辆红油漆的大汽车刚要走呢，就听有人喊我：'快上岗吧！'我睁眼一看，原来是我们班长……"——这是一个梦，应该说这不是一个梦，这是祖国正在前进的真正美景。^③我们的战士，就是在艰苦战斗以后的睡梦里，也在渴想着描画他们的祖国，他们的家乡现在的、未来的美景。

某天，当我沿着交通壕走向某连阵地的时候，听见前面一排洞子里，传出来一片沉重的锤声，跟那"杭唷""杭唷"的呼喊。而且还听到有两个声音在一递一句喝唱着：

我给它加一块砖！

我给它加一块瓦！

我给它再加一个螺丝！

我给它再加一个烟囱！

我顺着这声音，走到一个洞里，只见有两个战士正在坚石上打眼。^④一个掌着钎子，他的"虎口"被震裂了，

①比喻
作者把工厂的烟囱比喻成小树林，形象生动地写出了工厂之多。这也暗示着祖国在不断地发展。

②语言描写
从这几句话中我们可以看出中国人民干劲十足，这虽说是梦，但都会不断地实现。

③叙述
这里主要讲战士们的心里有祖国，祖国的不断变化，让他们做梦都甜。

④细节描写
两个在坚石上打眼的战士，有一个手被震裂了，另一个汗水扑扑地落在地上，但他们关注点却在歌声上，这是多么专心致志的干活精神啊。

裂纹里浸着血；另一个抢着铁锤，汗水湿透了衬衣，下巴上的汗珠扑扑地落到地上。为了节约灯油点起的松木"明子"，把他们的脸上、身上熏得乌黑。就是他们俩一递一句地低声喊着。

我说："同志们，你们给什么地方加一块砖、一块瓦呀？"

"给毛泽东城！"

"毛泽东城？"

"是呀，"抢铁锤的战士收了铁锤，擦了擦汗说，"①同志，你没听说吗，在我们祖国要修一座毛泽东城。这座城，把好几个城市连在一起，方圆好几百里！城里头的烟囱，要像这山上的树林似的。马路有 80 多公尺宽，能并排走下 40 辆汽车，比北京还大！"

"不，能并排走 48 辆汽车，这个城比你说的还大哩！"掌钎子的战士纠正地说。

拿铁锤的战士，用他那双充满光彩的眼睛望着我，继续说："同志，你说这座毛泽东城修起来该多好，它也许比一切城市都美！②能给它放一块砖、添一块瓦多光荣啊！我们俩叮叮当当地打着，打着，高兴起来啦，就觉着自己是在那儿修毛泽东城一样。所以我们俩就吆吆喝喝地唱起来啦！"说过，小伙子把汗水湿透的衬衣一脱，两手一拧，拿到洞口迎风一抖，又穿起来，一边喊："伙计，干吧！"马上又举起了那柄 8 磅重的大铁锤……③尽管，建筑毛泽东城只不过是战士们的传说和幻想，但是它却产生在对伟大领袖毛主席无限热爱和对祖国建设无比关切的感情中。祖国啊，你能告诉我吗，

❶语言描写
战士的话充分体现出他想为祖国做贡献的心情，从侧面也反映出他内心美好的畅想。

❷语言描写
战士的话进一步体现出他把能为祖国做出贡献看成是非常光荣的事情。

❸直接描写
这几句话充分体现出祖国在战士们心目中的位置，以及对祖国的热爱之情。

你的未来的道路究竟有多宽、多远、多美啊，你是以多大的魅力在吸引着人们！

每逢祖国新造的武器运到了朝鲜前线，更引起人们的欢喜和疼爱。某个年轻的师长，一听祖国造的无后坐力炮来到了，就马上喊参谋："快打电话，让他们先送一门来我看看。"①炮，架在他的门口，人们很少看见他用这么轻柔的动作抚摩着那乌亮乌亮的炮身，像以前抚摩他的战马一样。他低着头，足足看了有好几分钟，才又亲手给它穿上炮衣，让人抬走。他还眼送着那门炮，自言自语地说："如果我的小玲子还活着，我发给他这门炮，有多少坦克敲不烂它！"人们告诉我，小玲子是跟了他好几年的通信员，如果活着，今年是 19 岁了，是这里通信员里最小最逗人爱的一个。5 次战役当中，有一次，敌人的坦克快爬到师指挥所，警卫排布置开向坦克猛打，但机枪、步枪，所有的火力，都挡不住坦克的前进。②小玲子急了，就提着两个手榴弹冲了上去，像小燕子似的，一下子就爬到了坦克顶上。他先朝履带上插手榴弹，手榴弹滚掉了，把他也炸伤了。他脸上流着血，又去揭坦克的盖子，想把手榴弹投进去，可是怎么也揭不开，把人们急得棉衣都叫汗湿透了。据师长后来告诉人，他那时候，看着他的小玲子，恨不得替他咬开盖子，让他把手榴弹投进去。……后来，盖子从里面打开了，伸出了一支手枪，对着小玲子的胸脯乒乒就是几枪，小玲子是胸脯上带着好几粒子弹硬把手榴弹填进去的，坦克炸毁了，可是小玲子也躺在了那辆坦克上。——③我，我这才明白：今天祖国造的这么好的炮，

❶细节描写
师长摸着新造的武器就像在摸一匹有活力的战马，这样轻柔的动作表达了他内心无限的感慨。

❷比喻
作者在这里巧妙地运用了一个比喻修辞手法，形象地写出了小玲子的动作麻利。

❸叙述
作者在这里交代了师长在摸新武器时的无限感慨，他既为现在有新武器而高兴，又为以前战士们因为没有新武器而牺牲感到惋惜。

159

是怎样地牵动了我们这位师长的感情。当我跟师长谈起这事，师长感叹地说："我今年30多岁了，战争生活占了我年龄的一半。在这多年的战争里，我敢这样说，无论哪一个敌人，在勇敢上，在吃苦上，在接受作战经验上，都不能比得过我们、赶得上我们。美国鬼子更加差得多。可是我们却少一条，就是缺少现代化的装备。假若这样的一支军队，像小玲子这样的战士，加上充分的现代化装备，你不能想象它是多么的强大！<u>①</u> 有多少战士这样讲啊，他们说，不要说有超过敌人的装备，如果我们有跟敌人差不多的装备，我们就可以给他指定日子让他滚到大海里去。"他停了停，又继续说："反过来说，不也是这样的吗！敌人所以还敢这样逞凶要赖，难道不正是因为我们还没有强大的工业、充分的现代化装备，他觉得我们在这一点上还不如他吗？可是，现在祖国的建设是多么快，大规模的经济建设就要开始了。当我接到一门炮，即使一支手枪也好，我也觉得那么可爱，这不是一门炮、一支手枪，这是我们整个的祖国向着新的历史前进啊！"

隔了些日子，在一个晚上，我又去见我们的师长。<u>②</u> 在灯光下，他正支着腮微笑着，听参谋报告无后坐力炮初试锋芒的战果。这一天激烈的反坦克战，把敌人出动的30多辆坦克，击毁了18辆。参谋还兴奋地说，其中有一个炮手，他自己一个人就击毁了5辆。据连里报告，在这个战士刚准备开炮的时候，接连好几发坦克炮弹落在他的附近，就把他打得负了伤歪倒在战壕里。这时候，他手扶着无后坐力炮的脚架直起身子，又望着自

❶ 语言描写
从这里就可以看出我们的战士那种不服输的革命主义精神。

❷ 神态描写
师长对新武器的战斗力感到满意，这会让战士们如虎添翼，尽快取得胜利。

已的炮，低声唤着也已负伤的伙伴：^①"这是祖国新造的一门炮呀，还没打住一辆坦克，我们就随随便便地下去？不能！这样，我们对不起那些工人同志们！"那5辆坦克，就是他这样带着伤，血顺着袖子流着，连绑扎也没有绑扎的时候接连击毁的。事后，指导员找他去填立功喜报，他说："指导员，你不该先给我立功，你该先给他们立功！"指导员说："你说的是给谁立功呢？"他说：^②"给谁？给造这门炮的工人老大哥！这门炮真好使，起码，这个功劳应该他占一半，我占一半。"过后，这个战士还一直打听这门炮是哪里造的，他想写信去感谢他。师长听到这里，不由得笑了起来，点着头说："难道这炮是几个人造的吗？应该感谢祖国所有的工人老大哥们，将来，他们会把这些小老虎子，一个个都给插起翅膀来的！"

祖国的朋友们，祖国的父老们！从夏天到秋天，我在朝鲜战场上遇到的千万个战士，都让我转告你们：^③他们对您是多么感激。临津江还没有解冻的时候，就送来了单衣，秋风刚刚吹起，又收到暖暖的冬装；白发苍苍的老妈妈含着热泪献出了多年的积蓄；刚会写信的孩子，一口一声志愿军叔叔；这是多么叫人动心啊。而且，他们特别感激的是，你们在他们出国的两年间——只两年啊，把祖国，把他们的家园建设得这么美好。他们知道你们是辛苦的。他们知道你们在机器旁，在矿井里，在田野上，在森林中，在人烟稀少的荒山大岭，是多么的辛勤劳苦。^④因此，他们也知道，在你们的双手上展开的美景，是多么的可贵，他们知道需要用什么去

❶语言描写

战士自己虽说受了伤，但仍然在坚持，他不想白白浪费祖国新造的武器，就是这种想法消灭了更多的鬼子。

❷语言描写

可爱的战士当听说要给自己记功时，要求也给造炮的工人记一功，进一步说明祖国造的武器威力十分大，从中也赞美了工人的聪明智慧。

❸排比

作者在这里运用了一个排比句，把祖国老百姓对志愿军的关心表达了出来。

❹叙述

战士们看到祖国的新变化，更懂得这变化的不易，更加想保护我们伟大的祖国。

保卫，值得用什么去保卫。他们还要我转告你们：他们对祖国再没有什么令人猜不到的要求，只是挂心着祖国的生产建设。如果你们相信你们的子弟是英勇的话，请你们放心吧，能用多大的力气就用多大的力气去建设吧，他们一定要把三八线上的地下长城守好。他们自豪地称自己是"三八线上的哨兵"，他们要给祖国站岗，给朝鲜站岗，给亚洲站岗，给全世界站岗，直到圆满地完成这个哨兵的责任。而且他们还要不放松一分钟一秒钟的时间去逼敌人、挤敌人、折磨敌人，努力地把阵地推向前去。① 他们知道：多向前推一寸，战争和灾难就离祖国远一寸；多向前推一个山头，朝鲜人民就多一个可耕种的山头，多一个幸福的山头；三八线上的炮声，就离我们幸福的孩子、歌唱的机器、茂盛的庄稼更远。祖国的父老们，你们是这样热爱你们的孩子啊，假若你们愿意知道志愿军的声音、志愿军的心愿，这就是他们的声音、他们的心愿！

祖国，我们万无一失的领袖引导着的祖国啊，我们五万万颗爱国心燃烧着、沸腾着的祖国啊，你的大规模的经济建设就要开始了。② 你将一天比一天可爱，一刻比一刻可爱，没有人知道你究竟蕴藏着多大的力量，没有人知道你的前途究竟是多么美丽、广阔和辽远。为这样的祖国效忠，为这样英勇仗义高举国际主义旗帜的祖国效忠，是多么的愉快，多么的扬眉吐气，即使鲜血涂地也是多么的光荣啊。③ 朋友们，祖国的朋友们，党中央的号召，在我们的耳边响着，战士们用鲜血和生命争取的时间，又是这么宝贵，在这伟大建设的信号发

❶ 排比

作者运用了一个排比句式，把战士们的心声一一诉说了出来，从中我们可以看出战士们心里装的是祖国、是老百姓。

❷ 叙述

因为有伟大的领袖引导着我们伟大的祖国，所以祖国的前途是不可估量的。

❸ 疑问

作者在这里巧妙地运用了一个疑问句式，很好地引起了读者的思考，为下文埋下了伏笔。

起的时候，你是怎样地去迎接我们祖国的新的历史任务呢？……两年来，从祖国到朝鲜，我看见一面是热火朝天的建设，一面是在炮火弥天中奋不顾身的战斗，好像两个齐头并进的战场一样。让这两个战场相互鼓励也相互比赛，共同地把我们的祖国推向前进吧。① 在朝鲜的儿女们，必将以不断的胜利，奉献给祖国的人民；祖国的人民，特别是工人同志们，也请你们用花园一样美丽的祖国，来迎接有一天早晨凯旋的战士们！

1952 年 10 月于朝鲜西海岸

❶抒情············
故事最后写出了战士们会用不断打胜仗，来保护祖国人民。祖国人民也会让祖国变得更美好，来迎接凯旋的战士。

精华赏析

　　《前进吧，祖国》这个故事主要讲述了中国志愿军在支援朝鲜的两年中，中国发生了很大的变化，人民翻身当了主人，铁路通车，新式大炮问世等等一系列的发展，给了战士们无穷的力量。战士们在前线打胜仗，工人们在祖国搞建设，这些都预示着祖国会繁荣昌盛。

延伸思考

　　1. 在连队进行爱国教育时那个战士含泪让大家看什么？

　　2. 是什么让战士们越干越有劲？

　　3. 战士们想给什么地方添砖添瓦？

相关链接

　　坦克是陆上作战的武器，它具有直射火力，可实现越野及防护功能，主要用来与对方坦克或其他装甲车辆作战。坦克一般装备机枪、火炮等武器，作战凭的是火力，主要由武器系统、瞄准系统、动力系统、通信系统、装甲式车体等组成。

寄故乡

名师导读

故乡是一个令多少游子日思夜想的地方，那么作者的《寄故乡》会给我们带来什么不一样的思念呢？

----

① 不论走到什么地方，人总是爱他的故乡的。尽管他乡的水更甜，山更青，他乡的少女更多情，他乡的花草湖光更温柔；然而，人仍然是爱他的故乡的，爱它的粗朴的茶饭更好吃，爱它的乡音更入耳，爱它的淳朴的丝弦更迷人！

因此，故乡呵，当我听到你选我做你的代表的时候，不能不拨动我一种特殊的感情。这是在领受母亲温柔嘱托时的感情，这是在领受父亲严肃命令时的感情，这是一个忠诚的士兵，注视着连长信任的眼光，领受战斗任务时的感情。② 故乡呵，作为你的忠诚的儿子，我将如何地竭尽心力，完成你托付的一切呵。

故乡，你曾是一块多灾多难的地方。人们曾带着深沉的感情感叹过，中华民族的灾难是深重的；③ 而你，是灾难中的灾难，是人民的牢狱和坟场。在那黑暗的年代里，我听见过憔悴的母亲在黑窗户里面的绝命时的呻

❶开门见山

作者在文章开头点明主题，为下文埋下了伏笔。

❷抒情

从这句话可以看出作者感觉自己的责任重大。

❸比喻

作者把自己的故乡比喻成牢狱和坟场，形象生动地写出中华民族的灾难之沉重。

吟，我听见过哥哥那个失业工人的沉重的叹息。我看见过邻家姑娘 14 个钟头换来的两毛工钱如何被强盗们夺去，我看见过我的姐姐全家大小睡着的一领破席。我看见过，我还看见过无数的乡亲，他们从大破产的农村中流浪到城市，把亲生的女儿送到妓院，自己流落为军阀的士兵和盗匪。故乡呵故乡，我不爱你吗？① 可是你是怎样的一个故乡呵，你生产了那么多的棉花同小麦，可你却是连黑窝窝头都不让人吃饱的故乡呵。因此，我不能不离开你，我愿走得越远越好，我的头不愿再回一回，我的眼不愿再望你一望。故乡呵，我不是恨你，而是爱你，你若不在烈火中再生，你就同那些糟践你、凌辱你的恶魔一同在烈火中灭亡。

在遍地烽火的抗日战争里，你的灾难不是减轻而是更加深重了。"水、旱、蝗、汤"的灾难，已经把你的生命逼到了尽头。这一年，有 300 多万淳朴的人民饿死在自己的故乡，更不知道有多少人民四处逃亡。② 死尸无人收葬，蓬蒿越过屋顶。这是什么景象？这是连"地狱"也不会有的景象，这是生命濒于绝灭的蒋家王朝的"德政"呵。甚至连吃掉自己亲生儿女的惨剧，也竟然发生在我的故乡。当我听到这些消息，而又正当我们的革命大军向南挺进的时候，我递上了要求批准南下的请求书。故乡呵。我恨不得立刻抱上炸药．去炸开你罪恶重重的黑暗的牢门，哪怕我当时就倒在你的牢门之下。

③ 而终于呵，雷电劈开了你的牢门，巨风击落了你身上的枷锁。这是人民自己的数百万雄师进攻的雷电，这是中国人民要求生存的复仇的巨风。我在北中国的大

❶ 叙述

作者在这里痛斥黑暗的旧社会，辛苦一年的农民只能把丰收的粮食交出，自己却挨饿受冻。

❷ 直接描写

在战争年代加上天灾，老百姓简直就像生活在炼狱中，到处可见的悲惨事件，让作者只想远离。

❸ 比喻

作者把革命比喻成雷电，比喻成巨风，形象生动地写出了革命带来的巨大变化。

山岭上听到了这个消息，我挥着热泪，我怀着叫人战栗的喜悦，我要上得更高，我要看得更远。故乡呵，我要望一望你，我要望望，是谁，是哪一支部队，是哪一些爆破手、机关枪与大炮的射手解放了我的多灾多难的故乡呵。我恨不得立刻飞到你的街头，牵着勇士们的衣襟，去亲吻他们身上的血迹与战壕中带来的尘土呵。

① 呵，这是多么长、多么可怕的一场噩梦！

故乡，你醒来了。你在生命垂危的时候醒来了。你在共产党的雨露中醒来了。脚踏着欢腾叫啸的黄河，眼望着红光万丈的北京，你伸展着你的身子，舐着你的伤口。曾几何时，家人的书信飞来，朋友的书信飞来，乡亲的书信飞来，故乡呵，你已经变成了我的美丽的故乡了。我问，我散步的那条小路呢？他们说，铺着柏油的林荫大道。我问，那路边的茅棚呢？他们说，已经变成了一片高楼。我问，侄儿呢？他们说，正在学制造拖拉机。我问，侄女呢？他们说，在新建的工厂里，最近加入共产党。——哦，那想必是一个不错的青年女工。我再问，再问，他们就说，还是回来看看吧，保准你会迷了路。

② 哈哈，朋友们，迷了路算什么呢，今天在故乡迷路的，怕不是我一个，就是在故乡找个向导，也不会算是丢人的。呵，侄女儿，愿你和你同伴的姑娘们，为人们制作更多的用品吧。侄儿，愿你和你的伙伴们，为长时期受苦受难的故乡快制造拖拉机吧。朋友们，愿你们建设起更多的工厂，让它们手拉着手，肩并着肩，让它们的烟囱冒出的黑烟，像画家豪迈的大笔一样抹上我故乡的天空，愿它们的尘灰，落上我窗前的牵牛花，就像鞍山的

❶比喻‥‥‥‥‥‥‥

作者把没有解放的日子比喻成一场噩梦，形象生动地写出了旧社会人们生不如死的日子让人感到害怕。

❷直接描写‥‥‥‥

故乡在毛主席的带领下不断地变化，变化得让作者找不到路，作者感到十分高兴，他喜欢这样的变化。

❶直接描写

故乡变得越来越好，远方的游子不怕迷失，反而更喜欢这样的迷失，因为他们都希望自己的故乡变得更美。

❷叙述

作者在这里写出来自己的心声，是毛主席带领着我们走上了幸福的道路，人们将永远感谢毛主席。

美人蕉披上一层工业战线上的光荣的战尘。① 朋友们，当我回去时，我不怕迷失路，我愿意迷失路，愿意迷失在你们生产品的小山旁，迷失在你们烟囱的丛林里，迷失在你们家园美丽的小径中，像我错走进天宫一样。

故乡，我的历尽苦难而终于走向幸福的故乡，你走过的道路，我是知道的；你的心愿，我是了解的。我将怀着你的意志和心愿，踏上怀仁堂的石阶；我将怀着你们满腔的热诚与感激，走到毛主席的身边。通过《中华人民共和国宪法》的时候，我将怀着对社会主义故乡的渴望，举起我的双手。② 选举中华人民共和国主席的时候，我将用我们千千万万父老的感激的热泪，写上象征着我们全体人民、各个民族光明与希望的名字："毛泽东。"父老们！我将怀着你们这样的心愿和意志，以尊严而又虔诚的步子，走向怀仁堂去。

1954 年 9 月 17 日晨 3 时草

精华赏析

《寄故乡》作者选用了对比的写作手法，对故乡变化前的感觉与变化中的感觉做了对比，从而表达出对毛主席的感谢之情。

延伸思考

1.作者为什么说故乡是一个多灾多难的地方?

2.在抗日年代里,故乡遭遇了什么灾难?

3.选举中华人民共和国主席的时候,作者心目中的名字是?

相关链接

怀仁堂位于丰泽园东北边,属于中南海内主要建筑之一,原为仪鸾殿旧址。仪鸾殿在光绪年间建成,戊戌政变之后,慈禧太后就在仪鸾殿亲自训政,这里成为当时的政治中心。北洋政府结束后,怀仁堂成了集体婚礼的场所。1949年,中国共产党在怀仁堂召开第一届中国人民政治协商会议。中华人民共和国成立后,它成为中央政府的礼堂,经常举行各种政治会议和文艺晚会等活动。

我的老师

名师导读

每个人都有老师，在人的一生当中一定有一位老师会给你留下深刻的印象。那么，作者在这篇文章中讲了什么样的老师呢？

❶叙述

作者不想写一些大家都知道的套话，但又没有特别有见解的话，所以感觉有点为难，这也体现了作者的坦率和真诚。

❷运用成语

作者在这里巧妙地运用了"逼上梁山"这个成语，形象地写出了自己被迫写这方面内容的原因。

"教师报"增加了副刊，编辑同志嘱咐我给教师朋友们写篇文章。写些什么好呢，想了好半天，也没有一点儿进展。①写些大家都知道的话吧，自己也觉得害羞。写些有见解的话吧，自己并没有体会过教师这种职业的甘苦。多年以前，我上过几年初级师范，也想过从事这种职业。可是那时候的社会，包括那些培养师资的人们在内，连8块钱一个月的教书的活路，都不肯施舍给我。②我只有"逼上梁山"，以后也就没有机会去尝受这种职业的甘苦了。

我想来想去，记忆解救了我。我想起了一同和我度过童年的几位老师。他们的样子甚至他们的衣服样式和颜色，都是这样清晰地浮在眼前。童年的记忆是多么珍奇！愿这些永远珍藏在我的记忆里，我愿永远地感念他们。当然，在我想起他们的时候，也不免回想起我自己——

当时一个孩子的一些甘苦。而这些甘苦，却未必是他们能够知道的。① 因为这些是存留在距成人很近又很遥远的另外一个世界。今天让这个 20 多年前的孩子来谈谈心吧，这对许多教师朋友，纵然无益，也会是有趣的。

在我 8 岁那年，我们县城的一个古庙里开办了"平民小学"。这所小学有两个好处，一是不收学费，二是可以不做制服。这对县城里的贫苦子弟是一个福音。也就在这时候，我和我的小伙伴们变成了学生。我们新领到了石板、石笔，真是新鲜得很，整日在上边乱画。新领的课本，上学下学都小心地用手帕包起。② 回家吃饭，也觉得忽然高了一头，有了十足的理由。如果有哪一个孩子胆敢说我们的学校不行，那就要奔走相告，甚至立刻动武，因为他就是我们当前最主要的敌人。总之，我们非常爱自己的学校，日子过得非常快乐。而且自满。可是过了不久，就发生了一件事情：我们班上换来了一个姓柴的老师。这位柴老师是一个瘦瘦的高高的个子。他对我印象最深刻的有下面三点：一是他那条扁起裤管的灰色的西装裤子，这也许是在小县城里还很少见的缘故；二是他那张没有出现过笑容的脸孔；三就是他手里拿着的那支实心竹子做的教鞭。终于有一天，在上课的时候，也许我歪着头正看窗外的小鸟吧，或者是给邻座通报一件在当时看来是应当立刻通报的事情，总之，冷不丁地头上挨了重重的一鞭。③ 散学后，我两手抱着头哭回家，头上起了像小馒头那么大的一个血包。（当然，今天也并没有影响我的工作！）我当时哭着说："我再也不上学了。"妈妈也在心疼的情况下对我作了妥协。

❶直接描写

这一句话充分体现出学生年代那段少不更事的时光一去不复返。

❷直接描写

小孩子上学后感觉自己长大了，以及处处维护自己的学校，从而体现出学生对自己学校的喜爱之情。

❸夸张

作者在这里运用了夸张的修辞手法，进一步突出了柴老师对学生的严厉要求。

❶叙述

从这里很好地体现出小孩子天真烂漫的性格。

① 可是待了不几天，我就又跳跳蹦蹦地跟同伴们一起回到学校里去，好像什么事情也没有发生过。然而今天我愿意揭开当年儿童世界里的一件秘密：我之所以重新走进学校，实在是因为我舍不得另一个程老师，舍不得那些小伙伴，特别是舍不得学校里的那个足球！

最使我难忘的，是我的女教师蔡芸芝先生。

她是我的二年级、三年级和四年级前一学期的教师。

❷外貌描写

作者紧紧抓住老师的年龄、长相来给读者介绍自己温柔美丽的老师。

② 现在回想起来，她那时大约有十八九岁。右嘴角边有榆钱大小一块黑痣。在我的记忆里。她是一个温柔和美丽的人。

她从来不打骂我们。仅仅有一次，她的教鞭好像要落下来，我用石板一迎，教鞭轻轻地敲在石板边上，大伙笑了，她也笑了。我用儿童的狡猾的眼光察觉，她爱我们，并没有存心要打的意思。孩子们是多么善于观察这一点呵。

在课外的时候，她教我们跳舞，我现在还记得她把我扮成女孩子表演跳舞的情景。

❸叙述

作者在这里详细地讲了老师与学生之间亲密无间的关系。

③ 在假日里，她把我们带到她的家里和女朋友的家里，在她的女朋友的园子里，她还让我们观察蜜蜂，也是在那时候，我认识了蜂王。并且平生第一次吃了蜂蜜。

她爱诗。并且爱用歌唱的音调教我们读诗。直到现在我还记得她读诗的音调，还能背诵她教我们的诗：

圆天盖着大海，

黑水托着孤舟，

远看不见山，

那天边只有云头，

也看不见树，

那水上只有海鸥……

① 今天想来，她对我的接近文学和爱好文学，是有着多么有益的影响！

像这样的教师，我们怎么会不喜欢她并且愿意和她亲近呢？我们见了柴老师像老鼠见了猫似的赶快溜掉，而见了她不由地就围上去。即使她写字的时候，我们也默默地看着她，连她握铅笔的姿势都急于模仿。

有一件小事，我不知道还值不值得提它，但回想起来，在那时却占据过我的心灵。我父亲那时候在军阀部队里，好几年没有回来，我跟母亲非常牵挂他，不知道他的死活。② 我的母亲常常站在一张褪了色的神像面前焚起香来，把两个有象征记号的字条卷着埋在香炉里，然后磕了头，抽出一个来卜问吉凶。我虽不像母亲那样，也略略懂了些事。可是在孩子群中，我的那些小"反对派"们，常常在我的耳边猛喊："哎哟哟，你爹回不来了哟，他吃了炮子儿啰！"那时的我，真好像父亲死了似的那么悲伤。这时候蔡老师援助了我，批评了我的"反对派"们，还写了一封信劝慰我，说我是"心清如水的学生"。③ 一个老师排除孩子世界里的一件小小的纠纷，是多么平常，可是回想起来，那时候我却觉得是给了我莫大的支持！在一个孩子的眼睛里，他的老师是多么慈爱、多么公平、多么伟大的人呵。

每逢放假的时候，我们就更不愿离开她。我还记得，放假前我默默地站在她的身边，看她收拾这样那样东西

①叙述
这句话充分体现出老师对作者的影响力之大。

②直接描写
作者是从一个孩子的视觉来描写母亲的行为，在他看来母亲的做法十分神秘。

③直抒胸臆
作者在这里采用直抒胸臆的表现手法，抒发了自己对老师的热爱之情。

的情景。蔡老师！我不知道你当时是不是察觉，一个孩子站在那里，对你是多么的依恋！……至于暑假，对于一个喜欢他的老师的孩子来说：又是多么漫长！记得在一个夏季的夜里，席子铺在当屋，旁边燃着蚊香，我睡熟了。不知道睡了多久，也不知道是夜里的什么时辰，我忽然爬起来，迷迷糊糊地往外就走。母亲喊住我：

① "你要去干什么？"

"找蔡老师……"我模模糊糊地回答。

"不是放暑假了么？"

哦。我才醒了。看看那块席子，我已经走出六七尺远。母亲把我拉回来，劝说了一会，我才睡熟了。我是多么想念我的蔡老师呵！至今回想起来，我还觉得这是我记忆中的珍宝之一。一个孩子的纯真的心，就是那些在热恋中的人们也难比呵！……什么时候，我再见一见我的蔡老师呢？

② 可惜我没有上完初小，就和我们的蔡老师分别了。我转到城西的县立五小去上完最后一个学期。虽然这时候我同样具有鲜明而坚定的"立场"，就是说，谁要说"五小"一个不字，那就要怒目而过，或者拳脚相见。可是实际上我却失去了以前的很多欢乐。例如学校要做一律的制服，家里又做不起，这多么使一个孩子伤心呵！③ 例如，画画儿的时候，自己偏偏没有色笔，脸上是多么无光呵！这些也都不必再讲，这里我还想讲讲我的另一位老师。这位老师姓宋，是一个严厉的人。在上体育课的时候，如果有一个人走不整齐，就要像旧军队的士兵一样遭到严厉的斥责。④ 尽管如此，我的小心眼儿里

❶对话描写

这一组对话充分体现出作者对蔡老师的思念之情。

❷过渡句

这一句在文章中起着承上启下的作用，属于一个过渡句。

❸举例子

作者巧妙地运用举例子的写作手法，来描述一个小孩子的心理活动。

❹心理描写

作者虽然不喜欢老师对自己过于严厉的教导，但却享受着严师出高徒的好处，作者的这种写法很容易引起读者的共鸣。

仍然很佩服他，因为我们确实比其他学校走得整齐，这使我和许多"敌人"进行舌战的时候，有着显而易见的理由。引起我忧虑的。只是下面一件事。这就是上算术课。在平民小学里，我的"国语"（现在叫"语文"）比较好，因而跳过一次班，算术也就这样跟不上了。来到这里，"国语"仍然没问题，不管作文题是"春日郊游"或者是"早婚之害"，我都能争一个"清通"或者"尚佳"。只是宋老师的算术课，一响起铃声，就带来一阵隐隐的恐惧。上课往往先发算草本子。每喊一个名字，下面有人应一声"到——"，然后到前面把本子领回来。① 可是一喊到我，我刚刚从座位上立起，那个算草本就像瓦片一样向我脸上飞来，有时就落到别人的椅子底下，我连忙爬着去拾。也许宋老师以为一个孩子不懂得什么叫作羞惭！从这时起，我就开始抄别人的算草。也是从这时起，我认为算术这是一门最没有味道的也是最难的学科，像我这样的智力是不能学到的。一直到高小和后来的师范，我都以这一门功课为最糟。我没有勇气也从来没有敢设想我可以弄通什么"鸡兔同笼"！

……上面，就是和我一起度过童年的几位老师。② 今天，当我回忆着他们并且叙述着他们的时候，我并不是想一一地去评价他们。这并不是这篇文章的意思。如果说这篇文章还有一点意思的话，我想也就是在回忆起他们的时候，加深了我对于教师这种职业的理解。这种职业——据我想——并不仅仅依靠丰富的学识，也不仅仅是依靠这种或那种的教学法，这只不过是一方面。也许更重要的，是他有没有一颗热爱儿童的心！

读书笔记

❶比喻
作者把算草本比喻成瓦片，形象生动地写出了老师因为自己数学太差而生气的样子。

❷叙述
作者在这里解释了自己写作的本意，很好地让读者抓住文章的重点。

175

❶强调

作者在这里着重强调了作为老师要拥有一颗爱学生的心，这是重点所在。

① 假若没有这样的心，那么口头上的热爱祖国啰，对党负责啰，社会主义建设啰，也就成了空的。那些改进方法啰，编制教案啰，如此等等也就成为形式！也许正因为这样，教师——这才被称作高尚的职业吧。我不知道我悟出的这点道理，对我的教师朋友们有没有一点益处。

1956 年 9 月 29 日匆作

精华赏析

《我的老师》这篇文章主要讲述了几位给作者留下深刻印象的老师，有严厉的，有慈祥的，有让作者受益一生的，也有让作者感到畏惧的，不管什么样的老师，都要有一颗爱学生的心才称得上是好老师。

延伸思考

1. 作者 8 岁的时候因为什么挨到老师一教鞭？

2. 是谁让作者喜欢上了文学？

3. 作者转到城西的县立五小后感觉怎样？

相关链接

教鞭一般是教师讲课的时候用来指着板书的木棍。过去教师常用教鞭来体罚和鞭策学生，随着社会的进步，现代社会教学通常使用可发出红色激光的电子教鞭来代替传统的教鞭。

黄河，母亲的河

名师导读

黄河自古以来就有"母亲河"之称，作者笔下的黄河又有什么不同呢？

① 黄河，是我故乡的河，母亲的河，我从小对她就是熟稔的和亲昵的。长大以后，随着时代的风云，我又多次渡过她的激流，也察看过她各段的腰身和雄姿，可是却没有观赏过有名的壶口瀑布，我不能说不是一件憾事。

黄河，永远像诗像梦一般地留在我童年的记忆里。她离我住的县城不算太远，我和别的孩子有时到那里去远足。我还记得，离黄河五六里远，就听到远远传来呼隆隆，呼隆隆，一种近乎天际滚过的轻雷。开始我不知道是什么，别人说这就是黄河的涛声：夜静时分听得还要远呢！住在黄河岸上的人，大约十几里外在枕上就能听见这隆隆的涛声了。② 我第一次走到她的身边时，真要惊呆了。哦，这就是黄河吗？她那铺天盖地而来的赭红色的滚滚黄流，无涯无际，就仿佛整个大地在向前移动，而你站在岸边，反而像站在船

❶ 开门见山

作者采用了开门见山的写作手法，提出自己的写作意图，为下文埋下了伏笔。

❷ 心理描写

从这一句话我们就能想象到作者看到黄河时惊讶的样子。

❶细节描写

作者在这里细致描写黄河的水势汹涌，增强文章的表达效果和气势，深化中心。

❷抒情

作者把黄河看成自己的母亲，所以回回都对黄河充满留恋之情。

❸叙述

这一句话进一步说明作者为没有顾得上好好观看黄河而感到惋惜。

上向后飘去。① 我也曾登上邙山之巅看过黄河：遥望北岸，仅能看到一条窄窄的模糊的黑线；而向西一望，更是天连水，水连天，那汹涌澎湃的黄河，就像真的是从天上倾下来似的。唯有这时你才能真正体会到"黄河之水天上来"的境界。我相信这位天才的诗人，如果不是到过我的家乡，是决不会写出这样的诗句来的。黄河啊黄河，你是何等的浩瀚呵！你的雄伟磅礴的气概有谁能够与之相比呢！难怪人们把你看作我们中华民族的象征了。

卢沟桥的炮声震动着全国青年的心。接着是敌寇深入华北，大片国土沦丧。当我面对着黄河滔滔的巨浪时，不知怎的，我再也制止不住自己的泪水了。② 黄河啊，那一次我记不清洒向你多少泪水了！当时我写下了500行的长诗，随之便离开了故乡。

在西安，我赴延安的行动受阻。不得不折返潼关。在这里我又看到了黄河。她刚从秦晋的峡谷里奔腾而出，顿时呈现出狂放不羁的性格，那一泻千里的气势是何等的豪迈！当我在汹涌的水流上回顾巍巍雄关，也许因为一种慷慨赴战的心情，觉得祖国的山河真是从来未有的壮丽！

此后，我接触的就是秦晋峡谷间的黄河了。1938年春初，我随军经山西吉县到延安去，正巧在壶口附近渡河。③ 可是一来军情紧急，日军距我仅15华里，二来黄河正在解冻，我们便急匆匆地踩着冰越过去了，哪

注释

华里：长度单位，1华里等于500米。

能看到壮观的壶口瀑布呢！我只记得，当时每个人挟着一束谷草，边走边把谷草铺在冰上。黄河的冰足有一两丈厚，有一块已经深深地陷了下去，我们是沿着曲曲折折的冰的边缘走过去的。

在延安经过八九个月的学习，我又回到前方。这次是在壶口的上游佳县渡河。①尽管黄河在秦晋峡谷中涛声震耳，常常发出狮虎一般的吼声，可是比起我故乡的黄河，我总觉得她不是黄河。我同伙伴们一起跨上木船，本来想在船浮中流时好好地欣赏一番，不想在艄公们的呐喊声中，船颠了两下便像箭一般地斜射到了对岸。从此，我便好多年没有见过黄河。

解放战争后期，我随大军参加了解放大西北的战役，又在潼关南渡黄河。解放宁夏后，我便和我的团队一起，驻守在黄河边的一座小城。那时我朝朝夕夕都可以看到黄河，来往银川也要渡过她。这里虽不像我故乡的黄河那样浩瀚，但却比秦晋峡谷中的黄河宽阔得多。②她行驰在贺兰山下的黄土高原上，显得那样从容不迫；水流上不时漂过的羊皮筏子，也浮浮沉沉悠然自得。她是多么尽职尽责地滋润着这里的土地，使这里成为塞北江南。

近几年，我又看了包头、兰州等处的黄河，还有青海高原"远上白云间"的黄河。黄河的源头对我自然是有吸引力的，但未必有亲近她的机缘了。而近在咫尺的壶口瀑布却始终没有观赏过，这不能不是最大的憾事。
③终于，这次乘赴延安的归程之便，可以了却这一

❶比喻

作者巧妙地运用比喻修辞手法，把黄河发出的声音比喻成狮虎的吼声，形象生动地写出了黄河的声势之大。

❷拟人

作者巧用拟人修辞，来歌颂黄河的伟大。

❸过渡段

这一个自然段在本文中有承上启下的作用，属于一个过渡段。

179

心愿了。

听说我们要去壶口，延安的朋友连忙告诫说："你们可不要离瀑布太近了！一旦忘乎所以，那可就麻烦了！"我却开玩笑说："那就顺便回一趟故乡吧！"

壶口在宜川境内，距县城还有 100 多华里的路程。我们在宜川略事休息就上路了。路上，宜川的同志说，壶口是黄河唯一落差 40 多米的大瀑布。而距壶口下游 50 里的龙门却有名得多。① 一本古籍说，龙门下往往集大鱼数千，上不了龙门；上去的就变成龙，上不去的就"点额破腮"。可是龙门之下，鳞介畅游无阻，并没有什么上不去的地方。志书还说，黄河到了龙门，直下千仞，地皆震撼。其下湍澜惊波，如山如沸。可是龙门也没有这种景象，有这种景象的倒是壶口了。因之，古来所说的龙门，实际上指的就是壶口。清乾隆年间宜川的知县吴炳多次在实地考察，想来他的这个看法是有道理的。

蓦然间，已传来黄河隆隆的涛声。原来车子已经驶出山口，正在陡峭的河岸上沿河而上。② 这涛声在深谷中回旋激荡，越来越显得激越和沉重，一如怒雷在山间回响。过去我听《黄河大合唱》，尤其是《保卫黄河》一段时，常常敬佩作者真的把黄河的涛声摄取到旋律中了。今天我听了黄河涛声，不禁又沉入那"风在吼，马在叫"的令人热血沸腾的呐喊里。"这就叫'十里龙槽'。"宜川的同志又说，据史书记载，大禹治水就是从壶口开始的。在"龙门未碎，吕梁未凿"

❶引用

作者在这里引用了古籍上的说法，为黄河增添了几分神秘色彩。

❷比喻

作者把黄河的涛声比喻成怒雷，形象生动地写出了黄河涛声的气势之大。

之前，黄河在这里受阻，上面是一片洪水。就是这位大英雄率领万千百姓，在这里凿开了河水的通道，才使这条滚滚巨流宣泄而下。① 当地还传说，壶口附近有一个衣锦村，禹的家就在那里。禹新婚离家，三过家门而不入的故事也出在这里。不管这传说是否准确，都表现了人民对他的钟爱。有趣的是，当地人为大禹修的庙宇，不说是"大禹庙"，也不称为"禹王庙"，而称之为"姑夫庙"，可见是以乡亲相称了。② 我望着十里龙槽两岸青石壁上那些斑斑驳驳的遗痕，究竟是先民们辟凿的呢，或是这巨流不舍昼夜冲刷的呢，还是这两者兼而有之的呢？想到这里，我不禁对先民们的艰苦创业肃然起敬了。

正谈叙间，忽见前面的河谷里腾起了几丈高的白烟，仿佛大团大团的白云落在峡谷里。刚想动问，宜川的同志就指着白烟笑道："那儿就是壶口瀑布了。"

③ 在黄河峻拔的高岸上，有一个很好看的观瀑亭，但是谁也不愿留在那里，满地都是紫色的岩石，被常年水流冲磨得异常润滑。我们要想进入龙槽接近瀑布还得再爬下一个陡岸。这时就听宜川的同志在后面喊："不要下去了！不要下去了！"可是我们望见升腾着白烟的瀑布下，簇拥着的游人正在指指划划地观看，怎肯就此止步呢！说话间，我们就攀援着巉岩跳下去了。我刚刚接近瀑布，想站在岩石上留一个影，不意被溅起的飞沫打得衣襟尽湿，不得不向后退了几步。这时，忽听耳边有人叫："彩虹！彩虹！"我仰头一望，果见头顶蒸腾

❶引用
作者在这里巧妙地引用了传说，增加了故事的可信度，激发了读者的阅读兴趣。

❷抒情
青石壁上的斑斑驳驳的遗痕不管是先民们辟凿的，还是大自然的杰作，都令读者感到了不起，从心中不禁生出对人与大自然的感叹之情。

❸直接描写
这几句话告诉读者虽说有一个很好的观瀑亭，但是因为那里异常光滑，所以不宜停留。

❶直抒胸臆

作者在这里抒发了自己对壶口壮观景色的赞美之情。

❷比喻

作者在这里巧妙地运用了比喻的修辞手法，形象生动地写出了黄河在壶口的壮观景色。

❸直抒胸臆

作者在这里对黄河进行了高度的赞美，黄河就像伟大的母亲，不容任何人轻侮。

的白雾中挂着一弯伸手可触的七色彩虹。① 此时此地，虽上有惊涛凌空但不见其状，下有深渊雷鸣也不见其形，一切都为白皑皑雾蒙蒙的雪涛所掩盖，只觉山摇地撼，夺人心魂。

　　"还是到上面来吧！这里好看。"上面有几个同志喊道。我立刻攀缘上去，立在惊涛扑下断崖处。果然一切尽收眼底。向北望去，那汹汹黄流简直像千万匹战马疾驰而来，两岸群山却似在惊飞后退；② 俯视窄窄的壶口，惊人的狂涛如同三条争相夺路的黄龙扑下断崖。呵！看，黄河在一霎时竟立起来了！呵，壶口瀑布，你哪里是什么瀑布呢？一条偌大的黄河，在秦晋峡谷间也足有 400 米宽的黄河，要从仅仅三四十米宽的壶口冲过去，这该是何等的声势呵！世界上哪有这等声势的瀑布呢！不，这不是瀑布，这既不是高山断崖间那种雄浑的匹练悬空的瀑布，也不是静谧幽深的山林里那种如珠帘垂落的瀑布。③ 更不是那种曲转蔓回、细流如线、饮泣似咽的流泉；这是夺路求生的惊涛，是冲决一切的狂澜，是集万钧之力准备与敌决一死战的大军，是不容任何人轻侮的、黄河之被称为黄河的那种力量和尊严！

　　在这一霎之间，我似乎进一步感悟到黄河的性格了。呵，我的故乡的河，母亲的河！你像你的土地那样朴素，那样厚重和真诚；你挚爱和平，并不想要别人的什么；你的坚忍力常常出人意料；当你驰行在西北高原时，你是那样雍容大度；当你进入秦晋峡谷，被两岸群山紧紧地约束着，你仍然忍受了依你的性格所不能忍受的；可是，当你进至壶口，恶岭怪石要从根本上断绝你的生路时，你暴怒了，你再也不能忍受了，这时候，你才显示出你内在的真正的性格。你的无可抵御的伟力，掀起万丈狂涛，予毁灭者以毁灭！

① 呵。黄河！我故乡的河，母亲的河，中国的河！

1992 年 5 月于北京

❶抒情
作者在文章最后对黄河进行了高度的赞美。

精华赏析

《黄河，母亲的河》主要讲述了黄河的壮观景色，作者赞美了黄河的朴素、厚重、真诚、坚忍、大度，就像伟大的母亲一样，本来不想和任何人争什么，但在生死存亡的关键时刻，就会爆发出无可抵御的伟大力量。

延伸思考

1. 黄河在作者的童年里像什么？
2. 作者第一次看到黄河的时候的感觉是怎样的？
3. 为大禹修的庙叫什么庙？

相关链接

姑父庙是古人为纪念大禹治水的功德而修建的庙。传说，大禹在凿壶口、劈孟门时，借宿在一户周姓人家里。这家住着一对老夫妻和

183

他们十六七岁的女儿。睡到半夜，水浪滔天，洪水快把村子淹没了。在这危险之际，大禹把一家三口救到村子最高处的榆树上，就又去救其他人。他人单力薄，才救下一对青年男女，整个村子就被洪水淹没了。大禹急忙召应龙把孟门凿开，黄河水才泄下去，被淹没的村子又显现出来。但是，村子里的人除了被大禹救下的人外，都被洪水冲得无影无踪了。为了这个村的香火，大禹让青年男女结为夫妻。老两口为了报答大禹，也把女儿许配给大禹。大禹成婚后第三天就离开去治理洪水了，他夜以继日，三过家门而不入，最终带领众人凿开壶口，解除了水患。村里的后人感念他的恩德，就在那棵救命的老榆树下给大禹修建了庙，还塑了像，给大禹的妻子也修了座小庙。后人称大禹妻子的庙为"姑姑庙"，称大禹的庙为"姑父庙"。

您好，延安！

名师导读

《您好，延安！》这看似作者在给老朋友"延安"打招呼的篇名，把我们引到了作者曾经战斗的地方——革命圣地延安。

一

已经有 54 年不曾回过延安了。

①呵，延安！当年来到你身边的时候，我是多么年轻呀，也许刚刚 18 岁吧，我是一条多么幼弱的溪水呀！可是终于汇到你这条大川里来了，我成了这大川里的一朵小小的欢笑的浪花。延安呵，那时你真不愧是时代的熔炉，经过你的锻冶，我又随着大川流向远方，没有人知道有多远的远方。大川总是对我说：光明就在前面，冲呵，前进呵，不要停止，不要后退，要冲出一条生路来，杀出一条生路来。②我听了大川的话，我也呐喊着，勇气百倍地前进着。因为小溪流汇进大川。已经同大川融为一体了，它也有了力量，有了更强大的生命了。大川奔腾着，一往无前地奔腾着，沿途的小溪流纷纷投进她的怀抱，大川也越发壮阔豪迈，涛声震撼着原野和群山。③一座又一座的怪石恶岭穿过去了，那些看来无法

①比喻

作者把延安比喻成一条大川，把自己比喻成一条小溪，形象生动地体现了作者在革命队伍里的成长经历。

②直抒胸臆

作者在这里交代了自己听从党的话，就有了大步向前的勇气。

③直接描写

这几句看似在描写作者走过的路，实质是在讲述自己追随革命队伍的点点滴滴。

逾越的绝路也冲过去了。已经记不清经过多少有名与无名的山水了。终于迎来了一个百花盛开、芳草如茵的绿洲。但是，这不是大川的终点，她的终点是更加美丽的阳光明媚的大海。

大川问小溪流：你还记得自己的来历吧？小溪流说：我怎么能忘记赋予我生命和力量的源泉呢！

二

① 于是，我和几个老战友——还是说几条小浪花吧——来到了延安。

我们是经过整整一天的奔波，于黄昏时分来到延安的。我们想看看宝塔山，想看看凤凰山，想看看清凉山，想看看清清的延河水，可是它们在夜色里都过于朦胧了。我们一下子便闯进灿烂的灯火织成的海洋里。呵，延安，你确实变了！古老的城墙，古老的钟鼓楼看不见了。展现在我们眼前的，是好巍峨的高楼，好宽阔整齐的街道呀！ ② "那时，你们在延安的时候，就想到了会有今天吗？"是的，那时我们看到凤凰山上那高一层低一层错错落落的窑洞里的灯火，就这样说：我们会有明天，美好的明天。现在，这再也不是现实的梦，而是梦化的现实。我们这些小浪花都不禁一齐欢叫道：您好呵，母亲！您好呵，延安！

三

沿着延河，我们来到杨家岭、王家坪和枣园。我们来的时间真好，枣园的桃花、梨花和丁香花全开了。园

读书笔记

❶比喻
作者把自己和战友比喻成小浪花，回到延安这个大川，形象生动地写出了自己回到延安的欢快心情。

❷疑问
作者在这里巧妙地运用疑问句式，引起了读者的思考。

里是这么幽静、闲适，一派乡里风味。① 这儿曾居住过世界上最强大、最忠实、最勇敢、最富有理想也是最高尚的灵魂。我们脚步轻轻地走着，就仿佛他们仍然在工作，不愿惊扰他们。我们沿着小径一面走，一面听那位陕北姑娘如数家珍地说着他们的故事。她说，毛主席有一次发现，住地的一位农村青年有些懊丧，问起他来才知道他还没有找着媳妇。毛主席帮了忙，找到了一个姑娘。青年很高兴。可是过了很长很长时间还不见结婚。"为什么不结婚呢？"毛主席问起来，青年才说："她非要坐花轿不可，我到哪里找呢？"② 毛主席笑着说："这个好办。"就找人把八仙桌子倒过来。上面扎了个花花绿绿的棚子，还缠上彩绸，插上鲜花，就嘀嘀嗒嗒地把新人娶过来了。大家听了，不由哈哈大笑。

　　暖暖的阳光照着，轻轻的风儿吹着。我们跨进一个院落又一个院落，走进一个窑洞又一个窑洞。我们徘徊复徘徊，流连又流连，似乎还想同那些伟大而高尚的灵魂进行交谈。③ 可是在这里，只有毛泽东终年陪伴的油灯，只有周恩来的纺车，只有刘少奇磨秃了的毛笔，只有朱总司令的镢头和棋盘。再就是那同黄土高原一样颜色的墙壁，和那些简陋的木床、木桌、木椅了。呵！高尚而伟大的灵魂！清贫而朴素的生活！真是一尘不染的洁白呵！然而就是这些黄土窑洞，这些简陋的木桌、木椅，赢来了一个崭新的中国！

　　④ 回想当年，延安是一座多么奇异的城市。小米饭豆芽菜呵。挖窑洞开荒呵，背粮背柴呵，可是她却从早到晚都是歌声。这似乎是一座难以理解的艰辛而又充满

❶直抒胸臆
　　作者在这里高度赞扬了伟大的革命领袖——毛主席。

❷语言描写
　　从这几句话充分体现出我们伟大的毛主席是一个多么关心老百姓的好领袖啊。

❸直接描写
　　作者只能通过伟大领袖们用过的东西，来怀念过去。

❹概述
　　这一句是这一自然段的中心句，具有总领全段的作用。

着欢乐的城市，一座贫穷却又是最富有的城市！他们靠的什么？难道不是胸中燃烧着的革命理想吗？失去革命理想还有什么延安精神呢？延安呵！什么都可以丢，唯独延安精神不能丢呵！

四

我登上了清凉山。

① 你是要寻访旧迹吗？是的。当年有一个刚刚 18 岁的青年，他到这里来住过。这里不仅有他许许多多的脚印，而且他在这里加入了一支最崇高最壮丽的队伍。不错，那还是一个很美好的春日，就在这山上的一个窑洞里，他面对着马克思和列宁的画像举行了入党宣誓。可不是吗，一切都像是在昨天。

"是这座窑洞吗？""不，不是。""是那一座吗？""似乎也不像。""那么，大概是这一座了？""是的，有点像了。好，就在这里照张相吧。"

照完相，我依然默默地站在那里。对面就是宝塔山，西面就是凤凰山，山下就是延安城和延河的流水。我静静地望着她们，望着她们。② "你是想再待一会儿吧？"是的，我是想再待一会儿。"你是想对她们说什么吗？"是的，我心里的确有几句话要说。当年我是一个普普通通的青年，我是为了寻找真理来到你身边的。几十年在硝烟和风雨中过去了，今天，我应该说：你的确给了我真理，你没有欺骗我。③ 而且我想说：你告诉我的真理——共产主义的真理，是这个时代最科学、最真实也最辉煌的真理。即使这真理的实现，比人们预料

① 设问
作者在这里巧妙地运用了一个设问的句式，引起下文，启发读者思考。

② 设问
作者运用设问的句式，表达了自己对这里的留恋之情。

③ 直抒胸臆
共产主义让老百姓过上了幸福的生活，所以说是最科学、最真实、最辉煌的真理。

的时间要长一些，曲折要多一些，但它绝不是乌托邦！我们绝不要为共产主义运动的暂时挫折而灰心吧。我们仍然坚信：① 唯有共产主义才是人类最合理最理想的制度，唯有共产主义的旗帜才配写在全世界辽阔无垠的蓝天上……

❶直抒胸臆 ··········

作者在文章最后对共产主义进行了高度的赞美。

1992 年 5 月 31 日于北京

精华赏析

《您好，延安！》这篇文章主要讲述了作者时隔多年，再次回到曾经战斗过的延安，内心充满了激动，经过时间的证实，最终得出只有共产主义才是真正的真理。

延伸思考

1. 作者第一次到延安是多大年纪？

2. 作者这次来到延安，看到延安的变化是什么？

3. 共产主义是什么样的一个真理？

相关链接

杨家岭位于延安城西北，1938 年 11 月至 1947 年 3 月毛泽东等中共中央领导曾经住在这里。那个时候他们在杨家岭领导了轰轰烈烈的大生产和整风运动，如今这里留存着中共中央七大会址、延安文艺座谈会会址，供人们进行参观，会址后面的小山坡上有一排窑洞，是毛泽东、朱德、周恩来、刘少奇等领导同志住过的地方。

路　标

名师导读

　　路标是人们前进的标志，而雷锋就是我们生活中的一支叫人惊喜的路标，使人更加振奋地向前行进。

一

❶开门见山

　　作者在故事开头交代了自己要叙述的对象，这样能让读者留下深刻的印象，为下面的故事埋下了伏笔。

❷直接描写

　　平凡的事迹中才会显示出不平凡的灵魂来。

❸叙述

　　黄继光、刘胡兰是一代英雄，雷锋同样是新时代的英雄。

❶在这些日子里，一个伟大的灵魂震撼着人们的心灵：这就是雷锋这个普通战士的灵魂。他使我们许许多多人感动得流下了眼泪。

　　他，在这个世界上只活了22年；加入中国共产党也还不到两个年头；可是在这短暂的时间里，他活得多么纯洁，多么高尚，多么光彩呵！他的生命是过得多么有价值有意义呵！他正是毛主席所说的那种高尚的人，纯粹的人。一个人能够这样活着，即使活上一天，也胜似那浑浑噩噩的一百年！

　　❷有人说，雷锋的事迹是平凡的。可是，正是在这平凡里，我们认识了一个伟大的灵魂。在雷锋的历史上，虽没有上甘岭冲天的火光，也没有云周西村惊人的风雪，但我们完全可以说，❸他同黄继光、刘胡兰同样的伟大，或者说，他就是我们祖国建设年代的黄继光和刘胡兰！

雷锋，这是我们时代的真正的新人。我们这样说，是因为我们的时代，是无产阶级集体主义兴起的时代，是个人主义终将被集体主义所代替的时代；雷锋呢，不就是这种时代精神活生生的完美的典型么？你听他说：<u>①"力量从团结来，荣誉从集体来"</u>；你再听他说："一滴水只有放进大海里才能永远不干"，"一朵花打扮不出春天，只有百花齐放才能春色满园"；他就是这样心甘情愿地、毫不勉强地要"做一个永不生锈的螺丝钉"，自觉地"把有限的生命，投入到无限的'为人民服务'之中去"。这是多么深刻的语言，多么动人的无产阶级集体主义的歌声呵！雷锋的伟大行动，正是这种思想的耀眼的火花。正因为雷锋的周身甚至每个细胞都浸透了这种情绪，所以能同几千年私有制度留下的旧思想、旧习惯彻底决裂；这就使他有别于任何历史时代、任何阶级的英雄人物，而成为我们这个时代的、我们无产阶级所拥有的真正的新人。

❶**语言描写** ·········
　　雷锋说过的话充分体现了他一生的为人做事的标准。

雷锋呵，你虽然生活在 20 世纪的 60 年代，但人们从你身上，也从千千万万革命战士的身上，却看见了未来的人类，共产主义的人类。<u>②在这些日子，我常常看见你，看见你那褪了色的军衣，看见你那谦逊的微笑，你是以多么崇高的精神，招引着人们前进呵！</u>

❷**抒情** ··············
　　作者在这里对雷锋的精神进行了高度的赞扬。

二

在我沉思默想的时候，仿佛听到一种深沉有力的呼喊：<u>③"人们呵，在你自己的一生里，你究竟打算做什么样的人，走什么样的道路呢？"</u>

❸**疑问** ··············
　　这是一个值得人们深思的问题，做怎样的人才会无愧于你的人生？

谁在呼喊？这是生活在呼喊。它要求每一个人都要作出毫不含糊的回答。

雷锋的出现，对于我们辨认生活道路，是一个多么有力的援助！

❶直接描写

在山径和荒野穿行的行人最容易迷失方向，路边的标志是行人迫切希望看到的，因为有了指示道路的，人们才容易找到方向。

① 在已往的战争年月中，人们穿行在崎岖的山径和茫茫的荒野，每当风声怒号，夜色深沉时，多怕迷失了方向，迷失了道路，而又多么容易迷失方向和道路呵！可是，这时候，只要在路边，借着模糊的星光发现了前人设置的路标，人们就会发出惊喜的喊声，更加振奋地向前行进。

现在，雷锋出现在我们的生活里，不正是一支叫人惊喜的路标么！

现在，我们的祖国早已越过了漫漫的冬夜，欢度着阳光明丽的春天。但是，正像人们所体会的，春天，尤其在初春天气，这是残冬的余威同新起的暖流进行搏战最激烈的季节。② 在这个新旧交替的社会里，一方面，新的人、新的思想以令人目眩的壮丽姿态茁壮成长；一方面，资本主义的、封建主义的旧势力、旧思想、旧习惯仍然以各种形式大量存在，它们每时每刻都在拉我们的后腿，阻挠我们前进。这种斗争，不仅表现在阶级与阶级之间，人与人之间，而且反映在一个人的头脑中。在人生观的领域里所进行的战争，集体主义与个人主义的战争，也同样是多么尖锐剧烈呵！人们看到，就在同一家国营商店的柜台里，这边一个人是满面笑容百问不厌，那边一个人却愁眉苦脸，发出"十年寒窗付流水"的慨叹；③ 在同一块田地上，有人为参加农业战线的斗

❷对比

作者在这里运用了对比，形象地写出了新旧社会转变时刻雷锋精神的重要性。

❸叙述

作者在这里叙述了一个普遍存在的现象，从中可以看出雷锋精神在这个时候是多么重要的路标啊。

争、促使祖国农业早日过关感到光荣，同时就有人埋怨"修理地球"耽误了自己的"远大前程"；同样的青春，同样的年龄，有人跋山涉水，为改变祖国一穷二白的面貌而感到莫大的幸福，另外却有人认为糊糊涂涂地吃喝玩乐那才算没有虚掷自己的年华……这是一场多么激烈的新旧斗争呵！我们的年轻一代，正是在这场难解难分的无产阶级同资产阶级人生观的交战中前进。他们思考着，判断着，争执着，觅寻着自己的路……

①雷锋出现了！他，有如一座光芒万丈的金塔，矗立在共产主义的思想高地；他，有如一支鲜红的路标，高高插在我们生活的十字路口。现在，面对着这个伟大的战士，人们有机会再想一想：究竟要做什么样的人，走什么样的路。究竟是像雷锋那样活着，做一个大公无私的高尚的共产主义者有价值有意义呢，还是做一个自私自利的人有意义呢？或者是开一个"公私合营"的杂货铺，一年四季患得患失地度过一生有意义呢？②对照雷锋的思想，我们再看一看那些旧时代的、剥削阶级的偏见，是显得多么渺小、多么可怜、多么没有意义呵！为什么人一定要当"官"或取得其他高级职位才算是活得有"价值"呢？为什么一定要高人一头、超人一等才算是有"前途"呢？为什么只有清闲、少劳动或不劳动才算是"幸福"和"快乐"呢？为什么要把服务性行业看得那么卑贱见不得人呢？这是些多么可怕而又可鄙的偏见！现在正是这些剥削阶级留下的臭垃圾阻塞着我们的去路，影响着我们许多方面建设事业的前进。我相信，雷锋的榜样，不仅给我们指出了正确的生活道路，而且

📖读书笔记

❶比喻··············
作者把雷锋比喻成一座光芒万丈的金塔、一支鲜红的路标，形象生动地写出了雷锋精神的重要性。

❷直接描写·········
旧时代的剥削阶级的偏见在雷锋的思想面前是非常渺小、非常可怜的。

加强了我们同一切旧思想、旧习惯坚决战斗的勇气。
① 假若我们自己头脑里有这些东西，就毫不客气地同它开火吧，正如雷锋所说的，要像秋风扫落叶一样。

在学习雷锋中，有人说雷锋虽好，却高不可攀。实际上，恐怕是对放弃个人主义还缺少勇气吧。有人就坦白地说："我要丢掉个人主义，就没有积极性了，因为前进的发动机被摘除了。"是的，摘除了一个人的"发动机"，这的确是可怕的；② 可是，这究竟是什么样的"发动机"呀，破旧不堪，经常在集体事业中发生故障！摘除这样的"发动机"，就可以换上一架最新最美、保你使用终生的十万匹马力的"发动机"。雷锋同志也正是装置了这样的"发动机"，所以才精神奋发，力气无穷。这架"发动机"的名字，就是他从毛主席著作里取来的、彻底的无产阶级的人生观："全心全意地为人民服务"。让我们每一个人都取得一架这样的"发动机"飞腾前进吧！

我们要做雷锋那样的人！

我们要走雷锋那样的路！

三

③ 学习雷锋的运动，正在我们的国家迅速展开。

这是一个共产主义思想扩展阵地的运动，这是一个促进我们的新人大批成长的运动，这是推进我国的社会主义建设迅速发展的运动。我们欢呼这个运动全面地深入地开展下去。

④ 这个运动现在刚刚开始，在我们的周围就出现了

❶直接描写
这几句话进一步强调了人只要有了雷锋精神，那些残旧的落后思想将不堪一击。

❷直接描写
这几句话充分体现出那些落后分子的个人主义思想是要不得的。

❸概述
这一自然段在文章中具有引起下文的作用。

❹概述
这一句话既有概括作用，也有统领全文的作用。

多少动人的景象呵！过去没人打扫的走廊，现在忽然变得干干净净，你查不出是谁打扫的；过去被忘却了的煤堆，风吹日晒，现在忽然大家争着去把它团成煤球收藏起来；家庭困难的学生，书桌上忽然出现了无名氏赠送的笔记本；丈夫出门在外的产妇，屋子里忽然降临了一位烧水做饭的姑娘；不安心工作的炊事员，开始求师访友，急着提高烹调技艺；见了熟人就躲起来的理发学徒，也愉快地拿起刀剪，脸上出现了笑容……在这些日子里，就是幼儿园的孩子，也在争着给老师抹桌子、擦钢琴，连留在家里的小病号，都悄悄地把一床床被子叠好。①雷锋呵，你的生命放射出来的光辉，在一刹那间，照亮了多少人的灵魂！

毛主席号召我们"向雷锋同志学习"的深远意义，越来越清楚了，在我们的国家里，应该说，像雷锋这样的英雄是不少的；但是，对于我们所进行的空前伟大而艰巨的事业，不管在哪一条战线上，都需要有更多的、成千上万的雷锋。②随着运动的发展，想想吧，假若我们的工厂、公社、仓库的管理人员们，都能用雷锋拣牙膏皮的精神进行节约；假若我们的学生、干部，都能用板子上楔钉子的精神进行学习；假若我们服务性行业、商业部门的同志们，都能用风雨中送人母子回家的精神为人民服务；假若我们的艺术家们，都能用雷锋那样对党对人民的热爱和赤诚去歌唱；假若我们大家都像雷锋那样去帮助同志，我国人民和年轻一代的精神面貌将会提到怎样的高度！我们的社会主义建设将会出现何等沸腾的景象！

●读书笔记

❶抒情
作者在这里抒发了自己对雷锋精神的高度赞扬，可以说雷锋精神让很多人豁然开朗起来。

❷排比
作者运用了排比进一步说明了人们假如都把雷锋精神发扬起来，我们的社会主义建设将会出现何等沸腾的景象！

❶设问

　　作者在文章最后巧妙地叙述了雷锋精神的重要性。

　　随着运动的发展，我们相信：在我们的队伍里，在各条战线上，必将出现千百万个雷锋！[①]一个拥有千百万雷锋的国家，这意味着什么呢？这就意味着，我们的社会主义建设事业，必定会以更高的速度前进；我们的社会主义必定会更早地建成！这就意味着，一切今天没有的，明天就可能有；一切没有达到的，明天就会达到！

1963 年 3 月 28 日晨 7 时

精华赏析

　　《路标》主要讲述了在新中国建设时期，雷锋精神就像一座光芒万丈的金塔、一支鲜红的路标起到了不可估计的作用。

延伸思考

1. 你如何理解雷锋"做一个永不生锈的螺丝钉"这句话？
2. 雷锋的出现就像什么插在我们生活的十字路口？
3. 某些人的个人主义拥有怎样的"发动机"？

相关链接

雷锋的故事——模范班长

　　在 1961 年 9 月的一天，雷锋被全团推举成为抚顺市人大代表。他参加完人民代表大会后就当上了二排四班班长，四班在雷锋的带领下很快成了"四好班"，雷锋成了全连的四好班长。

有一天傍晚，天下着大雨，雷锋在公路上遇到一位怀里抱小孩的妇女，妇女手里还拉着一个小孩，她身上背着一个大包袱，正在大雨中艰难地走着，雷锋赶紧上前打听，才明白这位妇女是从外地探亲回来的，她家在樟子沟，要走十几里的路。雷锋赶紧把雨衣披在妇女身上，一手抱起那个走着的孩子，冒着大雨用了两个多小时，才把三人送回家。

这只是雷锋的一个小故事，还有很多有关雷锋的故事，说都说不完，因为雷锋每天每时每刻都在做好事。

看家乡戏

名师导读

从《看家乡戏》这个篇名中我们就可以看出作者这次给我们讲的是有关他看家乡戏的故事，文章中描写了作者对家乡戏的痴迷，很值得我们一读。

❶开门见山

作者在文章开头就说明了自己要讲述的是家乡戏，这有利于故事的开展，也对下文做了铺垫。

❷语言描写

从这句话中我们可以看出作者对家乡戏的痴迷程度很深。

① 我喜欢家乡戏，同我对故乡的爱一样深沉。

也许可以说，我从小就是家乡戏的小戏迷了。不论是中原大地上的河南梆子、洛阳曲子和南阳曲子、越调和久已不闻的二夹弦，我都深深地迷恋着。那些我熟稔的旋律，似乎已渗入到我的血管里，只要一听到，就会引起我特殊亲切的情感。童年时看的那些戏，那些演员的形象，也都深深地刻在我的记忆里。几十年来，我已接触到紫万红千的音乐世界，依然没有夺去我心灵中留给家乡戏的那块地盘。② 直到今天，只要孩子们打开电视机看是家乡戏，便会立刻说："爸爸，您的家乡戏来了！"我便立刻坐下，用脚打起节拍听起来。

在旧中国，我的家乡一向多灾多难，人民是穷苦和不幸的。但人们总还是要活下去，而且渴求有一点艺术享受。每逢春节庙会，有钱人家办红白喜事，总要请台戏来，这便是乡民们的节日了。①来的戏班子，大都是穷苦的艺术家，从戏装的破旧和褪色的幕布，就可以窥知他们可怜的生活。然而，只要他们一到，消息便立刻传开。三里五乡，三十里二十里地赶来观看。有钱人家套上骡马轿车，一般人家赶上牛车，拉上闺女媳妇，来度这个难得的节日。

这种野台子戏，戏台往往搭在村边较空旷的地方。只要台子搭起。②卖凉粉的、卖水煎包和丸子汤的小贩便都跟着来了，给枯寂的乡村带来少有的喧闹气氛。开戏前照例要打"三通鼓"，每一通至少15分钟，实际上不过是掩护演员化妆罢了。孩子们不懂这个，便早早地被锣鼓声招引了来。而台上却毫无动静，这种锣鼓点儿真是敲得人心烦意乱。好容易鼓声住了，出来一个皂巾青衫的苍髯老生，他拉长声念了两句上场诗，便在台正中一坐，好半天才道一句台词。如果演员在后台尚未化妆完毕，他便一直讨人嫌地坐着。③孩子们忍不住了，便喊："快下去吧！"而台上这位老生却是极有修养的，面上毫无愠色，依然稳若泰山。直等接到后台某种暗示，知已化妆完毕，这才开唱。"昔日里有一个二大贤，他弟兄推位让江山……"通常是唱这么一段伯夷叔齐的故事，不上20句就结束了。这样人们在望眼欲穿中才能迎来戏的正文。

那时最有名的须生是同庆，人称他是铜腔铜调；还有一个著名的黑头叫金刚圈，声音浑厚无匹。这两个人在乡民中具有压倒他人的威信。如果听说戏班中有他们，戏台前就会人山人海。可惜我小时候，同庆就已年迈，

❶细节描写………

戏装的破旧及褪色的幕布体现出唱戏者生活的拮据，但这并不影响人们看戏的热情。

❷叙述………

因为村里唱戏而让枯寂的乡村变得热闹起来，从侧面反映出戏给人们的生活带来了不少的乐趣。

❸神态描写………

从老生的神态我们可以看出他对这样的情况已是司空见惯了。

❶强调

作者讲了自己因为没有看到过金刚圈的戏的遗憾。

❷细节描写

作者在这里详细地讲述豫剧演员的特长，也讲出了豫剧感人的原因。

❸对比

作者在这里详细地介绍了唱文戏的人当众睡觉时城里人与乡下人的不同态度。

他的戏我只看过一次，又大约唱的是《秦琼卖马》，嗓音已经顶不上去了。① 金刚圈的戏我却一次也没有看过。那时女演员已开始出现，一说来了"坤角儿"，也很招惹人。当时最有名的女演员，在郑州一带是司凤英，在开封一带是陈素真。陈素真的戏我只看过一次，还是半场。司凤英的戏我常看。她唱西府调很优美，还有一句用作结尾的花腔是十拿九稳要喝彩的。《桃花庵》《大祭桩》《三上轿》等是她的拿手戏。② 不知怎的，豫剧演员很擅长演苦戏，听众也很欣赏悲调，讲的虽是古人故事，却能使台下人泪洒前胸，唏嘘不已。我想，这也许是中州大地有过多苦难的缘故。革命胜利后我回到家乡，曾问到过司凤英的去向，据说她的遭际很不幸，不知沦落何处，我听后不禁为之怅叹。当时扮演旦角和青衣的男演员还有金聚。他最拿手的是《刀劈杨藩》。戏中讲的是薛丁山与樊梨花的恋爱故事。樊梨花的前夫杨藩追来了，她竟挥刀将杨斩于马下。此时由于她极其激烈的内心冲突，使她的眼珠也掉了出来。戏演得很精彩，到今天我还记得。

那时人民没有地位，演员自然也没有地位。人民的生活很困苦，演员的生活也很可怜。其中一些演员甚至染有鸦片的嗜好。常常搞得面黄肌瘦。③ 有时演些文戏，演着演着，坐在那里竟当众入睡。若是在城里，台下一定会嘘声大作，但乡里人很厚道，此情此景，便会相顾一笑，悄声说："睡着了！"台上的花旦也不禁莞尔，竟与台下的观众采取同一立场，临时拣根草棍儿什么的，蹑手蹑脚地去捅酣然入梦者的耳朵，直到那人蓦然惊醒，又接着演下去。^①这段小插曲竟天然成趣地构成戏剧的一部分，观众既不谴责，演员也不过分尴尬。

大庙会的戏有时要演三天，三天完了，最后还增加夜场。那时乡下既没有电灯，也没有汽灯，戏台两侧的杆子上，各吊着一个很大的鳖灯。^②这种灯如一只玄色大鸟，盛满了棉籽油，嘴里吐出很粗的灯芯，点起来熊熊然如火把，也很明亮。戏班子为了报答观众的盛意，往往演到夜深。最后还白送一个戏，名叫"捎出"。这"捎出"往往是诙谐逗乐的戏，如"怕老婆顶灯"之类。饰演怕老婆的丑角，在节骨眼上要跪倒在地，头上真的顶起一盏铁灯来。而旦角则手执棒槌作欲打状，其唱词有："你叫我声姑姑，我饶你一棒槌！"丑角则以亲昵温柔的声调叫："姑姑呃！"旦角笑着接唱："我饶你一棒槌！"观众则哄然大笑，乐不可支，得到一次少有的愉悦。

我的家乡郑州，是全国药材集散地之一，每年春季都有药材骡马的贸易大会。为繁荣市场，在县城南关要开三台大戏。一唱就是一个多月。这三台戏，一台是河南梆子，一台是越调或曲子或二夹弦，另一台是京剧。^③河南戏这边往往人山人海，而京剧台前则观众寥寥，可见河南人对家乡戏的挚爱之情。

三座戏台一搭起，茶水行业的老板便以三面环抱之势搭起了看台。看台上设有桌凳，专卖茶水瓜子，上看台的人自然是有几个钱的。台前一片天井形的空地，则是留给下层站着看的观众了。那时穷人多，平时能花钱买票进戏园的为数极少，而一旦有了不花钱的戏，乡下

❶叙述

从这里我们可以看出乡下人的淳朴与善良。

❷比喻

作者在这里巧妙地运用了一个比喻句，把灯比喻成一个玄色大鸟，形象生动地写出了灯的样子。

❸对比

河南戏这边人山人海，京剧台前观众寥寥无几，进一步突出了人们对家乡戏的喜爱之情。

的农民和城市的贫民，便一窝蜂似的拥到这里。我这个小戏迷更是闻声而至。

❶比喻

作者在这里巧妙地运用了比喻的修辞手法，写出了看戏的人就像海水一样涌动着，从侧面也反映出看戏的人很多。

① 在戏台与看台之间的这块天地里，可说是一片骚动的海与热情的海。这里拥挤着的都是劳苦群众。他们人挨着人，肩挨着肩，我的前胸贴着你的后背，真是挤得风雨不透。川流不息的来客，一般都从前面楔入，再往后涌，不到 10 分钟，便从最佳距离涌到中间或后面去了。血气方刚的年轻人，自然不甘心，一个愤怒的浪头便把前面的人挤到戏台底下去了。这些很像大海边的波浪不停地涌动。我年纪小，个子小，常常被挤到中间，宛若陷入重围，简直喘不过气来。② 如果这时再有人放一个大屁，更使人上天无路，入地无门，只好默默享受。劳苦大众真是艺术最热烈的渴求者。

❷幽默的语言

作者在这里用了诙谐的语言表达了自己当时的感受，就是这样也阻挡不了他对看戏的热情。

持续一个多月的演出，对县城人，对我都是一个很大的馈赠。每天演两场，每场平均三出，一个多月过去，要有一百多出了。这样我越看越上瘾，上学便常常迟到。随之就受到斥责和羞辱。但我仍无意改正。因为那时我上学很难，买不起书，常受到刺激，对上学已失去志趣。相反，对家乡戏却一天比一天热乎。③ 有时还面对城墙练练嗓子，模仿一些演员的唱腔，甚至颇有挤入梨园之意。如果不是后来革命思想的种子落入心中，也许真的追随哪个戏班子飘零天涯去了。

❸直接描写

作者用自己的亲身经历来表达自己对家乡戏的喜爱之情，引起读者的共鸣。

自我参加革命，转战北国，便很少有机会看到家乡戏了。而河北梆子、山西梆子倒听了不少。也许民间的东西有一些相通之处，这些地方戏曲我也深为喜欢。全国解放，我从遥远的西北调往北京，在路经甘肃平凉时，忽然看到路边正演家乡戏，我立刻像被磁石吸住了似的走不动了。① 说来可笑，我竟站在那里整整看了半日，才恋恋不舍地离去。

1949年后，看家乡戏的机会自然就多了。解放不仅给人民带来了青春，也给艺术，给家乡戏注入了新的生命。豫剧艺术，无论是内容、形式、唱腔、表演、音乐等方面都有革新，显然比以前更完美了，地位也提高了，已成为全国性的大剧种了。几位著名的表演艺术家，像常香玉、马金凤、崔兰田、毛爱莲、申凤梅等，都使我得到赏心悦目的艺术享受。常香玉的《红娘》，吸取了曲子优美的曲调，使豫剧的唱腔更为丰富。② 马金凤的《穆桂英挂帅》，崔兰田的《对花枪》，使人百看不厌。她们的唱腔可谓是地地道道的豫剧。毛爱莲和申凤梅的越调，也使人听得入迷。50年代以来，豫剧人才辈出，出现了一代又一代的新秀。豫剧现代戏的出现，更是豫剧的一大发展。魏云等人的《朝阳沟》，不仅在河南，而且在全国获得了巨大影响，说明豫剧在开辟现代题材的道路上具有广阔的发展前景。

豫剧（我的看法，不应专指河南梆子，应包含越调、曲子、二夹弦等在内）作为一个大剧种，具有独特的魅力。③ 这个魅力的核心就是浓郁的乡土色彩，它的曲调是优美而丰富的，丝弦随着演员走，在抒情上可以作出许多发挥。尤其它的唱词，异常通俗生动，如果与京剧相比，京剧就显得宫廷化、贵族化了。不少京剧唱词，未免带有士大夫的陈词；而豫剧则说的都是庄稼理儿，即使不识字的农民也一听就懂。比如《对花枪》中妻子

❶叙述············

作者忽然看到路边有家乡戏，就忘情地看了半天，还有点不想离开，从这里充分体现出他对家乡戏的热情。

❷举例子···········

从这几句话中我们可以看出作者对戏剧十分了解，从侧面也体现出他对戏剧的喜爱之情。

❸直接描写··········

作者在这里着重指出了豫剧魅力的核心就是乡土色彩，这也是作者所喜欢之处。

斥责喜新忘旧的丈夫那一段，农民往往听得啧啧称赞。我高兴地看到，一些豫剧现代戏的作者也保持了这个长处。① 写河南戏，如果没有河南人民的风俗画，没有民间生动的语言，那是难以成功的。我曾说，豫剧就其特点说，基本上是农民的戏剧。这丝毫没有贬低它的意思，而在于指出它为广大农民群众喜闻乐见的特征。在曲调和唱腔上，一些音乐设计者很想创新。有些地方确实丰富了，但有些地方却走了味儿，听去不像豫剧了，未免使人感到遗憾。② 在其他地方戏曲的改革中，似乎也有这个缺点。我以为曲调可以大大丰富，越调、曲子等的唱腔都可以糅合进去，但以不走味儿为好。此外，河南梆子中的小生和须生，按传统唱法都是假嗓，用真嗓就不够味儿了。但假嗓要有天赋，不是人人可以做到，这就是难题。这一点还需探索。

我深知故乡的父老，对家乡戏的挚爱是深厚的。这就是豫剧艺术的生命所在。③ 我想豫剧的艺术家们，将认真体察这一点，使豫剧艺术越发丰富和完善，并且进一步深入民间，对热爱你们的人民作出报答。

1992 年 6 月 14 日

①叙述

这几句话充分体现出作者对豫剧的了解及喜爱之情。

②叙述

这几句话说明作者对于戏曲的改革感到有点遗憾，唯恐越来越缺少家乡戏的味道。

③直抒胸臆

作者在文章最后写出了自己对豫剧的期盼，希望豫剧越发丰富与完善。

精华赏析

《看家乡戏》这篇文章作者主要讲述自己对家乡戏剧的痴迷，还道出了许多人生哲理与世态沧桑。人人都喜欢看戏，因为这既是娱乐与享受，又可得到精神满足与心理补偿。但能从中看出人生与历史的，能看懂社会舞台上的悲喜剧的，却很少。作者这篇文章不光记叙了作者几十年看戏的经历，还道出了他对戏剧的喜爱之情。

延伸思考

1. 开戏前的"三通鼓"有什么用意？
2. 作者因为干什么常常上学迟到？
3. 写河南戏没有什么很难成功？

相关链接

河北梆子形成于清道光年间，兴盛于清光绪初年。河北梆子擅长以历史为题材，同时反映现实生活，在舞台艺术上，不管是音乐还是表演、舞台美术等方面，都有很大的变化和提高，使河北梆子更显明朗、刚劲、华丽、委婉。河北梆子在河北、天津、北京，以及山东、河南、山西部分地区很流行，是中国北方传统戏曲剧种之一。

日 出

名师导读

日出是指太阳刚刚升起来的时候，那是很多人都非常喜欢观看的美景，作者笔下的日出会告诉我们什么呢？

❶开篇点题

作者采用了开篇点题的写作手法，在文章开头就交代了自己要描写的是什么，紧扣主题也为下文做了铺垫。

❷拟人

作者在这里巧妙地采用拟人的修辞手法，把启明星当成自己的老朋友，使文章更加形象生动。

❸概述

这一句话是这一自然段的中心句，具有统领下文的作用。

①日出，也许是人生能看到的自然界最壮丽的景象。

年轻时，听诗人柯仲平说，他登过华山之巅，从黄河连天的波浪中看过日出。也许由于诗人热情澎湃，他把日出的景象描绘得十分动人。他特别告诉我，红日离开水面的一刹那，并不是徐徐升起，而是一跃而出，跳出了水面。事情过了多年，我一直没有忘怀。

②战争时期，我们一般都起得很早。往往月落乌啼还没有宿营。披着浅蓝衣衫的启明星，是我们的老朋友了。这样的生活，自然使我们看到许多壮丽的日出。有时站在高山之巅看它红艳艳地涌出山海；有时立在平原看它冉冉升起在村落林莽之上，笑微微地伴着炊烟。尤其是当敌人的堡垒倾倒在烟火之中，而红日正携着满天早霞来临，我们便觉得它更加娇美了。可是，那时谁有心思安安详详地来欣赏它呢！

③1949年后有机会接触海了。但看过几次日出都不理想。有一次住在山海关附近，早晨喘吁吁地跑到老龙

206

头去看日出，已经迟了。在北戴河也去看过两次：一次
满天星斗就起身了，在海滨苦等了两个小时。哪知晓雾
愈来愈浓，等它露面，已经老高了。另一次看得还不错，
大半也因为云笼雾罩，出得较迟，同柯老所说的跃出水
面的壮观场面，就相距太远了。今春有幸寻访黄山，黄
山也是看日出的好地方。我想象着，一轮红日从白茫茫
的云海中涌出，该是另有一番风采吧。记得那天一早攀
到顶峰，在危崖上抢了个立足之地正准备饱览奇景，哪
知正逢云阵集会，顷刻间，不要说红日，连面前的山峰
都遮住了，只好掸掸衣服扫兴而归。

　　①这样，我的兴致不免大受影响。可是我一生爱美，
不论是自然之美或人生之美，都使我倾心相爱，美似乎
已经沁彻了我的心魂。那种真正动人的自然之美，有时
竟使我不由自主地像孩子一般地淌下泪来。这是某种至
美引发的无以名之的泪水，或者只不过是我的呆脾气罢
了。尽管观赏日出诸多不顺，也没有使我死心。何况那
种一跃而出的动人景象时时诱惑着，我怎能舍弃这样的
机会呢！于是，今夏的北戴河之行，我再次下定了决心。

　　这天，天色还没有发亮，我就踏着月光行走在街
道上了。②在稀疏的路灯下，我看见三五成群的人，断
断续续地向同一个方向走着，不用说都是到鸽子窝看日
出的。

　　我赶到鸽子窝公园的时候，意外地发现这里热闹得
竟同夜市一般，人们川流不息地向公园涌去。为了方便
人们看日出，这里沿着一溜小冈子修了一道曲折的长廊，
还点缀着几个亭子。③我踏进公园，才发现不仅亭子上、

❶直接描写

　　这几句话充
分体现出作者不
会轻易放弃看日
出的愿望。

❷叙述

　　这一句话进
一步说明了观看
日出的人有很多。

❸叙述

　　我们从"满"
"全"两个字中
就可以看出观看
日出的人很多。

长廊上站满了人，连面对大海的高高的海岸也全是人了。我勉强在人丛里挤到一个亭子附近，找到了一个立足的地方。

这时，正是黎明与黑夜交替的时刻。尽管黎明无可阻挡地要降临人间，但夜色却无意退出自己的阵地。不知何时，东方天空的低垂处已经现出一条淡青色的亮带。这条亮带就像是经过奋力冲刺，硬从黑夜的肌体上裂开似的。亮带之上是近于黝黑的深蓝色，一向神采奕奕的启明星，为浓云所遮，只露出微弱的光芒。亮带之下是沉郁的暗紫色，海平线还是一片朦胧。大海依然黝黑而深不可测，只亮着几点渔船的灯火。^① 西天上的那轮残月，伴着几片云，孤独而无望地等待着天幕上的演变。

但是，强有力的晨光，终究是无可抗拒的。渐渐地，东方那条淡青色的亮带愈拓愈宽了。顶空那近于黝黑的深蓝也浸润了亮色，而变得愈来愈淡。大海已经变得明亮柔和起来，渔船上的灯火一个接一个地熄灭了。高高的海岸下，那座被称作鸽子窝的傲然兀立的巉岩，也越来越清晰了。晨风动了，几只水鸟欢快地叫着飞过头顶，残月失去了最后的光辉，黎明终于完成了最后的占领。

而这时，模糊不清的海平线上。^② 仍然是一片沉郁郁的深紫色，东方仍盘踞着很大一块乌黑的鳄鱼状的浓云。人们眼巴巴地望着东方，却不知道日出的确定消息。

借着银色的晨曦，我回头一看，亭子上，走廊里，山坡上，真是万头攒动，人山人海。海岸下的一带海滩和浅水里，也错错落落全站着人。^③ 我身后的亭子，男女老幼更是层层叠叠。儿女扶着父母，恋人相偎相依，

❶烘托

月亮即将被太阳掩盖，这是黎明前无法改变的事实，也暗示着共产主义必然会把资本主义给打压下去。

❷比喻

作者把浓云比喻成盘踞着的鳄鱼，形象生动地写出了黎明前的样子。

❸细节描写

这几句话详细地写出了人们等待日出时的样子，从而体现出人们对日出时的美景的期待。

儿子坐在父亲的肩头，女儿伏在妈妈的背上，孩子们也睁着稚气的眼睛向着东方凝望。许多人打开照相机，举起又放下，放下又举起，都在等待着庄严而美丽的时刻。这时，我觉得我们的人民是多么的爱美呀！这里数万人争看日出的场面是多么的动人呀！

可是，毕竟人们起得太早了，等得过久了，有些疲倦了。一个汉子竟然坐在台阶上打起呼噜来。有几个缺少耐心的人陆续离开了。一个打开照相机的人叹了口气，重新把照相机挂在脖子上。我身后一个三四岁的小女孩问她的妈妈："妈妈，怎么太阳还不出来呢？"她那个戴着小花帽的年轻的母亲回答："快了！快了！"可是孩子等不及，依偎在妈妈的怀里睡熟了。

这时。① 从海平线上那紫郁郁的云带里，霍然间出现了一条红线，似乎是一条细油油的耀眼的赤蛇。天空渐渐地变化了。首先是东方那块鳄鱼状的乌云，为巨大的红光所照耀，先是变成了妩媚的紫色，随后变成灿烂的红霞。海面上也出现了一缕摇曳的红光。此时尽管红日并没有出现，东方的那块被染红的云霞已经是够美的了。② 在我不经意间，忽听耳边喊了一声："看，出来了！"声音很大很齐，是周围千百人不约而同喊出来的。我再定睛凝望时，一个半月形的比火还要红比春花还要鲜的红日已经出现在紫云之中。不一时它又变成了大半个红桃，也很像刚摘下来的一枚还带着露水的西红柿。耳边是一片照相机的咔咔声。瞬息间，那个给人间以光和热的火球，已经喷薄而出，发出耀眼的光焰。③ 那种光焰，其色泽之美，之壮丽，除了刚出炉的钢水，是没有任何

📝 读书笔记

❶比喻
作者把海平线上的第一条红线比喻成一条细油油的耀眼的赤蛇，形象生动地写出了日出前的样子。

❷语言描写
从这里我们可以看出人们对日出的期待，对日出美景的喜爱之情。

❸直抒胸臆
这句话充分体现出作者对日出的赞美之情。

东西可以与之比拟的。这时，我，不仅我。而是周围的众人，都披着一身红光，沉醉在它那深沉、庄严、博大和充满无限生命力的美里。

　　自然，我不免仍抱有遗憾。因为日出之处是离海平线一竿高的紫色的云霭里，既不是从洪波中涌起，更别说一跃而出了。但于此我也更深刻地懂得，无论自然界或人类社会，无论历史和现实，没有一件事物的发展是不包含曲折的，一帆风顺的事几乎是没有的。至于人类最伟大的革命和创造新世界的努力，恐怕就更是如此了。① 然而，一位伟大的哲人说过："道路是曲折的，前途是光明的。"这确实是辉煌的真理。

1990 年 8 月 9 日于北戴河

❶引用
　　作者在这里巧妙地引用了一位伟大哲人的话，增加了文章的说服力。

精华赏析

　　《日出》这篇文章是作者根据自己的亲身经历来写的，在革命时代自己天天跟日出接触，但无心欣赏，后来特意去看又没有如意，直到在鸽子窝才看到美丽的日出。字里行间都表达了作者热爱大自然和追求光明前程的思想感情。

延伸思考

　　1.作者为什么说 1949 年后的几次看日出都不理想？

　　2.从哪里可以看出看日出的人多？

3.从文中找出描写日出之美的句子。

相关链接

　　鸽子窝公园也叫鹰角公园，在北戴河海滨的东北角，那里的临海悬崖上有一个因为地层断裂所形成的 20 余米高的巨石，就好像雄鹰屹立在海边，野鸽经常在那里栖息，因此有了"鸽子窝"之称。后来，人们在那里修建了一座具有民族特色的亭子——鹰角亭。鸽子窝公园是观赏海上日出的好地方，每当夏日的清晨，就会有很多游客来这里观看"红日浴海"的奇景。

年轻人，让你的青春更美丽吧

名师导读

　　青春是珍贵的，是美丽的，是充满朝气的，在战争年代涌现出来的一群群年轻人，他们用自己的行动让有限的青春更加有意义，更加美丽。

①对比

　　作者在文章开篇巧妙地运用对比，形象地写出了一个人的青春应该如何度过。

②人物介绍

　　作者给读者先介绍了青年团员的名字、年龄及工作经历，给读者留下了初步的印象。

③细节描写

　　作者用了寥寥几个字就把戴笃伯初次上战场时的感觉刻画得淋漓尽致。

　　① 青春是美丽的。但一个人的青春可以平庸无奇；也可以放射出英雄的火光。可以因虚度而懊悔；也可以用结结实实的步子，走到辉煌壮丽的成年。

　　年轻的朋友们，这里，我要向你们报告，毛泽东教导下的知识青年们，在朝鲜战场上，怎样度着自己的青春。

　　② 青年团员戴笃伯，他，24岁，是湖南的一个中学生，在志愿军某连当文化教员。他碰到的第一次战斗，是飞虎山战斗。他带着一个担架组抢救伤员。当部队冲上又高又陡的山头，跟敌人展开了激战，他还在山脚下蹲着。③ 这时候，像一般初上战场的人一样，他觉着敌人的每一颗炮弹，每一颗子弹，都像冲着自己飞来。但是，他想："我能够这样地害怕战争吗？我为什么老蹲在这里？我不是在决心书上写过，要迎接对我的锻炼和

考验吗？"他这样想着，就站起来，往山上爬。他刚钻进一个小树林里，忽然，炮弹正落到一棵大树上，把大树炸断了。他又连忙蹲下。这时候，在炮火闪闪的红光里，他看见山头上，一个战士滚下来，不知道是被子弹打中的呢。还是被石头绊倒的。可紧接着，那个战士又从山坡上爬起来，高举着手榴弹，像在喊着什么，又冲上去了。① 年轻的戴笃伯心里想："难道我就不能够这样吗？"他又站起来，带着担架小组爬了上去。这时候，阵地已经被我们攻占了。连长一见戴笃伯来了，急忙关切地问："怎么样啊，戴笃伯？你这是大姑娘坐轿，头一回哩！"戴笃伯笑了笑，就准备把阵地上的一个伤员抬下去。可是，山陡，路小，没法儿抬。戴笃伯就说："那么，让我来背。"连长不答应，想让别人来背。戴笃伯急得红着脸说："连长，我的决心书不是白写的呀！"他说着，就把那个伤员背起了。可是，在陡坡上没有走下多远，就满头满脸的汗，跌跌撞撞地走不动了。② 又挣扎着走了几步，觉得心慌口渴，头昏眼花，腿又酸又软，每迈一步，腿上都像有千把斤重。他想："一个人怎么这样重啊，我休息一会儿才好呢。"这当儿，也不知道怎么把伤员碰着了，只听背上"哎哟"了一声。这使他的心比受了最严厉的责备还要难过啊。他只扶着一棵小树定了定神，就脸冲着山，手扒着陡坡，咬着牙背了下去。……他到底把伤员背到了绑扎所。

③ 当戴笃伯第二次赶往阵地去的时候，已经不害怕了。他还把战士们的水壶灌满了水，叮叮当当背了一身。战士们接到水壶，几乎乐得跳起来，拉着他的手，笑着，

❶心理描写·········
"难道我就不能够这样吗？"充分体现出戴笃伯要向勇敢的同志学习的决心，这也代表着他要进步。

❷细节描写·········
从戴笃伯的感觉中我们可以看出他已经到了筋疲力尽的地步了。

❸细节描写·········
戴笃伯已经战胜了自己的恐惧心理，成为坚强的战士，他的表现得到了大家的一致好评。

213

叫着。敌人开始冲锋了，大家劝戴笃伯下去。他说："不！我一定要打一个手榴弹！"敌人冲到面前了，到底戴笃伯跟战士们的手臂一起，扔出了平生第一颗手榴弹。这不是一颗普通的手榴弹，这是一颗光彩的手榴弹，这是中国知识青年的锻炼决心！这颗手榴弹，在世界黑暗势力的面前爆炸了；而且，年轻的戴笃伯，他亲自听见了这颗手榴弹爆炸的声音。

事后，他对人说：

①"这是我戴笃伯平生最快乐的一天！"

这里，我还想说一说那些女青年们的情形。

从跨过鸭绿江的那一天起，她们就背起了多少东西啊！每人背着背包，背着 10 斤干粮、10 斤米、一把小铁锹，有的人还背着一把提琴。有一夜，行军 90 里，男同志还有人掉队，但是她们咬着牙，带着满脚泡，连距离都没有落下。②过冰河，她们也像男同志一样，卷起裤脚哗哗地蹚过去，冰块划破了腿，就偷偷地包上，也不言声。露营了，就在山坡上用松树枝支起一块小雨布，挤在一起；夜间冻醒，就蹦一蹦、跳一跳再睡。第二天早起，她们的头发上结满了霜，男同志们笑她们说："嘿，你们演'白毛女'都不用化装了！"她们也笑男同志："还说哩，你看，你们不是'白毛男'嘛！"

二次战役时，她们有不少人到野战医院做护理工作，立了功。

我曾经向伤员们问起她们的情形。有一个伤员兴奋地说："③这些女同志，可不简单哩。虽说人家以前是些学生，没经过什么锻炼，可是决心真大！自打她们到

① **语言描写**

从这句话我们可以看出戴笃伯已经成为勇敢的战士，他为自己的进步而高兴。

② **细节描写**

这一句话充分体现出在战场上女同志跟男同志一样勇敢。

③ **语言描写**

伤员的话进一步体现出女同志不怕苦、不怕脏的革命主义精神。

这儿来，给我们洗血衣呀，捉虱子呀，打水、打饭、喂饭呀，一天到晚，饭都顾不得吃。有些人给我们洗衣服，手都泡肿了。我们就说：'同志呀，歇会儿吧！在家里，你的衣服还是你妈妈给你洗呢，你看，我们的衣服又是血什么的，你不嫌脏吗？'可是，她们翻翻眼说：'同志，你别再说这个。你们的血是为了谁流的呢？这是世界上最干净的东西！'另外还给我们捉虱子。我们说：'这该怎么谢你呢！'她们就又开玩笑地说：^①'美国鬼子那么老大个子，你们还百儿八十地捉呢，难道我连几个小小的虱子都不该捉吗？'可是，无论如何，我们不让她们端大小便；谁知道又叫她们看破了。她们就反问我们：'你们不是常说阶级弟兄吗，为什么分得这么清呢？实说吧，这些天，我已经忘记了我是个女的了。'就这样，她们白天忙一天，夜间还要拿着枪去担任警戒哩！"

^②"嘿，还有一个女同志，她是个团员，提起她我一辈子都忘不了！"另一个躺着的伤员挣起身子坐起来说。"那时候，敌人的飞机天天来，轻伤员能走出去，可是我们重伤员怎么办呢？她就把我们往防空洞里面背。有一次，敌机一共来了四五架，又是打机关炮，又是扔炸弹。我们屋里一共三个重伤员，她背走两个，第三趟回来背我。我看见她满头满脸又是汗，又是泥，浑身上下都是灰土，不知道她在外面跌了多少跤啊。我不让她背。她不由分说，又把我背起了。^③她摇摇晃晃地，刚一露头，一梭子机关炮咕咕咕打在我们旁边；附近的房子也炸着了，烟腾腾看不见人。我就说：'同志，快把我放下吧，不要让我连累了你！'她扭过头来严肃地

❶反问

女同志用了形象的对比，来说明自己做的这点事跟在前线与鬼子拼搏的战士们相比，不算什么。

❷语言描写

伤员的话充分体现出他对女同志的由衷佩服，女同志的出色表现也让伤员终生难忘。

❸细节描写

摇摇晃晃这个词充分体现出女同志的体力已经透支，从侧面也可以看出她为了多救一个伤员是多么拼命啊。

说：'别这样说！'这时候，也实在背不出去了，她就把我靠屋墙根放下来，然后趴在我的身上护着我，并且说：'要是敌人把房子炸倒，先压住我。我宁可负伤，也不能再让你负第二次伤！'当时，我的泪都流出来了。同志，你说她够不够一个青年团员！……"

①有一天晚上，在行军中，我跟一个女同志走在一起。她个儿不很高，看样子不过十六七岁。肩膀上挂着干粮袋，还有一把二胡。两个小辫子，在军帽下垂着，悠打悠打的，活泼而轻快地走着，还轻轻地哼着什么歌儿。

我问："你是文工团的吗？"

"是呀。"她回答。接着就告诉我她是才从一营回来的，她们那个小组在那儿待了四天。说着，又继续轻轻哼着她的歌儿。

我打断她，又问："这四天，你们做了些什么呢？"

②"我们哪，第一天搜集英雄例子，第二天就编，第三天就排，第四天就演。今天刚刚演完，就出发了，你看，弄得我化的妆还没有洗呢！"说到这儿，咯咯地笑起来。也许是怕我看见她脸上涂着的油彩，连忙伸手抓了一把雪，往脸上搓着。

对她们这种战斗式的工作作风，我称赞着。

她说："可是粗糙得很哩！……不过，我们想起到作用就是了。你想，咱们的战士们哪有闲空儿，你光去'绣花'能行吗？所以我们就来快的、简单的。③没有灯，就在月光底下。没有台子，就在院子里，田野上。行军的时候，战士们一边走，我们就一边给他们说唱。……我们反对树林子里头耍大刀！"

❶外貌描写

作者在这里详细地刻画了一个文工团的小姑娘，她是一个充满朝气、性格开朗的人。

❷语言描写

小姑娘的话说明她们的工作时间很紧，也反映出她们战斗式的工作作风。

❸语言描写

从这里可以看出文工团人人不怕条件艰难，一心想着为战士们鼓气加油。

"你们的文艺工作可做得真不少啊！"

"不只文艺工作哩！我们哪，是什么也做，碰到什么做什么。我还做过炊事员呢！"

"炊事员？"

① "呃，前方炊事员可忙哩，他们又送饭又送水，还要送弹药。我看他们忙不过来，就要求当炊事员。另外，我还……"

"怎么样？"

"我还当了两个月俘虏营的排长哩！"

我看着她那小小的个儿，说话那种孩子气，不由得笑起来。

"你笑什么！"她正正经经地说，"你别看他们那么老高个子，他们不服从我管理行吗？我叫他们站着，他们就不敢坐着！"

② 我不敢大声笑，只在心里笑着。这时候，忽然哨音一响，部队休息了。一眨眼，看不见她。一会儿，听见远处一个石崖上，她用年轻而清脆的声音喊道：

"同志们，我们唱个歌儿好不好？"

下面齐声说："好！"

歌声起了。在汉江对岸敌人探照灯的亮光里，她的臂膀在轻捷地舞动着打着拍子。

歌声一落，她走过来，端着两缸子从小河里舀来的水。给了我一缸子：另一缸子，她咕咚咕咚就喝了下去。③ 喝过，两只手在脑后一叉就仰着休息起来，两条辫子垂在积雪上。

我不禁揣想着：半年或者一年之前，她们还是没有

❶语言描写

从这几句对话中我们可以看出小姑娘是一个十分勇敢坚强的人，为了革命什么都不怕。

❷细节描写

这里的笑是充满佩服的笑，"一眨眼"也可以看出小姑娘的行动迅速，从侧面也反映出她是一个性格开朗活泼的人。

❸动作描写

作者用了寥寥数语就把一个坦然、不拘小节的女性形象刻画了出来。

217

经过锻炼的学生，在父母面前，还是平平常常的孩子。而现在竟然在离前线几里路的地方，这样的坦然、愉快，在全世界斗争最激烈最尖锐的战场上做了这么多工作。这是多么叫人羡慕的一件事情！我不由得感叹地说：

①"同志！你们的进步是多么快啊！"

"那，靠党的教育，也要靠自己有决心。"

"可是，你的决心是什么呢？"

"我呀？"她羞涩地笑着，低头看着自己的脚，没有说下去。待了半晌，才又说，"和别人的也差不多！"

"那么，是要决心入党啊？"

她笑了。

这时候哨音一响，部队又前进了。她抖了抖头发上的雪，我们又走在一起。

"不过，我们进步得快，还有一个原因哩！"她说，②"我们和战士们常在一起，和英雄们在一起，我们自己也就勇敢起来了。"她非常有兴味地谈着：开始出国的时候，她背的东西很多，觉得走不动；可一看战士们比她们背得还重，还边走边说快板，自己也就走得轻快了。敌机打照明弹，自己觉得很害怕；可战士们却说，"给咱们点起天灯啦，真好走！"自己也就不那么害怕了。有一次，她看护伤员，别的伤员乐呵呵的，有一个突破三八线战役下来的伤员却唉声叹气。她问他为什么不高兴，那个伤员说：③"唉，同志，我流了点血，没有什么说的；只是我觉得我应该冲到三八线以南负伤，不该在三八线以北就负了伤……"另一次，她到前方参加战斗：敌人的炮火打得正猛烈的时候，有几个战士却在那

❶对话描写

这一组对话可以看出党的教育在年轻人的心中激起了不小的涟漪，对他们的成长起到了很大的促进作用。

❷语言描写

小姑娘的话进一步体现出榜样的力量是非常大的。

❸语言描写

伤员的话进一步体现出他对自己在三八线以北负伤的懊悔，从侧面也可以看出他想为战斗多做贡献。

儿满不在乎地缝鞋子。她惊讶地想，为什么炮火连天的时候，战士们干这不相干的事情呢？一问，战士们笑着回答："不缝鞋子，等一会儿敌人垮了，怎样追击呢！"她说到这里，赞叹地瞧着我说：① "你看咱们的战士是不是英雄！在他们负伤以后，还想的是前进；在敌人的炮火最猛烈的时候，想的是追击！我们跟这样的英雄在一起，怎么会不勇敢起来呢！我们将来，也会……"

"也会怎样啊？"我追问。

"也会……"她低声又笑了一阵儿，好像很不容易直说出来。

"说呀！"

"也会成为他们那样的人！"她鼓足勇气，说出了她的心灵里美丽的秘密。然后，她用力踢开一块脚下的石子，抬起头来。在黑夜里，也可以看出她的眼睛里闪着青春的火星。② 她严正地说："你以为这是不可能的吗？"

"能够的，当然能够的。"我连忙点头说。

"一定能够的。"她肯定而严肃地说，"当然，我们很年轻，我们懂得的事情还很少，我们是在平平静静的环境里长大的，我们还没有经过什么严格的锻炼和考验；正是这样，我必须把我放在炉火里，看看我是不是块钢铁。当老同志们谈起他们那时代的艰苦斗争和英雄事迹的时候，是多么吸引我！它把我的心全部地吸引了。③ 我总是想，我什么时候才能当一个像他们那样的人呢？才能给我的祖国做一点什么贡献呢？我又想，他们究竟是怎么闯过来的呢？他们真伟大真了不起啊，这

❶抒情

作者在这里高度赞扬了那些勇敢的战士们，他们不计较自己的得失，一心想为战斗做出最大的贡献。

❷对话描写

从这组对话中我们可以看出小姑娘心里坚定的信念，不容动摇。

❸疑问

作者在这里连用多个疑问句，进一步说明小姑娘希望自己快点成为像钢铁一样的战士的决心。

种生活是多么有意义啊！……可我今天呢，也是在这样做着了，我能不感觉快乐吗？我们的老团长看见我蹦蹦跳跳的，总是说：'小黄毛丫头！一天乐呵呵地乐什么哩？'我就是乐的这个呀！"

❶抒情⋯⋯⋯⋯⋯

作者在这里对这些为了革命不怕牺牲，勇敢前进的年轻人进行了由衷的赞美。

年轻的朋友们，他们就是这样沿着和工农群众结合的道路，在火热的斗争中度着青春的。①这是快乐的青春，美丽的青春，英雄的青春！毛泽东时代的年轻人，谁不愿意有这样的青春呢。朋友们，青年团员们！我知道你们是那样地喜爱丹娘、保尔和我们祖国的英雄们。你们常常谈着他们，甚至把保尔的话写在自己的日记上。你们常常向自己发问："我能不能做一个这样的英雄呢？"可见你们对英雄行为是多么向往，你们年轻的生命是多么强烈地愿意闪出英雄的火光。而今天朝鲜战场上的青年们，已经给你们做出了光辉的榜样。当你们读到这篇英雄事迹的时候，我想提醒你：在半年或者一年之前，他们是跟你们一样的人；那么，他们可以这样做，你们也是完全可以这样做的。②朋友们，为做一个

❷抒情⋯⋯⋯⋯⋯

作者在文章最后呼吁大家都要为成为全心全意为人民服务的英勇战士而奋发努力，只有这样才无愧于人生。

全心全意为中国人民和世界人民服务的英勇战士而奋发努力吧，不会有比这再光荣的了。让千千万万的岗位上，出现千千万万这样的战士吧！让我们伟大的祖国革命英雄主义的花朵遍地齐放吧！

1951 年 5 月 6 日

注释

丹娘：即小说《丹娘》中的女英雄卓娅，为保卫祖国而献出生命。
保尔：即《钢铁是怎样炼成的》中的男主角，身残志坚，是一个无私的革命战士。

精华赏析

《年轻人，让你的青春更加美丽吧》这篇文章详细地讲述了朝鲜战场上，那些无数的年轻男女为了人民不怕苦、不怕牺牲，活力四射地坚守在自己的岗位上，他们的青春因此更加美丽了，我们的祖国也正是因为有了他们而变得更加伟大。

延伸思考

1.初次上战场的戴笃伯有什么感受？

2.第二次上战场的戴笃伯是怎样表现的？

3.从哪里可以看出年轻的姑娘为了伤员什么都不怕？

相关链接

戴笃伯出生于1930年，参加过抗美援朝战争，曾3次身负重伤，在最后一次战斗中他的眼睛中弹受伤，导致左眼失明，身上残存13块弹片，被评为"特等残废军人"，荣获"一级战斗功臣"的光荣称号。

他还活着

名师导读

《他还活着》这个篇名带着一份惊喜，这里的"他"指的是李玉安，他又将给我们带来什么令人感动的故事呢？

❶开篇点题

作者在文章开头就紧扣标题，引起读者的好奇心及阅读欲望。

❷外貌描写

作者在这里详细地交代了李玉安的外貌特征，从中可以看出军人特有的气质。

❸细节描写

从这几句话我们可以看出岁月的沧桑，这也与第一自然段中提到的40年相互照应。

① 一个死去40年的烈士又活了，这真是世间的一件奇事。

今年4月，一天，我忽然接到部队一个电话，说《谁是最可爱的人》中提到的烈士李玉安，又找部队来了。我当时又激动又惊奇。我立即说，噢，那太好了，我很欢迎他到我家里来。

过了没有几日，李玉安带着他的女婿来了。② 他光着头，穿了一身50年代工人们常穿的那种蓝制服，走进了我的院子。我一看，他的瘦脸上满是白胡茬子，但身板挺硬朗，走路相当利索。我赶上去紧握着他的手说：

"你就是李玉安同志吗？你还活着！"

"活着，活着，"他哈哈一笑，"这不来看你了吗！"

③ 我把他们让到屋里坐下，再次端详着他那张经过一世风霜的劳动人民的脸，那朴实的紫棠色的脸上已经刻满了皱纹。他没等我问起原委就说：

"我在阵地上负了重伤，醒过来的时候，战场上静悄悄的，已经没有一个人了。我就挣扎着往山下爬。爬几步歇一歇。爬到山底下，碰到朝鲜人民军的一个司号员，他才把我背到路边一个老百姓的房子里。后来部队来收容，这才把我送回祖国。"

"你在哪里休养的？"

"我在武汉医院里昏昏沉沉，躺了半年；开了几次刀，总也不好；肺叶上子弹穿过的地方老是化脓。"

①说着，他扒起蓝制服，我看见他的前胸右侧，有小茶碗口那么大一个圆圆的伤疤，向里凹陷着。这颗子弹穿过肺叶，从后背穿过去。后背也留下一块类似的疤痕。

我抚着这块美国子弹留下的伤痕，不禁沉入默默的回想里。二次战役中的松骨峰战斗，的确是一次异常壮烈的战斗。记得我事后去访问这支连队时，原来参战的人不是牺牲，就是负伤到了后方。他们只找到一个通信员和我坐在山坡上谈话。幸亏这个营的营长王宿启，他的指挥所正在松骨峰的翼侧高处，一切看得清清楚楚，才向我详细描述了这场惊心动魄的激战。②我还记得这个营长是个黑大汉，山东人，向我一边说一边淌着眼泪。

"你养好伤就复员了吗？"我问。

"是的。"说着，他从口袋里掏出他的残废证，这个红皮小本本已经十分破旧了。

我打开一看，上面记载着他的姓名，残废等级，还有一张英姿勃勃的相片，并且简略地记载着他在解放天津、渡江等战役中也立有战功。我不禁问道：

❶比喻

作者用"茶碗口大"来形容李玉安身上的伤，能给读者一个直观的印象，从侧面也可以看出李玉安在战场上的英勇。

❷细节描写

我们从"黑大汉""淌着眼泪"中可以感受到战斗是多么惊心动魄啊。

"你为什么这些年连提都没有提呢？"

坐在旁边的女婿抢上来说：

❶语言描写

从这句话中可以看出李玉安已经把自己光荣的战斗史深深地埋藏在心里，也进一步说明他不是喜欢张扬的人。

① "家里几个孩子都把课本拿到家里来，给他读这篇文章，问上面写的李玉安是不是他。他总是说天底下重名重姓的多得很，要我们不要张扬。直到这回小儿子要参军，把他逼得实在没法儿了，这才拿着残废证和课本找到老部队……"

"我怕给组织上添麻烦。"老人仍带着几分歉疚地说。

"这怎么能算是添麻烦呢？"女婿立即反驳了。

老人冲着我叹了口气，缓缓地说：

❷语言描写

李玉安对自己现有的生活很知足，这也是他那伟大的革命主义精神的所在。

"这些年轻人不了解，当初我们连 100 多人，死的死了，伤的伤了。② 我复员以后，还成了个家，现在有 6 个儿女，都有吃有喝，想想那些战友们呢，他们二十几岁就牺牲了，他们得到了什么？我哪里还能谈什么功不功呢？我现在不敢想他们，一想起他们就难过。特别是我们的指导员杨少成，他的两条腿都被打断了，他拖着两条断腿，从火里爬过来爬过去，大声喊着：'我们是毛主席的好战士，守住阵地呀！'还有熊官全，他抱着敌人活活被烧死，死以后还瞪着眼睛……"

❸神态描写

这短短的一句话充分体现出老人对自己的战友的怀念之情。

③ 老人说到这里哽咽了，流下了眼泪。

我们也都低下头去。沉默良久，老人又说：

"再说，我负了重伤，组织上派了四个女护士来护理我，饭水都是一口一口地喂，喝完一口，小勺儿又伸到我嘴边了……没有党哪有我呀！"

我再一次被他崇高而深沉的情感打动了。这是一个战士的灵魂在向我低低倾诉。我见过许许多多战士，他们身上都有一种淳朴和谦逊的品质。①他们有功不居功，是因为他们把英勇战斗看作自己的本分，把视死如归看作战士的道德规范，把流血牺牲看作革命必付的代价。从李玉安我立刻又想起《谁是最可爱的人》中讲到的马玉祥。就是我说的那位像田野里一株红高粱那样淳朴可爱的青年。他转业后一直在通辽橡胶厂里默默地工作，好多年我都不知道他在哪里。后来该地的民族师范学院讲我的这篇文章，提到马玉祥的名字时，下面有人说："马玉祥不就在我们这里吗？"这才发现了他。多么可爱的战士！他们身上都有一种多么宝贵的品质呀！

②谈到这里，午饭已经熟了。我们立刻移席就座。我满满地擎起一杯酒来，祝这位淳朴的战士健康长寿。老人也回敬了我。我们两个老家伙开怀畅饮，谈得十分相投。喝了几杯酒，李玉安的情感放开了，谈起战场上的拼搏，他不禁站起来，神采飞扬，比比画画，很有战士的风度。他特别提到他们的戴连长，这位山东大汉，面对着围上来的三个美国兵，被他刺死了一个，用脚踹倒了一个，第三个的脑袋被他用手榴弹砸开了花。

席间，我问起李玉安这些年的生活。③女婿插嘴道，他直到现在仍住在一米多高的地窝里。几次分房子，他都让给别人了。他复员时，工资只有四十几元。因为他是党支部的组织委员，升级也是一次又一次地让给别人。直到退休还是六十几元。听到这些，我心里热辣辣得很是不安。我主动提出，给他们的县委写一封信，希望在可能的条件下，给以适当照顾。④而对这些艰苦，李玉

❶ 抒情

作者在这里对像李玉安这样为祖国做出伟大牺牲的老革命战士做出了高度的评价。

❷ 叙述

作者因为再次看到李玉安而感到十分高兴，这也反映出他对老革命战士的敬佩之情。

❸ 细节描写

从这里我们可以看出那些为国家做出贡献的老革命同志们的高尚品质，这种品质是值得我们学习的。

❹ 神态描写

短短的一句话就反映出那些优秀的老革命战士的高尚品质。

安却很坦然，一笑置之。

饭后，我捧着精装本的《东方》和《魏巍散文集》送给这位可敬的战士，扉页上写上了"您永远是最可爱的人！"

老人走了。我站在一棵柏树下，一直望着这个光着头穿着一身蓝布制服的背影，心里默默念道：① 伟大的中国革命造就了多么优秀的战士！这样的战士在现在是多么难得呵！

❶抒情

作者在文章最后再次对优秀的战士进行了高度的赞扬。

1990 年 8 月 2 日于北戴河

精华赏析

《他还活着》这篇文章主要讲述了优秀的革命战士李玉安找回部队的故事，字里行间都充满了对优秀的老革命战士的优良品质的高度评价。

延伸思考

1. 作者为什么用《他还活着》作为篇名？

2. 李玉安为什么不承认自己就是《谁是最可爱的人》中提到的李玉安？

3. 李玉安为什么后来又找到了部队？

李玉安的故事——为人就像一杆公平秤

　　李玉安复员以后，到黑龙江省巴彦县兴隆镇粮库当工人。由于本地工和外地工常常闹矛盾，党支部就让李玉安当调解员给工人们做工作。

　　李玉安当检斤员的时候，经常有一些售粮户给他送礼，像猪肉、粉条等，就希望他能在斤两上"抬抬手"。可是李玉安总是眼睛一瞪说："赶紧把这些东西给我拿走，想通过我占国家便宜，没门儿！"于是大家流传出"老李就是一杆公平秤"这一佳话。

鸭绿江情思

名师导读

鸭绿江是中国人民志愿军战士们曾经战斗过的地方，那里有让作者感动的故事。

❶环境描写

作者再次来到鸭绿江，看到的是祥和的美景，从侧面也体现出作者的心情极好。

❷直接描写

鸭绿江因为有中国人民志愿军从这里经过，而显得意义非凡。

❸对比

作者在这里采用了一个对比的写作手法，进一步表达了对中国人民志愿军的高度赞扬，字里行间透露着对敌人的嘲笑。

呵，鸭绿江，我又来到了你的身边。今天，我看到你那碧盈盈的江水，在孩子们的钓鱼竿下安静地流去。①锦江山上半山红枫，半山金黄，你的秋光是多么的明艳啊！碧空里传来一阵阵的鸽哨，比好听的笛声还要悠扬。江上的白鸥在绿波上怡然自得地飞翔。对岸新义州的烟囱安详地冒着黑烟，和丹东市像姊妹一样地应和着。

呵，鸭绿江，我又来到了你的身边。回顾50年前，对岸新义州的大火烧红了你的江水，妇女儿童的哭喊声随着漫天的黑烟卷过江来，它震动着千百万中华儿女的心。②"中国人民志愿军"（一个响彻历史的名字！）就是从这里跨过江去，迎着弥天大火，披着漫天风雪走向胜负难知的战场。

谜底不到三年就揭晓了：③一支具有最现代化装备的敌军，徒然拥有可以将一个山头削低两米的威力，却不能逼使我军后退一步；而一支装备落后的军队，却可以将强敌打得屁滚尿流，在美军历史上被称为"黑暗的十二月"。这真是一场富有戏剧性的奇妙无比的战争！对于唯武器论者，对于唯技术论者，这将是他们永远无法理解的。

呵，鸭绿江，我又来到了你的身边。许多志愿军的老战士也怀着深厚的情意来到这里。我们漫步在鸭绿江大桥上。

① 空军战斗英雄韩德彩和我走在一起。他已经67岁，但还显得很年轻。在当年的空战中，他曾先后击落5架敌机。其中击落美国"双料王牌"飞行员哈罗德·爱德华·费席尔，尤其引人注目。原来按美国空军规定，击落5架可称为王牌，击落10架就可称为双料王牌了。

我问韩德彩："那时你多大年纪？"

② "20岁。"韩德彩说，"我第一次击落两架敌机，才飞行了不过几十个小时。"

"你是怎么把这个'双料王牌'费席尔击落的呢？"

"说起来还真有趣，"韩德彩笑着说，"我本来就要返航了，不料飞到大堡机场上空，正好与费席尔驾驶的F-86飞机遭遇。当时我看见费席尔击伤我一架战机，我再也压不住心头的怒火。我就猛扑过去，不过一分钟，我就把瞄准环紧紧套住了它，猛按炮钮，我这一炮打得也够狠的，三炮齐射，一气打出80多发炮弹。这架F-86就着火坠落了。我看见飞行员跳了伞，就报告地面：快点抓俘虏！等到我的战机停到跑道上，好险！已经一滴油也没有了……更有趣的是，44年之后，1997年10月，我在上海又见到了这位费席尔。"

❶直接描写
这几句话不仅描写了韩德彩的现状，还为下文他的作战经历做了铺垫。

❷语言描写
韩德彩的话让我们得知他当时不仅年轻，飞行经验还少得可怜，这也透露出他的胆量是多么不一般。

❶语言描写

费席尔的话进一步说明了韩德彩的飞行技术很高，令费席尔佩服得五体投地。

❷语言描写

韩德彩在这里讲了技术与勇敢在战斗中的重要性，中国军队正是因为这两点才能打败装备先进的美国鬼子。

❸动作描写

张立春同志一个人对付4个美国兵，这简直是不可思议，可见张立春同志是多么勇敢。

❹比喻

作者把勇敢的战士比喻成勇猛的小老虎，形象生动地写出了战士们的英勇形象。

"怎么，你又见到了他？"

"是的，这时费席尔已经弃军从商，他到了上海，非拜见我不可。他见到我的第一句话就说：① '我此生最大的愿望，就是见一见你这位优秀的飞行员。我对当年的一切记忆犹新。将军，您胜利了，我很敬佩！'我连忙说，你的技术比我高。他摇摇头说：'不！如果我的技术比你高，怎么会让你打下来呢！'这次会面，费席尔送了我一架他当年驾驶的F-86飞机模型，我也回赠了一个恐龙模型和我书写的一个条幅：'着眼未来。'"

韩德彩讲完了这则有趣的故事，然后带着深沉的感慨说：② "技术很重要，我看勇敢更重要。朱总司令曾说：勇敢加技术就是很好的战术！我以为他的话是很深刻的！不重视政治，只看重物质是不行的！中国人民志愿军那种伟大的革命精神是用金钱买不来的！"

韩德彩的话使我再次陷入深深的沉思。我认为他的话是对抗美援朝战争的某种概括，也是对这场战争奇妙性、戏剧性的一个注解，一个回答。

在这里，我看见张立春老人也来了。50年前，我在汉江南岸的阻击战中访问过他。那时他是三三五团的一个排长。他曾率领突击排最先摸上敌人的阵地。③有4个美国兵正钻到北极睡袋里，他首先打死了一个，然后用脚踏住了一个，另两只手摁住其余两个，然后狠狠地骂道："过去中国人是在你们脚底下，现在你们该低低头了！"④……我曾把他的这段事迹写在《江汉南岸的日日夜夜里》，我还说，你看我们的战士哪一个不像个小老虎呢！可是几十年来，我一直不知道这位英勇战士的下落。没想到不久前，我忽然接到他从朝阳市托人捎来的信，还有一幅戴着旧毡帽的老人的照片。信上说："魏巍同志，我们已经有 50 年没有见过面了。那天你采访我是在一个防炮洞里，外面战斗很激烈，洞子又小又黑，我也没看清你的面貌，我很想念你，什么时候我们能再见上一面呢？"我凝视着他的照片，望了很久，也想了很久。我立刻回信说："我不久要到丹东，我们就在那里会面吧！"结果，他真的来了，我看见他穿着军衣，挂着军功章等好几枚奖章，还是戴着那顶旧毡帽，我喊了一声："张立春！"① 他立刻跑上来，热泪盈眶地抱住了我，说："我真没有想到在这里能见到你。不容易呀！说实话，我当年真没想到能活着回来！"我挽着他那双粗糙带点紫色的终年劳动的手，默默地漫步在大桥上。在中朝友谊桥的桥头，留下了我与这位战友的合影。

我在《谁是最可爱的人》中写到的马玉祥也来了。② 我曾说他当年像秋天田野里一株红高粱那样淳朴可爱。如今也 70 岁了。我们一同站在抗美援朝纪念塔下一幢黑大理石的纪念碑前。长期以来，他也像"活烈士"李玉安、井玉琢一样隐姓埋名，不事张扬。退休以后他自任宿舍楼的楼长，每天清扫楼道，清除垃圾。他还自购图书，从自己有限的居室里辟出一间作为少年儿童的阅览室，从不嫌烦。他作为关心下一代的委员，还经常到学校做报告，从来不要车接车送，总是骑着他那辆破自行车随时赶到。③ 令人高兴和激动的是 1992 年的八一建军节，我和马玉祥、李玉安、井玉琢，还有他们的营长王宿启在哈尔滨相会了。令人惋惜的是，几年之

✒ 读书笔记

❶ 语言描写

张立春的话进一步体现出他准备为革命献身的伟大精神，从这里也可以看出同志们之间那真挚的感情。

❷ 比喻

作者把马玉祥比喻成秋天田野里的一株红高粱，形象生动地写出了他的可爱与淳朴。

❸ 直接描写

这一句话体现了同志们之间亲密的战斗情谊。

后，两位"活烈士"和王宿启已经先后去世。1993 年抗美援朝纪念馆落成的时候，前中国人民志愿军副司令员洪学智将军曾建议说：《谁是最可爱的人》这篇文章很有教育意义，应当刻在碑上流传下去。^① 经过纪念馆的同志多方筹措资金，直到 1998 年才让我把这篇文章的全文用行书书写出来，这幢宽 2 米、长 18 米的黑色大理石纪念碑，终于经过精工巧匠之手在抗美援朝 50 周年的前夕完成了。在碑下我想到，如果李玉安、井玉琢和王宿启等同志能亲眼看到，该有多好啊！可惜他们已经看不到了。也许松骨峰连仍旧健在的战士只有马玉祥等少数人了。想到这里，我把"献给最可爱的人"的红领巾系在马玉祥的脖子上。让中国人民志愿军伟大的爱国主义、国际主义和革命英雄主义精神永远传留下去吧！让中国无产阶级和中华民族不畏任何强敌的硬骨头精神永远传留下去吧！

在离开丹东的前夕，我拜谒了志愿军的烈士陵园，向这些为正义事业献身的英烈们深深地鞠躬致敬。在青松与红枫之间，我默默地走着，注视着这些墓碑。我没有忘记，还有更多的战友和同志长眠在朝鲜的国土上。^② 这时，我再次望一望山下鸭绿江平静的流水，望一望江边怡然自得的白鸥，耳边又传来一阵阵比笛声还要悠扬动听的鸽哨。我心中不禁默默喊道：鸭绿江呵鸭绿江，如果不是当年血与火的斗争，如果不是无数英雄的鲜血，怎么会带来眼前的这一切呢！

2000 年 11 月 5 日

❶ 列数字

作者在这里巧妙地运用了列数字的写作手法，不仅可以使所要说明的事物准确化，还方便读者去理解。

❷ 环境描写

作者借用环境描写来展示志愿军们的战斗成果，是他们让这里变得如此美丽。

《鸭绿江情思》主要讲述了作者再次来到鸭绿江后，见到了很多战斗中的英雄，重温了战士之间的情怀，作者希望中国人民志愿军伟大的爱国主义、革命英雄主义精神永远流传下去，中国无产阶级和中华民族不畏任何强敌的硬骨头精神永远流传下去。

延伸思考

1.空军战斗英雄韩德彩讲的战术是什么？

2.请你简单描述一下张立春一人对付4个美国鬼子的场景。

3.马玉祥退休后又有哪些感人的事迹？

相关链接

马玉祥的故事——老有所乐

退休后的马玉祥老人兴趣广泛，在家里养了不少的花花草草，时不时还会听到鸟儿的歌唱声，他家墙壁上满是名人们为他题写的书法字画，还有不少的留影照片。满屋子的书籍大都是魏巍等老战友赠送的。马玉祥老人时常会说："孩子是国家的未来、民族的希望，教育孩子怎样做人，让孩子明白应该做一个什么样的人，对人生未来很重要。之所以这样做，目的就是为了使共和国的大旗将来有人举。中国的发展问题在于孩子，后代的成长问题在于教育，培育好了下一代，国家才会有希望。"

我怎样写《谁是最可爱的人》

名师导读

《谁是最可爱的人》中每一个人物都经过作者搜集材料，酝酿构思，最后才下定决心来下笔，下面我们就来欣赏一下魏巍的写作思路与技巧吧。

❶开篇点题

作者开篇点题，直接说明了自己写作的原因，让读者进一步明白自己的写作意图。

❷直接描写

作者在这里交代了自己此次到朝鲜的收获，那就是感觉战士们更加可爱了。

❸举例子

作者在这里详细地举了一个英勇战士的事例，这在战士们的故事中十分普遍。

① 我能写出《谁是最可爱的人》，最基本的原因，是我们的战士的英雄气魄、英雄事迹，是这样的伟大，这样的感人；而这一切，把我完全感动了。

"谁是最可爱的人"这个主题，是我很久以来就在脑子里翻腾着的一个主题。也就是说，是我内心感情的长期积累。我在部队里时间比较长，对战士有这样一种感情，觉得我们的战士是最可爱的人。每当我和他们坐在一起，不知道为什么，我就觉得满心眼儿地高兴。

② 这次我到朝鲜去，在志愿军里，这种感情更加深了一层。我更加觉得战士们的可爱。我看到他们在朝鲜战争中，虽然面临的任务是这样艰巨，作战环境是这样艰苦，但我们战士的英勇，比起我过去在抗日战争和解放战争中所看到的，还有着更高的发展。特别这种英勇的普遍性，更是空前的。③ 譬如，我在某步兵团曾了解

到一个令人惊讶的数字，这个团，至第三次战役结束止，伤员随队作战的比送到医院休养的数字还要大。这恐怕在世界战争的历史上，也是一种奇迹！这些事实督促着我，使我有一种更加强烈的愿望来表现"谁是最可爱的人"这一主题。

现在，回过头来看，使我更明确了这一点：在现实生活中的深入感受，对写作的人是多么重要！① 你感受得深了，写出来，也就必然有那么一股子劲儿，人家读了，也就感受得深；你感受得浅，人家从你这儿感受到的，也就浅；你根本还没有感受呢，那就用不着说了。这儿，我还要强调一句，就是深入的感受，跟深入群众火热的斗争是联系在一起的，跟不断地改造自己的世界观是联系在一起的。就拿在战士中的采访来说吧，你跟他们交上知心朋友，你对他们了解得深，他们的气质、思想、感情，就会感染你，使你也沉入他们的情绪中。也就是说，才能使你感受得更深些。

② 我怎样来表现这一主题呢？首先，我试图追求着最本质的东西。在朝鲜，我脑子里经常想着一个问题：我们的战士，为什么那样英勇呢？就硬是不怕死啊！那种高度的英雄气概是从什么地方来的呢？为了找答案，我和人谈了好多话，开了好多座谈会。我细细跟他们谈，让他们把心里的话谈出来。跟我谈的，有指挥员、战斗英雄、一般的战士、干部、新参军的学生和过去曾经是落后的人。我了解到，他们由于锻炼与认识的不同，虽然有些差异，但是都有着共同的一点，即对于伟大祖国的爱，对朝鲜人民深厚的同情，和在这个思想基础上产

❶对比
作者在这里巧妙地运用对比写出了自己写作时的感受，从这我们可以看出作者对待读者认真负责的态度。

❷设问
作者在这里采用了一问一答的句式，这样做能吸引读者，启发读者思考，更好地领会文章的中心思想。

❶直接描写

作者在这里讲述了毛泽东和党的思想让英勇无畏的战士拥有了深厚的爱国主义与国际主义的思想感情。

❷疑问

这个疑问句运用得恰到好处，这样可以引起读者注意，引出话题，用疑问句构成悬念，使读者带着问题往下探究。

❸设问

这个设问句除了能引起注意外，还能启发读者思考，也可以加强作者想表达的思想。

❹叙述

作者在这里交代了写作时要避免的问题，这也是他的作品为什么会那么成功的原因。

生的革命英雄主义。① 于是，我了解了在毛主席和党的教育下这种伟大深厚的爱国主义与国际主义的思想感情，就是我们战士英勇无畏的最基本的动力。我想，这不是最本质的东西吗？这就是最本质的东西。我肯定了它。我一定要反映它。我毫不怀疑。一切其他枝节性的、片面性的、偶然性的东西，都不能改变我对这个问题的认识。

② 问题的本质找到了，那么，应该怎么样反映这个最本质的东西呢？在朝鲜时，我曾写了一篇《自豪吧，祖国》的通讯，里边写了20多个我认为最生动的例子。带回来给同志们看了看，感到不好，就没有拿出去发表。因为例子堆得太多了，好像记账，哪一个也说得不清楚、不充分。以后写《谁是最可爱的人》，就只选择了几个例子，在写完后又删掉了两个。事实告诉我：用最能代表一般的典型例子，来说明本质的东西，给人的印象是清楚明白的，也会是突出的。

③ 写战士怎样才写得生动？我觉得不仅应写战士的英雄行为，还要写出英雄的思想感情。譬如写一个激烈的战斗场面和战士的英雄行为，如果仅仅写敌人炮火多么厉害，敌人如何凶猛地往上冲，经过我们战士的一阵手榴弹，把敌人打下去了，接着敌人又第二次冲锋，第三次冲锋，我们的战士又是第二次、第三次地用手榴弹把他们打下去了等等，很可能使读者感到我们的战士不像一个活的人，而煞像一个投手榴弹的机器。这就是只写了战士的一层皮，没有写出英雄的灵魂。④ 把活的人写死了，把英雄的人写成了纸人纸马，再出奇惊人的事

迹，也觉得不太感动人。可是，如果我们写出了战士的思想感情，那给人的感觉就会大大不同。他们会感到：原来做出这样英勇行为的人，是跟自己一样有血有肉的人。即使例子不太突出，仍然会感人的。比如负伤不下火线的事情，这在革命队伍中，几乎是最平常的了，但如果能把一个伤员负伤却不下火线时的思想感情写出来，是会感动人的。何况我们的战士的思想感情是如此的崇高而美丽，它本身是具有多么感人的力量！

①这篇东西的经验，又告诉我：一篇东西的目的性，要简单明确。一篇短东西，能把一个意思说透，的确不是一件很容易的事。可是，动起笔来，又总爱面面俱到，想告诉人家这个，又想告诉人家那个。结果呢，问题提得不尖锐、不明确，更别说深入地解决问题。因为哪个意思也没有说透，怎么能给人以深刻的印象呢？我写这篇东西之初，原也想说好几个意思，最后没有那样做。

至于为什么以通讯的形式出现呢？说到这里，又牵连到过去自己的一个老毛病。我原是个喜爱写诗的，虽然在抗战期间写过些通讯，但对通讯，总不是那么看重。这次回来，又想先写别的，②但又老想：这样伟大的斗争和伟大的战士必须要很快写出来啊，如果慢慢在那儿钻长的、刻细的，最后又弄不成，怎么对得起战士们呢？这样，就着笔写了这篇通讯。这篇东西的写作经过及一点点浅薄的体会，就是这样。

1951 年 5 月

● 读书笔记

❶ 叙述

从这里可以看出作者对作品的严谨，这也反映出他创作的不容易。

❷ 反问

这一个反问句用得好，它不仅可以加强语气，还能把本来已确定的思想表现得更加鲜明、强烈，还起到了发人深思、激发读者感情、加深读者印象、增强文中的气势和说服力的作用。

精华赏析

　　这篇文章作者开门见山就交代了自己写《谁是最可爱的人》的原因，那就是战士们的英雄气概，志愿军们的英雄事迹，是那样伟大，那样感人，而这一切把作者都深深地感动了。

延伸思考

1. 作者是怎样来表达文章主题的？
2. 作者找到问题的本质，又是如何反映这一个本质性的东西的？
3. 《谁是最可爱的人》为什么会以通讯形式出现？

相关链接

　　通讯属于记叙文的一种，是报纸、广播电台、通讯社经常采用的文体。它是能具体、生动、形象地反映新闻事件或者典型人物的一种新闻报道形式。通讯的内容要求具有真实性、时效性。通讯有人物通讯、事件通讯、工作通讯、概貌通讯等多种形式。

名家心得

　　翻开《谁是最可爱的人》，我的思绪便在历史和现实的甬道中穿行，在思想与情感的阡陌中徘徊。这本书令我心潮澎湃，把我又重新带到那个艰苦峥嵘、凌云壮志的岁月。

　　《谁是最可爱的人》记录的是抗美援朝时期的故事。作者用他那深邃的思想、丰富的情感和细腻的笔触塑造了一个个志愿军的英勇形象，就是他们这一群普通的战士创造了人类战争史的奇迹，成了那个时代最可爱的人。把书合上，沐浴在阳光下，感受自然的呼吸。松涛阵阵伴忠骨，红色传承青年还。英雄用他的丰功伟绩进驻人们的心田，用他的铮铮誓言谱写壮美的诗篇，用他的呐喊唤醒人们的良知。若问谁是最可爱的人，是军人，是烈士，是每一位默默牺牲、为国效力的奉献者。

　　在那个风起云涌、短兵相接的革命战争年代，他们就像那腥风血雨里坚守的铁骨，在荒漠边关忘我地奉献，充当着命运抉择无惧的闯将、攻坚克难创新的先锋。而新时代的今天，先烈们的爱国主义精神不变，他们那种不怕苦、不怕死的革命精神经过我们的努力转化为奋发向上、勤学有为的动力。生于和平年代，百姓安居乐业不再失所，但烈士们为此流下的鲜血、献出的生命我们不能忘记。我们要追循他们的脚步，勇敢追求梦想，抛却顾虑，用知识和汗水助力腾飞，干好本职工作，在平凡岗位为祖国建设添砖加瓦，争当一个有理想、有担当的新时代最可爱的人。

读者感悟

我利用自己平时零碎的时间把《谁是最可爱的人》这本书看了几遍，书里一个个鲜活的故事特别吸引我，我也被故事中战士的精神所震撼，被他们坚定的意志所折服。

书内所讲述的是抗美援朝时期的志愿者不畏牺牲、奋勇杀敌，为保卫祖国和敌人英勇战斗的故事。最令我感到震撼的是松骨峰战斗，志愿军战士们与敌军殊死拼搏，在敌多我少的形势下，他们一点也不退缩，就是死也要用身上的火苗把敌人烧死。虽说他们最后牺牲了，可是他们那种英勇战斗的精神一直流传在人们心中。悠悠岁月给后代留下的是文化积淀，动荡百余年，他们那种拼搏精神荡涤人心。在那艰苦卓绝的时代背景下，他们的付出和牺牲就像金子一样闪闪发光，驱走了社会的黑暗，照亮人们前进的道路。他们不愧是那个时代里最可爱的人，他们凭着不畏困难与牺牲的冲劲，追逐真理和平的舍我精神，感动着无数的中国人。

我们和平安稳的生活离不开他们的伟大付出，我感慨着先烈们的事迹，同时也关注现今时代的许多故事。每个时代里都有可爱的人，如今疫情期间也出现了很多可爱的人，其中有科学家、医生、教育者、工人、商人等，他们就是我们这个时代最可爱的人，认真勤恳、不辞辛苦就是他们的可爱标签。我很庆幸自己生活在这个时代,人们都在自己工作岗位上兢兢业业。在这个有前人留下的精神食粮,有行业先锋身体力行的指引的时代,我一定不断前行,努力争取做一个新时代的可爱的人。

阅读拓展

金色的鱼钩

在 1935 年的秋天,红军过草地的时候,炊事员班长来照顾我和两个生病的小同志。由于炊事员班长年龄最大,因此我们就叫他老班长。

老班长带着我们一边走一边歇,他给我们煮野菜,给我们青稞面吃。不久我们的青稞面吃完了。老班长眼瞅着我们渐渐瘦下去,怕我们走不出草地。他就想方设法给我们弄点有营养的东西吃,有一天,他发现小河里有小鱼,于是他就用针弯成鱼钩钓了几条小鱼。从那以后,老班长总是先把我们安顿好,就去钓鱼,给我们熬鱼汤吃。但是我从来没有看到过老班长自己喝鱼汤,有一回,我突然发现老班长在吃草根和我们吃剩下的鱼骨头。我难受地劝老班长也吃点鱼,但是他说:"现在找点吃的不容易,还是紧着你们吃吧。"我说要和他一起找吃的,他却严肃地拒绝了。后来,老班长端来的鱼汤越来越少了,我不忍心吃,遭到了老班长的严肃批评。我含着泪喝了下去,老班长看见我们吃完了,显得十分高兴。

当我们快要走出草地的时候,老班长却倒下了,他再也没有醒来。老班长用自己的生命完成了自己的使命,把我们送出了草地。我小心翼翼把老班长的鱼钩保留起来,这个长满红锈的鱼钩一定会教育革命后代。

真题演练

一、指出下列句子所用的表达方式。

1. 他们是历史上、世界上第一流的战士，第一流的人！他们是世界上一切善良人民的优秀之花！（　　　）

2. 他长着一副微黑透红的脸膛，高高的个儿，站在那儿，像秋天田野里一株红高粱那样淳朴可爱。（　　　）

3. 还是在二次战役的时候，有一支志愿军的部队向敌后猛插，去切断军隅里敌人的逃路。（　　　）

4. 敌人为了逃命用了 32 架飞机，10 多辆坦克发起集团冲锋。（　　　）

5. 我们的战士，对敌人这样狠，而对朝鲜人民却是那样地爱，充满国际主义的深厚热情。（　　　）

二、写出下列加点词在句中的表达作用。

1. 有掐住敌人脖子把敌人摁倒在地上的，和敌人倒在一起，烧在一起。

2. 我就踹开门，扑了进去。

三、阅读下面的语段，完成后面的练习。

亲爱的朋友们，当你坐上早晨第一列电车走向工厂的时候，当你扛上犁把走向田野的时候，当你喝完一杯豆浆，提着书包走向学校的时候，当你安安静静坐到办公桌前计划这一天工作的时候，当你往孩子嘴里塞着苹果的时候，当你和爱人悠闲散步的时候……朋友，你是否意识到你是在幸福之中呢？你（　　　）很惊讶地说："这是很平常的呀！"可是，从朝鲜归来的人，会知道你正生活在幸福之中。请你意识到这是一种幸福吧，因为只有你意识到这一点，你才能更深刻了解我们的战士在朝鲜奋不顾身的原因。朋友！你是这么爱我们的祖国，爱我们的伟大领袖毛主席，你一定会深深地爱我们的战士，他们确实是我们最可爱的人！

1. 文章中应填的一个词语是（　　　）

A. 不会　　　　B. 不该　　　C. 也许　　　D. 一定

2. "这一点"指什么？

3. 画线的句子是个问句，对这个问句的正确解释是（　　　）

A. 设问句

B. 反问句

C. 既不是反问句又不是设问句

4. 对文中 6 个"当你"分析不正确的一项是（　　　）

A. 描写了祖国人民的日常生活情景。

B. 与战士在朝鲜的生活形成对照。

C. 揭示了战士在朝鲜流血牺牲的目的。

D. 表达了作者对不关心战士的人的批评。

5. 文中的省略号有什么作用？

一、1. 抒情

2. 描写

3. 记叙

4. 说明

5. 议论

二、1. 系列动词写出了战士们和敌人同归于尽的情景，表达了革命英雄主义气概。

2. 系列动词写出了在火盛烟浓的环境中，志愿军战士为救朝鲜人民奋不顾身。

三、1. C

2. "我们在祖国的平常的生活也是一种幸福"或"我们正生活在幸福中"。

3. C

4. C

5. 表列举省略。

爱阅读课程化丛书 / 快乐读书吧

7	中国民间故事	18	初中生必背古诗文	29	资治通鉴
8	中国民俗故事	19	论 语	30	孙子兵法
9	中国历史故事	20	庄 子	31	三十六计
10	中国传统节日故事	21	孟 子	**陆续出版中……**	
11	山海经	22	成语故事		

中国现当代文学馆

序号	作品	序号	作品	序号	作品
1	一只想飞的猫	36	高士其童话故事精选	71	大奖章
2	小狗的小房子	37	雷锋的故事	72	半半的半个童话
3	"歪脑袋"木头桩	38	中外名人故事	73	会走路的大树
4	神笔马良	39	科学家的故事	74	秃秃大王
5	小鲤鱼跳龙门	40	数学家的故事	75	罗文应的故事
6	稻草人	41	从文自传	76	小溪流的歌
7	中国的十万个为什么	42	小贝流浪记	77	南南和胡子伯伯
8	人类起源的演化过程	43	谈美书简	78	寒假的一天
9	看看我们的地球	44	女 神	79	古代英雄的石像
10	灰尘的旅行	45	陶奇的暑期日记	80	东郭先生和狼
11	小英雄雨来	46	长 河	81	红鬼脸壳
12	朝花夕拾	47	丁丁的一次奇怪旅行	82	赤色小子
13	骆驼祥子	48	小仆人	83	阿Q正传
14	湘行散记	49	旅 伴	84	故 乡
15	给青年的十二封信	50	王子和渔夫的故事	85	孔乙己
16	艾青诗选集	51	新同学	86	故事新编
17	狐狸打猎人	52	野葡萄	87	狂人日记
18	大林和小林	53	会唱歌的画像	88	彷 徨
19	宝葫芦的秘密	54	鸟孩儿	89	野 草
20	朝花夕拾·呐喊	55	云中奇梦	90	祝 福
21	小布头奇遇记	56	中华名言警句	91	北京的春节
22	"下次开船"港	57	中国古今寓言	92	济南的冬天
23	呼兰河传	58	雷锋日记	93	草 原
24	子 夜	59	革命烈士诗抄	94	母 鸡
25	茶 馆	60	小坡的生日	95	猫
26	城南旧事	61	汉字故事	96	匆 匆
27	鲁迅杂文集	62	中华智慧故事	97	落花生
28	边 城	63	严文井童话故事精选	98	少年中国说
29	小桔灯	64	仰望第一面五星红旗升起	99	可爱的中国
30	寄小读者	65	徐志摩诗歌	100	经典常谈
31	繁星·春水	66	徐志摩散文集	101	谁是最可爱的人
32	爷爷的爷爷哪里来	67	四世同堂	102	祖父的园子
33	细菌世界历险记	68	怪老头	**陆续出版中……**	
34	荷塘月色	69	从百草园到三味书屋		
35	中国兔子德国草	70	背 影		